Antonia Michaelis

Jenseits der Finsterbach-Brücke

Antonia Michaelis, Jahrgang 1979, in Norddeutschland geboren, in Süddeutschland aufgewachsen, zog es nach dem Abitur in die weite Welt. Sie arbeitete u.a. in Südindien, Nepal und Peru. In Greifswald studierte sie Medizin und begann parallel dazu, Geschichten für Kinder und Jugendliche schreiben. Seit einigen Jahren lebt sie nun als freie Schriftstellerin in der Nähe der Insel Usedom und hat zahlreiche Kinder und Jugendbücher veröffentlicht, facettenreich, fantasievoll und mit großem Erfolg. »Der Märchenerzähler«, ihr erstes Buch für junge Erwachsene, wurde für den Deutschen Jugendliteraturpreis nominiert. Über ihren Alltag als Mutter und Autorin berichtet Antonia Michaelis mit viel Witz und Esprit in einem Weblog auf www.oetinger.de.

Antonia Michaelis

Jenseits der Finsterbach-Brücke

Die Geschichte einer Freundschaft,
die keine Mauern kannte

Mit Vignetten
von Constanze Spengler

Dressler Verlag · Hamburg

Dein SPIEGEL Lieblingsleser-Edition
alle Titel:

Marliese Arold, Die Delfine von Atlantis
Kirsten Boie, Alhambra
Suzanne Collins, Gregor und die graue Prophezeiung
Cornelia Funke, Die Wilden Hühner – Jungsalarm
Corinna Gieseler, Das Geheimnis des Bücherhüters
Gernot Gricksch, Die Paulis außer Rand und Band
Watt Key, Alabama Moon
Guus Kuijer, Das Buch der erstaunlichen Freundschaften
Sabine Ludwig, Die schrecklichsten Mütter der Welt
Antonia Michaelis, Jenseits der Finsterbach-Brücke
Christine Nöstlinger, Konrad oder Das Kind aus der Konservenbüchse
Maria Parr, Sommersprossen auf den Knien

FSC www.fsc.org
MIX
Papier aus verantwortungsvollen Quellen
FSC® C083411

Einmalige Sonderausgabe

Einbandgestaltung: Andrea Hillmann und Marie Jo Tucholski
Vignetten von Constanze Spengler
Druck und Bindung: CPI – Clausen & Bosse, Leck
Printed 2012
ISBN 978-3-7915-1341-6

www.dressler-verlag.de
www.oetinger.de

Für Alva,
die begann zu sein,
als diese Geschichte begann zu sein,
und die während der Korrekturen
an dieser Geschichte
mit Korrekturen an unserem Alltag
beschäftigt war.

Inhalt

SCHWARZ

Von Anfang an

Ich hatte einen Freund, ich, Lasse Windström.

Ich hatte einen Freund, der ging mit mir durch dick und dünn, durch Nacht und Tag, durch Feuer und Wasser. Ich hatte einen Freund, der alles mit mir teilte: die Sonne und den Regen, den Mut und die Angst, das Lachen und das Weinen.

Joern hieß er und er kam von drüben, aus der anderen Welt. Aber er wird nie mehr dorthin zurückkehren.

Mein Herz ist schwer wie die Felsen der Todesschlucht, um die das schäumende schwarze Wasser des Finsterbachs rauscht. Doch ich will nicht an mein schweres Herz denken. Ich will alles aufschreiben, was geschehen ist, von Anfang an, und ich will nichts auslassen. Manches habe ich erst später erfahren, aber ich werde es so aufschreiben, als hätte ich es schon früher gewusst. Das macht man so, wenn man eine Geschichte schreibt, sagt unser Lehrer Herr Marksen.

Und wenn ich alles, alles aufgeschrieben habe, vielleicht kommt mein Freund dann wieder. Vielleicht schleicht er sich heimlich von hinten an und wundert sich, weshalb ich mitten im Wald auf einer Lichtung sitze und schreibe. Und weshalb dort weiße Lilien wachsen, wo doch Lilien gar nicht in den Wald gehören, und weshalb die Vögel so leise singen.

Und dann werden wir zusammen lachen, genau wie früher, und wir werden über ein neues Abenteuer reden, das man erleben könnte, und zwischen die Bäume hineinwandern, wo die Sonne durch Lücken im grünen Geäst aufs Moos scheint. Und alles, alles wird gut sein.

Endlich.

WEISS

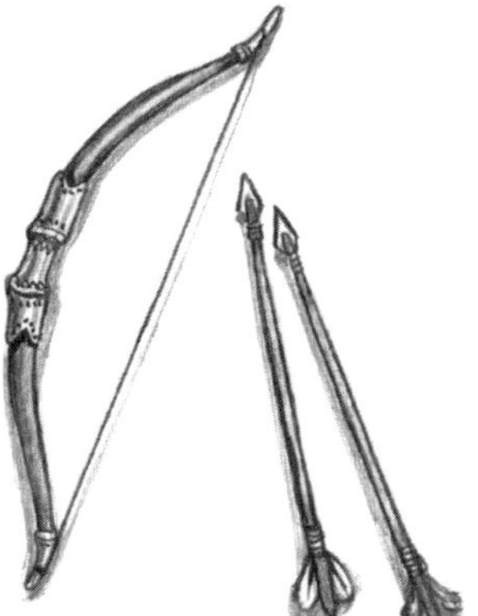

1

Goldlicht

Das Erste, was ich an jenem Morgen sah, war das goldene Licht.

Auf dem Norderhof gab es ein ganz eigenes Licht, leicht und luftig wie Stoff für Gardinen. Es war wohl das Erste, was ich überhaupt gesehen habe auf der Welt.

Ich blinzelte und setzte mich im Bett auf.

Vor dem Fenster hatte das goldene Licht gerade erst begonnen zu werden. Die Sonne hing noch nicht lange am Himmel und die Zeiger meiner Uhr standen schläfrig auf fünf Minuten vor fünf.

»Ein perfekter Tag«, flüsterte ich und schlüpfte in meine Kleider. »Viel zu schade, um noch einmal einzuschlafen. Bis gewisse Väter aufwachen, kann man eine Menge tun.«

Ich schlich auf Socken die Treppen hinunter und durchs Wohnzimmer. Auf dem Klavier standen noch die Noten, die Flint, der gewisse Vater, gestern Abend gespielt hatte. Das Goldlicht malte Muster darauf. Auf dem Klavierhocker lag Flints Wollpullover und darauf schlief die graue Katze. Als ich vorbeikam, öffnete sie ein Auge, sah, dass ich nicht das Frühstück war, und schloss das Auge wieder.

Am Fuß der nächsten Treppe stieg ich in meine Stiefel und öffnete die Haustür. Vielleicht würde ich in Flints Werkzeugschuppen gehen, wo es von Schrauben und Elektrodrähten nur so wimmelte und wo man alles anfassen und alles benutzen durfte. Denn dazu war es da, sagte Flint. Oder ich würde auf den Dachboden des Stalls klettern und durch das große Fernglas sehen, ob sich im Wald etwas tat.

Nein, dachte ich dann. Zuerst würde ich die Schafe besuchen. Ein paar der Schafe hatten Junge: ein Haufen winziger wolliger weißer Lämmer. Und wenn man sich anständig benahm, erlaubten einem die Schafe, die Wollknäuel auf den Arm zu nehmen.

Die Tauben gurrten verschlafen, als ich an ihrem Verschlag vorbeiging. Im Stall schnaubten mir die Pferde entgegen.

Ganz vorne stand ein schwarzer Hengst; das war Flints Pferd, das schnellste Pferd vom Norderhof. Dahinter standen Südwind und Ostwind und Westwind. Südwind gehörte Johann und Ostwind Almut, von denen ich noch erzählen werde. Westwind aber war mein Pferd, meines ganz allein. Er war milchkaffeebraun und hatte eine weiße Blesse auf der Stirn. Wie ein Klecks Sahne. Ich kletterte ohne Sattel auf seinen Rücken und er trabte mit mir den Weg am Waldrand entlang, wobei ich mich ducken musste, um den tief hängenden Ästen auszuweichen. Um uns lärmten tausend Vögel und alles war wunderschön. Doch damals wusste ich noch nicht, dass es schön war. Denn ich kannte das Andere nicht, das Dunkle, Kalte, Hässliche.

Noch kannte ich es nicht.

Ich dachte, alle zwölfjährigen Jungen würden morgens vom goldenen Licht erwachen und nach ihren Schafen sehen. Ich dachte, alle Jungen hätten einen Vater, der abends Klavier spielte und mit ihnen im Werkzeugschuppen Maschinen baute und Ferngläser auf dem Stalldachboden anbrachte, durch die man nachts die Sterne ansehen konnte. Und alle Jungen hätten ein Pferd wie Westwind und alle Jungen wohnten in alten Gutshäusern mit Türmen und Kaminfeuern und großen, hellen Fenstern.

Nein, wenn ich jetzt darüber nachdenke: So dumm kann ich nicht gewesen sein. Niemand ist mit zwölf Jahren so dumm. Herr Marksen, der uns auf dem Norderhof unterrichtete, hatte uns vom Leben der Leute in anderen Ländern erzählt. Und ich muss wohl geahnt haben, dass die meisten Leute in diesem Land auch anders lebten als wir. Aber ihr Leben schien so unendlich, unfassbar weit weg.

Der Norderhof lag mitten in einem riesigen Wald. Das war der Norderwald. Vom Hof aus führte nach Westen eine Straße, nach Osten führte nichts. Dort war irgendwo eine hohe Mauer und dahinter, sagte Flint, lag vermintes Gebiet aus dem Krieg, wohin man besser nicht ging, wenn man nicht in die Luft fliegen wollte.

Es gab nur vier Häuser auf dem Hof – das Gutshaus, das Haus von Frentje, unserer Köchin, dann das Haus von Lehrer Marksen und zum Schluss das kleine Haus von Johann. Johann war unser Hufschmied und Kutscher und eigentlich auch unser Schäfer.

»Ich bin wohl euer Mädchen für alles, wie?«, knurrte er

immer in seinen Bart, aber er meinte es nicht böse. Er war gerne unser Mädchen für alles.

Keiner von uns Kindern hatte jemals den Norderwald verlassen. Wenn die Erwachsenen es taten, nahmen sie uns nicht mit. Einmal war ich selbst auf Westwind die Straße entlanggeritten, aber sie war so lang und so langweilig, dass ich irgendwann aufgegeben hatte und umgekehrt war. Flint sagte immer, eines Tages würde er mir die Welt da draußen schon zeigen. »Aber dafür«, sagte er, »ist es noch nicht Zeit, Lasse.« Und er sah sehr ernst aus dabei.

Zum Glück war er nicht oft ernst. Viel lieber machte er Unsinn mit uns Kindern vom Norderhof: Er ritt mit mir und Frentjes wilder Tochter Almut um die Wette, dass die Blätter des Waldes nur so nach allen Seiten stoben. Oder er baute am Bach Schiffchen für Almuts kleinen Bruder Tom. Oder er warf Elly in die Luft, das Baby von Herrn Marksen, und Elly gluckste vor Vergnügen. Wir hatten jede Menge Spaß auf dem Norderhof.

Nur manchmal, wenn Flint in seinem Zimmer am Computer arbeitete, um unser Geld zu verdienen, merkte ich, wie allein ich war. In diesen Momenten wünschte ich mit aller Kraft, ich hätte einen Freund, einen Jungen, so alt wie ich, mit dem ich alles teilen konnte: den Wald und den Werkzeugschuppen und alle Abenteuer. Und das Rätsel der Welt draußen. Aber dann kam Flint aus seinem Arbeitszimmer und wir machten ein Lagerfeuer am Fluss und ich vergaß meine Sehnsucht nach einem Freund. Und die Dinge waren wieder gut, wie sie waren.

An diesem Morgen jedoch sollte sich alles ändern.

Die Schafskoppel lag auf einer Lichtung mitten im Wald. Die Schafe hatten sich in einer Ecke am Zaun versammelt. Ich ließ mich von Westwinds Rücken gleiten und kletterte über das Gatter. Als ich über die taunasse Wiese ging, sah ich, dass Johann schon da war. Er kniete bei den Schafen im Gras und hielt eines der Lämmer im Arm. Etwas stimmte nicht mit seiner Farbe. Ich begann zu rennen.

Als ich neben Johann anhielt, sah er auf.

»Perwol«, sagte er. »Es ist Perwol.«

Perwol war der Name des kleinsten Lammes. Es war erst drei Tage alt. Ich kniete mich neben Johann. Dann machte ich den Mund auf, um etwas zu sagen. Aber ich *konnte* nichts sagen.

Es war zu schrecklich.

Das Fell des Lamms war nicht mehr weiß, sondern rot. Auch Johanns helles Hemd war rot, überall war Rot – an seinen Händen, an seiner Brust, in seinem Gesicht. Das allerröteste Rot. Ein Mutterschaf hatte sich über Johann gebeugt und schnupperte an dem Lamm. Es lag ganz still in Johanns Armen. An seinem Hals klaffte eine große Wunde, aus der war das rote Blut gelaufen. Nun war es versiegt.

»Ist es … ist es … tot?«, fragte ich. »Was … was ist passiert?«

»Ich hörte die Schafe rufen«, sagte Johann. »Es war kein Fuchs, der das Lamm gerissen hat. Auch kein streunender Hund. Die Wunde ist seltsam glatt, so als stamme sie von sehr scharfen Zähnen. Scharf wie eine Klinge.«

»Wie eine Klinge?«, fragte ich leise und nahm Johann das tote Lamm ab, um es an mich zu drücken und den Rest seiner Wärme zu spüren. »Mach's gut!«, flüsterte ich. »Mach's gut, Perwol!«

Ich sah noch genau vor mir, wie Perwol an seinem ersten Tag versucht hatte, auf den staksigen Beinen zu laufen, und wie er dauernd umgefallen war. Sein Leben hatte gerade erst begonnen und nun war es zu Ende. Das machte mich traurig und wütend zugleich.

»Was für ein Tier war das, Johann?«, fragte ich.

»Ich weiß es nicht«, antwortete Johann. »Etwas ist im Wald. Es ist von draußen hereingekommen. Etwas Böses. Ich werde die Schafe später auf die andere Koppel treiben, die näher beim Hof liegt.« Er stand auf. »Komm, Lasse. Besser, du bleibst nicht allein hier.«

Später weinte ich lange in Flints Armen, obwohl ich zwölf bin und ein Junge und obwohl ich selten weine. Ich weinte um das Lamm Perwol, aber ich weinte auch um den Norderhof und um den Wald und um das goldene Licht. Denn ich wusste, dass nichts so bleiben würde wie bisher. Etwas war gekommen, hatte Johann gesagt: von draußen.

Und während der eine Teil von mir weinte, sagte sich der andere, dass es Zeit war: Zeit für eine Veränderung. Zeit, all die Dinge kennenzulernen, die ich nicht kannte. Dunkle Dinge, gefährliche Dinge. Ich würde dem, der unsere Lämmer riss, schon auf die Schliche kommen. Doch allein konnte ich es nicht. An diesem Tag wurde meine

Sehnsucht nach einem Freund so groß, dass es wehtat. Und vielleicht lag es daran oder vielleicht war es Zufall: Einen Tag später traf ich ihn. Meinen ersten und einzigen Freund.

Nachtspat

Das Erste, was Joern an jenem Morgen hörte, waren die Sirenen eines Krankenwagens. Er fragte sich, ob diese Sirenen wohl das Erste gewesen waren, was er zu hören bekommen hatte, damals, vor zwölf Jahren. Und ehe Joern wirklich wach war, formten seine Lippen schon die Worte: *Lass es nicht Onnar sein, lass es nicht Mama sein! Lass es jemand anders sein, irgendwen!*

Er ballte die Fäuste unter der Bettdecke, so fest er konnte. Wenn ich meine Fäuste nur fest genug zusammendrücke, dachte er, ist ihnen nichts passiert.

Dann hörte er die Haustür aufgehen und kurz darauf Onnars Stimme in der Küche. Mama antwortete und Joern öffnete seine schmerzenden Finger. Geschirr klapperte.

»Ein Glück, dass du da bist«, sagte Mama und Joern erinnerte sich, dass sie in dieser Nacht gar nicht gearbeitet hatte.

»Ja, ein Glück, dass ich da bin«, antwortete Onnar. »Aber irgendwo anders ist jemand nicht nach Hause gekommen und das ist kein Glück. Diesmal war es nicht das Bergwerk. Es hat eine der Frauen in der Fabrik erwischt, an den Schleifmaschinen.« Joern konnte Onnars Wut hören. »Sie haben gesagt, sie hätte besser aufpassen sollen. Unsinn! Die Maschinen sind zu alt. Sie sind unberechenbar wie Raubtiere.«

»Und dennoch werde ich nach dem Frühstück wieder dorthin gehen«, erwiderte Mama.

»Warte nur«, sagte Onnar. »Bald ... bald werden die Maschinen stillstehen. Bald werden die Raubtiere schweigen.«

Die Tür zu Joerns winzigem Zimmer quietschte und Schritte traten neben Joerns Bett.

»Komm!«, sagte Onnar leise. »Es ist Zeit, aufzustehen. Die Schule! Wenn du vorher noch mit dem Hund gehen willst, musst du dich beeilen.«

Joern zog die Decken noch ein wenig enger um sich und sah seinen Bruder an. Onnars Gesicht war schwarz vom Ruß, doch die Augen darin glänzten hell und klar wie das Wasser eines Sommerbaches. Onnar war schon fünfundzwanzig. Seit Langem erwachsen genug, um in die ewige Dunkelheit des Bergwerks hinunterzusteigen. Jetzt kam er von dort unten, kam von der Nachtschicht. Für ihn war es Zeit, schlafen zu gehen.

»Die Schule ist wichtig«, sagte er. »Du bist schlau. Du wirst mal was Besseres.«

»Es ist so kalt«, sagte Joern.

Onnar lachte. »Unsinn! Es ist Sommer.«

»Hier, in der Schwarzen Stadt«, flüsterte Joern, »wird es nie Sommer.«

Er stieg zitternd in seine Kleider. Draußen, irgendwo vor der Stadt, schien die Sonne, doch bis hierher drangen ihre Strahlen nicht. In den schmalen Straßen verzogen sich die Schatten nie. Das kam vom Kohlenstaub, der über den Häusern lag wie eine Glocke. Er machte die Luft grau und die Herzen rußig. »Aber der Kohlenstaub«, sagte Onnar immer, »macht auch das Geld. Was täten wir ohne die Kohle?«

Joern hasste die Kohle.

In der Küche saßen die vier D um den Tisch versammelt. Unter dem Tisch lag Flop, Joerns Hund. Auch er war schwarz. Doch in seinem Hundeherzen gab es keinen Ruß.

»Guten Morgen, Joern«, sagte Mama. Sie stand am Herd und kämpfte mit der Gasflamme, die sich nicht entzünden lassen wollte. Der Herd war alt, alt wie die winzige Wohnung, alt wie die Schatten in der Schwarzen Stadt.

»Na, Kleiner«, sagte Dennis und rückte ein Stück zur Seite, damit Joern Platz am Tisch hatte. »Fast verschlafen, wie?«

»In der Schule kann er weiterschlafen«, sagte Dirk. »Tust du auch, Dennis, was? Na, musst ja nicht mehr lange dahin.«

»Wünschte, *ich* könnte 'ne Runde weiterschlafen«, sagte Dario.

»Vergiss es, Brüderchen«, sagte Damian.

Joern kraulte Flops Schlappohren und schwieg. Obwohl die vier D alle seine Brüder waren, hatte er nie mit ihnen reden können. Nicht so wie mit Onnar. Dennis war fünfzehn, Damian war zwanzig und Dirk und Dario waren etwas dazwischen. Die älteren drei arbeiteten mal hier und mal da, aber man wusste nie genau, was sie eigentlich taten. Onnar sagte oft, sie wären wie ihr Vater, ihr aller Vater, und dann wurden sie böse, denn diesen Vater konnte niemand leiden. Er war stets gekommen und gegangen, wie es ihm gepasst hatte, und irgendwann, kurz vor Joerns Geburt, war er gar nicht mehr zurückgekehrt.

»Ein Glück!«, sagte Onnar immer. »Nun stell dir vor, wir hätten noch einen Esser am Tisch, noch einen, der kein Geld heimbringt und noch einen mehr in dieser Wohnung!«

Schon sechs Brüder waren zu viel für eine so winzige Wohnung. Joern besaß als Einziger ein eigenes Schlafzimmer und das war eigentlich die Besenkammer. Der Platz reichte gerade für ein Bett und einen Bettvorleger. Es gab einen ständigen Kampf um das Bad, und wenn sie alle um den Küchentisch saßen, stießen ihre Ellenbogen gegeneinander. Das Wohnzimmer stand stets voller Wäscheständer und der Dunst der trocknenden Unterwäsche mischte sich mit dem Eintopfgeruch aus der Küche. Die Luft reichte nicht zum Denken. Man konnte wahnsinnig werden in dieser Wohnung.

Der heutige Tag würde sich in die Kette aus endlosen, lichtlosen Tagen einreihen, dachte Joern. Sie glichen sich wie Kohlen, schwarz und staubig.

Aber Joern irrte sich.

Nach dem Frühstück nahm er Flop an die Leine, rannte die vier Stockwerke hinunter und ließ sich von dem kleinen Hund um die grauen Häuser ziehen. Flop schnüffelte so begeistert an den Häuserecken, als wären sie ein Feld voller Kaninchen und bunter Blumen.

»Du bist schon ein bekloppter Hund«, sagte Joern und wuschelte ihm durchs Fell.

Dann brachte er ihn wieder hinauf in die Wohnung, ehe er zur Schule ging. Die Wohnung war jetzt still und leer. Alle anderen waren fort und Onnar schlief sicherlich. Auf der alten Kommode im Flur lag ein Stapel ausgeliehener Bücher, die Joern zurückbringen musste. Wenn nur alles anders gewesen wäre, dachte er. Wenn er nur in einer Geschichte aus der Bücherei hätte leben können, in einer Welt voller Abenteuer und Kaminfeuer, in der die Leute Väter hatten, die abends am Klavier lustige Lieder sangen. In einer Welt, in der man morgens auf einem braunen Pferd in die Wälder ritt und Ungeheuer besiegte und Schätze fand. Einer Welt ohne Kohle.

Er seufzte, band seinen einen Schuh neu und wollte endlich los – da riss der Schnürsenkel. Joern fluchte. Eilig zog er die Schubladen der Kommode auf und begann darin nach einem Schnürsenkel zu suchen. Die Schubladen waren vollgestopft mit Knöpfen, Blumendraht, einzelnen Handschuhen, heilen und kaputten Glühbirnen, ausgeschnittenen Briefmarken. Joern riss an der untersten, die ein wenig klemmte – und plötzlich hielt er sie im Ganzen in der Hand. Er kniete sich hin, um sie wieder an ihren Platz zurückzuschieben. Hinter die Schublade hatte jemand einige Zeitungsseiten gelegt. Vermutlich als Maßnahme gegen den Schimmel, der die alten Möbel so gern befiel.

Vielleicht klemmte die Schublade ja, weil die Zeitungsseiten umgeknickt waren, dachte Joern. Er griff nach hinten und zog das Papier heraus. Da spürte er, dass etwas in die Zeitung eingewickelt war. Etwas Kleines, Hartes. Er fühlte, wie seine Hände feucht wurden vor Aufregung. Hatte er sich nicht eben noch gewünscht, einen Schatz zu finden?

Flop kam herangetrottet und schnupperte an dem Zeitungspaket. Dann nieste er.

Joern lachte. »Ist es etwas, wogegen du allergisch bist, Flop?«

Er löste die Zeitung vorsichtig, Schicht um Schicht, und sein Atem ging bei jeder Schicht schneller. Das Paket in Joerns Hand war inzwischen nur noch so groß wie sein Daumennagel. Dies musste die letzte Lage Zeitungspapier sein.

Joern wickelte das Papier von dem Gegenstand ab und hielt etwas Rundes, Goldenes in seiner Hand. Im schmierigen Licht, das durchs Flurfenster fiel, glänzte es so hell, als hätte jemand es erst vor Minuten poliert.

»Ein Ring!«, flüsterte Joern und Flop schien zu nicken. Aber vermutlich wippten nur seine Schlappohren auf und ab.

Joern fand eine Prägung auf der Innenseite des Rings: 925. Es war echtes Gold. Außer der Zahl stand noch etwas in dem Ring. Zwei Buchstaben: I & D.

»Weißt du, was das bedeutet, Flop?«, fragte Joern. »Es ist ein Trauring! Ein Ehering, verstehst du? Aber nicht der von Mama. Erstens hat sie ihren verkauft, als sie geschieden wurde, und zweitens war er sicher nicht aus Gold. Und drittens heißt sie Ada. Hier, sieh mal!«

Er kniete sich auf den Boden und hielt Flop den Ring vor die feuchte Hundenase. Mitten in der goldenen Rundung befand sich ein Loch und darin glitzerte ein Edelstein. Nein, er glitzerte nicht wirklich. Er schien mehr. Blass und bescheiden, geheimnisvoll. So wie der Mond, wenn er durch die Kohlenstaubdecke über der Schwarzen Stadt schimmerte. Der Stein war etwas größer als ein Stecknadelkopf. Gerade groß genug, um hindurchsehen zu können, wenn man ein Auge zukniff.

Joern hielt ihn vors Flurfenster und sah hindurch.

Er hatte geahnt, was er sehen würde. Und doch ließ es ihn taumeln. Hätte er nicht schon gekniet, hätte er sich irgendwo festhalten müssen. Er sah den Flur wie durch trübes Glas, doch alles wirkte anders. Der Flur war plötzlich schön: bunt, lustig und fröhlich. Die Ecken der alten, hässlichen Kommode verbogen sich zu Schnörkeln. Die kahle Glühbirne an der Decke sprühte Funken in allen Farben des Regenbogens. Das Blütenmuster der verblichenen Tapete schien zu einem ganzen Garten heranzuwachsen, Gräser sprossen aus dem Teppichboden und Flop sah jetzt nicht mehr aus wie ein Hund, sondern wie ein seltsam gefärbter kleiner Drache.

Joern nahm den Ring von den Augen. Er merkte, dass er zitterte.

»Es ist wahr«, flüsterte er, »was sie über den Stein sagen. Ich ... ich dachte nicht, dass es *so* wahr ist.« Er legte seine

Wange an Flops warme, atmende Flanke. Und dann wisperte er ein Wort in sein Fell, ein magisches Wort, das er schon als kleines Kind nur geflüstert hatte. Den Namen des Steins: »Nachtspat.«

Flop zuckte zusammen.

»Er schläft unter der Erde in den Stollen«, sagte Joern leise. »Denn sie bauen dort unten nicht nur Kohle ab. Sie bauen auch den Stein ab. Onnar hat mir davon erzählt. Oben, in der Fabrik, da schleifen sie ihn und machen Schmuck daraus. Dort stehen die Frauen an den Maschinen, während die Männer in den Stollen umherkriechen. Mama ist eine von ihnen, sie säubert die Schleifmaschinen. Ob sie je durch so einen Stein gesehen hat?«

Flop hatte die Augen schon wieder geschlossen. Wenn ich nur einen Freund hätte, dachte Joern, um mit ihm über den Ring zu sprechen!

Onnar war ein Freund und Flop war ein Freund. Aber Onnar war erwachsen und Flop war ein Hund. Und die Jungs in Joerns Klasse waren zu anders. Sie lebten einfach vor sich hin, ohne nachzudenken, als wären die Kohle und die Schwärze und die Kälte nun mal da und man könnte nichts dagegen tun. Man *konnte* nichts dagegen tun. Außer durch den Nachtspat zu sehen.

Joern schob die Schublade zurück und stand auf, die Faust um den Ring geschlossen. Wem hatte er gehört? Wer waren I & D? Er erinnerte sich vage an eine Geschichte darüber, dass seine Eltern die Kommode vor langer Zeit gebraucht gekauft hatten. Hatte der Besitzer seinen Ring damals überall gesucht? Und warum hatte er den Ring überhaupt versteckt?

»Er muss eine Menge wert sein«, flüsterte Joern. »Wir können ihn verkaufen und uns einen größeren Küchentisch besorgen oder einen richtig guten Fernseher. Oder am besten ein Kleid für Mama, so ein wertvolles wie in den Katalogen, die sie immer anguckt, mit Samt und Stickerei am Ausschnitt.«

Aber wann hätte Mama das Kleid tragen sollen? Unsinn. Er dachte schon wieder in seinen Bücherwelten, wo Frauen zufällig auf Tanzbällen reiche, nette Männer kennenlernten. Mama konnte noch nicht mal tanzen. Wozu auch. In Fabriken wurde nicht getanzt.

Onnar hatte einmal gesagt, Mama wäre verliebt. Seit Jahren, hatte er gesagt. Heimlich. Er wüsste es. Nur in wen, das verriet Onnar Joern nicht.

Joern beschloss, Onnar zu wecken und ihm den Ring zu zeigen. Er tappte durch die Küche und wollte die Tür zum Wohnzimmer öffnen, wo Onnar auf dem Sofa schlief. Doch dann ließ er es sein. Onnar schlief überhaupt nicht. Jemand war bei ihm. Sie unterhielten sich so leise, dass Joern es im Flur nicht gehört hatte. Er blieb ganz still stehen und lauschte. Und das gute Gefühl vom Finden des Rings verschwand schlagartig. Denn er ahnte, was sie dort drinnen besprachen, und es machte ihm Angst.

»Also wird die nächste Nachtschicht die erste sein«, sagte Onnar eben. »Die erste, die nicht stattfindet.«

»Und wenn der Große uns hinauswirft?«, fragte einer, den

Joern nicht kannte. »Du hast keine Frau und keine Kinder, dir kann es egal sein. Wenn Pöhlke und die Gewerkschaft mitspielen würden, wäre es etwas anderes …«

»Vergiss die Gewerkschaft«, unterbrach ihn Onnar. »Wir haben ein Recht, zu streiken! Die Sicherheit in den Stollen ist katastrophal. Auch an den Maschinen in der Fabrik. Denk daran, was heute Morgen passiert ist. Es gibt zu viele Unfälle. Und zu wenig Geld. Vielleicht trägt unser Herr Gewerkschaftschef Pöhlke ja eine der Brillen aus der Fabrik – eine Brille mit Nachtspat anstelle von Glas. Vielleicht sieht er die Unfälle in schönen bunten Farben und die Zahlen auf den Lohnabrechnungen größer und glänzender.«

»Man hört so einiges«, sagte eine dritte Stimme. Diese Stimme kannte Joern. Sie gehörte Holm, Onnars bestem Freund, der so irre Grimassen ziehen konnte. Holm hatte viele Abende bei ihnen in der winzigen Küche verbracht. »Man hört«, sagte er, »bei seinem letzten Besuch hätte der Große dem jungen Pöhlke erklärt, er wäre sein tüchtigster Arbeiter.«

Onnar pfiff durch die Zähne. »Dem Sohn unseres Mannes mit der Nachtspatbrille? Vielleicht ist er tüchtig, aber sein Kopf ist so leer wie meine Geldbörse. Sein Vater, der sich Gewerkschaftschef schimpft, der ist schlauer, als man denkt. Der junge Pöhlke hingegen …«

»Ihr wisst doch, wie der Große die Fabrik damals übernahm«, sagte Holm. »Er war einer wie wir. Hat den Nachtspat entdeckt, der zwischen der Kohle schlief. Und deshalb hat der alte Besitzer ihn zum tüchtigsten Mann erklärt. Er hat ihm seinen ganzen Besitz vererbt. Es heißt, wenn der Große stirbt, erbt wieder der tüchtigste Arbeiter alles. Das Bergwerk und die Fabrik.«

»Holm?«, fragte Onnar. »Wir wissen das alles. Was willst du uns eigentlich sagen?«

»Liegt das nicht auf der Hand?«, fragte Holm zurück. »Wenn der Große jetzt sterben würde, wäre der junge Pöhlke sein Erbe. Sein Kopf ist leer, aber wir können ihn füllen. Er wird auf das hören, was wir Arbeiter ihm sagen. Alles würde besser werden.«

»Es ist ohnehin egal«, meinte Onnar. »Bis der Große stirbt, dauert es Jahrzehnte.«

»Wer weiß«, sagte Holm.

Und da lief es Joern eiskalt den Rücken hinunter, genau wie den Helden in den Büchern aus der Bücherei, und er trat von der Tür zurück. Ab heute Abend würden sie streiken. Und was immer es war, das sie noch planten, er wollte es nicht wissen. Er wollte nichts mehr wissen von den Stollen und der Fabrik und dem Großen, dem all das gehörte und den die Arbeiter so sehr hassten. Er wollte nur weg, weg von allem, so weit weg wie möglich.

»Komm, Flop«, flüsterte er und machte sich auf den Weg in den Keller, wo sein altes, klappriges Rad stand. Er wusste, wohin er fahren würde. Die Schule konnte warten.

Auf der einen Seite der Schwarzen Stadt lag der ausgehöhlte, durchlöcherte Berg, aus dem sie die Kohle und den Nachtspat holten.

Auf der anderen Seite, ziemlich genau gegenüber, lag der Fluss. Er war nicht breit, aber gewaltig. Schwarz war er, schwarz wie die Stadt, und hatte sich tief in den felsigen Untergrund gegraben. Dort unten rauschte er durch die Schlucht wie ein langer geschlängelter Drache aus vergessenen Zeiten, voll weißer Gischt, als hätte er Schaum vor dem Maul.

Am anderen Ufer des schwarzen Flusses erhob sich auf den Felsen eine hohe, alte Mauer aus riesigen Steinquadern, bewachsen von Moos und Gestrüpp.

Joern fuhr den Pfad an der Schlucht entlang und lehnte das Rad an einen Baum. Zwischen dem Pfad und der Stadt lagen ein paar Felder und ein kleines Wäldchen aus verkümmerten Tannen. So konnte man hier ungesehen herumsitzen und nachdenken. Niemand außer Joern kam an diesen Ort, denn die Leute aus der Schwarzen Stadt gingen nicht spazieren. Sie hatten keine Zeit. Oder vielleicht hatten sie vergessen, dass es Dinge gab wie Bäume und Pfade und Flüsse.

Flop schnüffelte aufgeregt an einem Busch und Joern ließ ihn von der Leine. Dann begann er flussabwärts zu wandern, die Hände tief in den Hosentaschen vergraben. Auf der Mauer wand sich scharfer Stacheldraht und darunter hing ein Schild: MILITÄRISCHES SPERRGEBIET. BETRETEN VERBOTEN. LEBENSGEFAHR. Das Schild war mit ein Grund dafür, dass Joern gerne herkam. Es hatte etwas Aufregendes, an einer Mauer entlangzugehen, hinter der verbotenes militärisches Gebiet lag. Man erzählte sich in der Schwarzen Stadt, der Wald dort wäre vermint, noch aus dem

Krieg, und wenn man nicht irgendwelchen übenden Truppen in die Schusslinie lief, würde man vermutlich auf eine Mine treten und in die Luft fliegen.

Allein schon die Mauer anzusehen, die den ganzen riesigen Wald jenseits des Flusses zu umfassen schien, bewirkte, dass sich die winzigen Härchen in Joerns Nacken aufstellten und sein Herz rascher schlug. Eines Tages, dachte er, wenn er erwachsen wäre, würde er eine Brücke über den Fluss bauen und einen Weg finden, über die Mauer zu kommen. Sie war mindestens vier Meter hoch, aber er würde es schaffen. Und dann würden sie schon sehen, ob man einen wie Joern einfach in die Luft sprengen konnte. Doch jetzt gab es Wichtigeres zu bedenken.

Er tastete nach dem Ring in seiner Tasche. Heute Abend würde er mit Onnar reden. Wie viel der Ring wohl wert war? Vielleicht mehr als ein Fernseher. Vielleicht konnte man von dem Geld die Wohnung neu tapezieren, den Schimmel verjagen, der überall herumkroch. Oder verreisen. Joern war noch nie verreist.

Und wenn du ihn einfach behältst?, fragte eine kleine Stimme in ihm. *Wenn du niemandem etwas davon erzählst? Du könntest den Ring unter deine Matratze legen und jeden Morgen durch das Stück Nachtspat sehen, nur ganz kurz. Und die grauen Dächer wären nicht mehr grau, sondern bunt, und die Kohlenstaubwolken würden sich in weiße Tauben verwandeln und in den Straßen würde der Sonnenaufgang den nassen Asphalt zum Gleißen bringen wie ein Feuerwerk …*

Er nahm den Ring aus der Tasche, holte tief Luft und sah zum zweiten Mal an diesem Tag durch den Stein. Und plötzlich musste er lachen. Die Welt sah zu verrückt aus durch den Nachtspat. Die verkümmerten Tannen leuchteten in einer Farbpalette zwischen Blau und Violett und ihre Äste bogen sich in merkwürdigen Kringeln wie Lakritzschnecken. Unten zischte ein zitronengelber Fluss zwischen grünen Felsen entlang. Statt der bedrohlichen Gischt schwebten Tausende von schillernden Seifenblasen durch die Schlucht und vor Joern auf dem Weg hopste wieder das kleine Fabelwesen entlang, von dem er wusste, dass es eigentlich Flop war. Diesmal hatte es Flügel.

Schließlich sah Joern durch den Stein auf die andere Seite der Schlucht. Dort sprossen aus den dicken Mauersteinen glänzende Pfauenfedern und aus einem Loch in der Mauer sah jemand in einem so fürchterlich bunten Anzug heraus, dass Joern die Augen kurz zusammenkniff. Der Anzug war grün und blau gefleckt mit gelben Punkten und rosa Streifen. Allerhöchstens geeignet für einen Clown. Der, der ihn trug, hatte violettes Haar. Er war ungefähr so groß wie Joern, und soweit Joern es in dem Farbdurcheinander erkennen konnte, war er auch ungefähr so alt.

Moment, dachte er. Veränderte der Nachtspat die Dinge nicht nur? Ließ er einen auch Dinge sehen, die überhaupt nicht da waren? Es konnte keinen Jungen auf der anderen Seite der Mauer geben. Nicht im militärischen Sperrgebiet.

Joern nahm den Ring von den Augen.

Der Clownsanzug verschwand.

Der Junge verschwand nicht.

Sein Haar war jetzt ganz normal braun, so wie das von Joern. Er trug ein blaues T-Shirt und abgewetzte Jeans. Und er starrte Joern an. So als hätte er auf der anderen Seite der Mauer alles erwartet, nur keinen Jungen in seinem Alter.

Das röteste Rot, das schwärzeste Schwarz

An diesem Tag konnte ich nicht aufpassen. Herr Marksen erzählte irgendetwas über das menschliche Auge, aber er hätte genauso gut über die verschiedenen Arten von Klospülungen auf dem Mars sprechen können, ich hörte sowieso nicht zu. In meinen Gedanken war nur Rot, das röteste Rot aller Rots.

Ich sah noch immer die toten Augen des Lamms vor mir und die klaffende Wunde an seinem weißen Hals. Und ich hörte noch immer Johanns Worte: *Etwas ist im Wald.*

»Was ist los mit dir, Lasse?«, flüsterte Almut und versuchte ihr wirres Kastanienhaar hinter die Ohren zu streichen, wo es nie länger blieb als zwei Sekunden.

»Nichts«, flüsterte ich.

Almut war erst zehn und ich wollte ihr nichts von dem toten Lamm erzählen. Tom war sogar erst fünf, aber Herr Marksen unterrichtete uns immer alle zusammen. Er ging herum und erklärte jedem, was er machen musste, schreiben oder lesen oder rechnen. Und wenn er Glück hatte, taten wir das dann. An diesem Tag hatte er mit mir kein Glück.

»Du bist ganz woanders, Lasse«, sagte er. »Es ist besser, du gehst nach Hause. Wir machen morgen weiter.«

Denn ich lebe in einer Welt, müsst ihr wissen, wo man nach Hause geschickt wird, wenn man nicht aufpassen kann. Doch ich *ging* nicht nach Hause. Ich schwang mich auf Westwind und ritt davon in den Wald. Natürlich hatte ich Angst vor dem, was da im Wald lauerte, aber was immer es war, es war sicherlich nicht schneller als Westwind.

Ich ritt tief, tief hinein in den Wald und stellte mir vor, hinter mir auf Westwinds starkem Rücken säße der Freund, den ich mir so sehr wünschte. In meiner Fantasie galoppierten wir zu einem geheimen Ort, der nur uns gehörte, um dort einen Plan zu machen, wie wir das fangen könnten, was in den Wald gekommen war. Im Grunde wusste ich, was es war.

Es war ein Kjerk.

Flint hatte uns von den Kjerks erzählt, abends, am Lagerfeuer im Wald, wo wir jeden Sommer Würstchen brieten und in Schlafsäcken schliefen. Als er jung gewesen war, hatte es viele Kjerks im Wald gegeben. Sie waren groß und gefährlich, aber wie sie genau aussahen, hatte er nicht erzählt. Jetzt, hatte er erklärt, gäbe es keine mehr, man habe sie fortgejagt, damit Friede einkehrte. Ehrlich gesagt: Bisher war ich der Meinung gewesen, mein Vater hätte sich die Kjerks ausgedacht. Nun begriff ich, dass es sie wirklich gab. Und dass einer von ihnen wiedergekommen war.

Ich vergaß völlig, auf den Weg zu achten, bis Westwind

plötzlich stehen blieb und sich schüttelte. Da merkte ich, dass wir vor der Mauer standen, hinter der das verminte Stück Wald lag.

Ich hatte keine Ahnung, wie es jenseits davon wirklich aussah. Womöglich war der Kjerk ja von dort gekommen.

Ich saß ab und führte Westwind am Zügel die Mauer entlang. Jemand musste sie vor unendlich langer Zeit gebaut haben, lange vor den Minen. Es war doch komisch, dachte ich plötzlich, dass nur auf der anderen Seite der Mauer noch Minen herumlagen. Hatte man die hier entschärft? Warum hatte man sie nicht einfach alle entschärft?

Ich wanderte eine ganze Weile, doch die Mauer blieb gleich hoch und gleich unüberwindbar. Oben hatte jemand Stacheldraht angebracht. Jemand, der nicht wollte, dass man hinüberkletterte. Wer? Ich überlegte, ob ich es versuchen sollte. Jetzt, wo es Zeit wurde für alles Mögliche, wurde es vielleicht auch Zeit, dass ich auf die Mauer stieg. Während ich eine gute Stelle suchte, begann Westwind das Gras am Fuß der Mauer zu fressen. Und dann entdeckte ich das Loch. Es war genau dort, wo Westwind graste.

»Westwind!«, sagte ich. »Du bist das schlauste Pferd, das ich kenne.«

Ich bezweifelte, dass Westwind mir wirklich das Loch hatte zeigen wollen, aber es schadete ja nichts, ihn sicherheitshalber zu loben.

Das Loch war ziemlich groß. Wenn man sich klein machte, konnte man sicher hindurchkriechen. Einer der Steinquader fehlte einfach. Er lag vermutlich auf der anderen Seite.

Ich ging in die Hocke, um durch die Öffnung zu spähen. Und erschrak.

Jenseits der Mauer gab es nur einen Felsvorsprung von etwa einem halben Meter Breite. Dahinter fiel die Felswand steil ab.

Ich kroch ein Stück weiter in das Loch hinein und hörte sehr weit unter mir einen Bach rauschen. Sein Wasser war vom schwärzesten Schwarz, das ich je gesehen hatte.

Ob es derselbe Bach war, der an einer anderen Stelle als breiter, freundlicher Fluss durch unseren Wald floss? Derselbe, auf dessen sanft gekräuselter Oberfläche ich schon so oft Borkenschiffe hatte schwimmen lassen? Derselbe Bach, an dem ich Forellen geangelt hatte und in dem ich mit Flint um die Wette geschwommen war?

Nein, dieser Bach dort unten duldete keine Borkenschiffe und keine Schwimmer und nicht einmal die allerwagemutigste Forelle hätte sich freiwillig in seine Strömung begeben.

»Finsterbach«, sagte ich leise vor mich hin. »Finsterbach in der Todesschlucht.«

Die Worte klangen schaurig und schrecklich und schön zugleich. Hier begann das Abenteuer, die Veränderung, für die es Zeit wurde.

Ich sah vom Finsterbach zur anderen Seite der Todesschlucht. Dort war kein Wald, so wie alle es immer behauptet hatten. Nur Brombeersträucher wuchsen auf der anderen Seite und ein paar verkümmerte Tannen. Hinter ihren dürren Stämmen konnte ich ein Feld sehen, und *da*, in der Ferne, lag etwas Großes, Schwarzes. Noch schwärzer als der Finsterbach.

Es waren Häuser. Viele Häuser. Es war etwas, das ich nur von Bildern in Büchern kannte: eine Stadt. Aber keine der Städte in den Büchern war so schwarz gewesen. Über der Stadt hing eine Wolke am Himmel und selbst diese Wolke war schwarz.

Ich tastete nach Westwind und legte eine Hand auf seinen warmen, weichen Hals. Er schnaubte mir seinen freundlichen Atem in den Nacken. In diesem Moment bemerkte ich, dass sich drüben, jenseits der Schlucht, etwas bewegte. Ein Hund lief dort auf und ab, ein kleiner Hund mit wehenden Schlappohren, und außerdem stand da jemand.

Es war ein Junge, ungefähr so alt wie ich. Er hielt etwas vor seine Augen, etwas Kleines, Glänzendes. Dann nahm er es herunter und starrte mich an. So als hätte er auf der anderen Seite der Mauer alles erwartet, nur keinen Jungen in seinem Alter.

Nun stellt euch vor, ihr habt euer ganzes Leben lang gedacht, hinter einer Mauer wäre nur Wald und dann gibt es dahinter eine Schwarze Stadt und eine mörderische Schlucht und einen Jungen.

»Hey!«, rief ich.

»Hey!«, rief der Junge zurück.

Dann rief ich noch einmal »Hey!« und dann fiel mir nichts mehr ein.

Zugegeben, das war kein besonders interessantes Gespräch. Aber wenn man sehr verblüfft ist, fällt einem nichts Interessanteres ein als »hey«.

Eine Weile starrten wir uns über die Schlucht hinweg an. Das Haar des anderen Jungen hatte die gleiche Farbe wie meines: Braun. Doch es war sehr kurz, so als hätte man es mit einem Rasierer geschnitten. Er trug eine graue Jacke mit Löchern an den Ärmeln und ziemlich hässliche Hosen in grünem Militär-Tarnmuster.

»Ich bin Lasse!«, rief ich schließlich. »Woher kommst du?«

»Aus der Schwarzen Stadt«, antwortete der Junge und da war mir, als rieselten lauter kleine Schneeflocken durch mich. »Ich heiße Joern. Und woher kommst du?«

»Vom Norderhof«, antwortete ich.

Joern nickte. »Liegt der Norderhof im Sperrgebiet?«, fragte er.

»Im Sperrgebiet?«, fragte ich zurück. »In welchem Sperrgebiet?«

Joern zeigte auf die Mauer. Ich verrenkte mir den Kopf und sah, dass dort ein gelbes Schild hing.

»Auf dem Schild steht, hinter der Mauer ist militärisches Sperrgebiet!«, rief er. »Aber vielleicht ist es gelogen.«

»Es ist auf jeden Fall gelogen!«, erwiderte ich. »Komm doch rüber und sieh es dir an! Hier gibt es nur den Wald und den Norderhof und die Schafskoppeln und uns.«

Joern schien zu überlegen. »Willst du das wirklich?«, rief er schließlich. »Dass ich rüberkomme?«

Darüber brauchte ich nicht nachzudenken. Ich war viel zu neugierig. »Klar will ich!«, rief ich.

Da nickte er. »Okay, dann komme ich.«

Beinahe erwartete ich, dass er jetzt irgendetwas Unmögliches tun würde – Anlauf nehmen und über die Todesschlucht springen zum Beispiel oder auf das Fahrrad steigen, das drüben an einem Baum lehnte, und durch die Luft zu mir herüberfahren. Aber er tat nichts dergleichen. Er ging ein Stück am Rand der Schlucht entlang, verschwand zwischen den verkümmerten Tannen und schleifte gleich darauf einen dünnen Stamm hinter sich her.

»Sie haben eine Menge Bäume gefällt!«, rief Joern. »Aber abgeholt hat sie noch niemand.«

Damit kniete er sich an den Rand der Schlucht und begann den Stamm zu mir herüberzuschieben. Ich band mir Westwinds Zügel ums Handgelenk, für alle Fälle, und beugte mich weit vor, um den Tannenstamm entgegenzunehmen. Dem ersten Stamm folgten ein zweiter und ein dritter und so bauten wir an jenem Tag eine Brücke über den Finsterbach. Es dauerte eine ganze Weile und es war ein Glück, dass die Todesschlucht nicht breiter war, sonst hätten wir es nie geschafft. Ich zog die Enden der dünnen Stämme alle durch die Mauerlücke, wo sie sich fest ineinander verkeilten. Drüben am anderen Ufer lief Joern hin und her und holte neue Stämme heran. Der kleine Hund rannte begeistert um ihn herum und es war eine wahre Freude, den beiden zuzusehen.

Ich vergaß den Kjerk und das tote Lamm und Herrn Marksen und das Mittagessen. Beinahe vergaß ich den ganzen Norderhof. Es gab nur die Brücke und uns, uns und die Brücke.

Und schließlich stemmte Joern die Arme in die Seiten und sagte zufrieden: »So, nun sind wir wohl fertig mit unserer Brücke. Es hat kein einziger kleiner Stamm mehr in deiner Mauerlücke da drüben Platz. Und jetzt pass mal auf, Lasse vom Norderhof! Denn jetzt komme ich rüber.«

Und er kam. Ich umklammerte Westwinds Zügel und sah zu, wie er über die Brücke balancierte. Er hatte den kleinen Hund auf den Arm genommen und setzte bedächtig einen Fuß vor den anderen.

»Wenn er nur nicht hinunterfällt!«, flüsterte ich Westwind zu. »Wenn er nur nicht in den Finsterbach stürzt, der da unten entlangrauscht! Wenn nur die dünnen Stämme nicht brechen!«

Die Todesschlucht war so tief und die Felsen dort unten so hart und unerbittlich. Ja, in dem Moment, in dem ich Joern zum allerersten Mal über die Finsterbachbrücke balancieren sah, wusste ich schon, dass niemand einen solchen Sturz überleben konnte.

Aber die Stämme hielten. Joern setzte den Hund auf den Felsvorsprung und kletterte ihm nach. Danach kroch er durch das Loch in der Mauer. Wie mutig er ist!, dachte ich. So jemand Mutigen müsste man zum Freund haben. Da fiel mir etwas Wunderbares ein. Vielleicht war es möglich. Er könnte mein Freund werden, dieser Joern. Und dann stand er vor mir.

Er war genauso groß wie ich, vielleicht etwas kräftiger. Seine Augen waren moosgrün und ich sah darin etwas, das ich oft im Spiegel in meinen eigenen Augen gesehen hatte: die Sehnsucht. Vielleicht brauchte auch Joern einen, mit dem er reden konnte.

»So, Lasse vom Norderhof«, sagte er und streckte die Hand aus wie ein Erwachsener.

»So, Joern aus der Schwarzen Stadt«, sagte ich und nahm seine Hand.

Mehr sagten wir nicht. Es war nicht nötig. Wir ahnten beide, dass in diesem Augenblick etwas begonnen und etwas aufgehört hatte.

Was aufgehört hatte, war das Alleinsein. Und was begonnen hatte, war ein Abenteuer. Abenteuerlicher als alle Bücher aus allen Leihbüchereien der Welt, dunkler als der Finsterbach und gefährlicher als die Todesschlucht. Aber das wussten wir damals noch nicht.

4

Nichts und niemand kommt über den Finsterbach

Ich half Joern auf Westwinds Rücken und wir ritten zusammen durch den grünen Wald. Der kleine schlappohrige Hund rannte uns voraus, schnüffelte an den Bäumen und wurde so aufgeregt, dass ich Angst hatte, er könnte Westwind vor die Hufe geraten.

»Da mach dir mal keine Sorgen«, sagte Joern. »Vor ein Auto ist er auch noch nicht gekommen in der Schwarzen Stadt! Ich wette, er hat noch nie etwas so Interessantes gerochen wie diesen Wald, und da muss man ihm verzeihen, wenn er ein bisschen spinnt.«

»Seine Ohren«, sagte ich, »sehen aus, als flögen sie gleich ohne ihn davon, so wie sie hin und her floppen. Wie heißt er?«

»Flop«, antwortete Joern und da mussten wir beide lachen.

Wie wunderbar es war, so durch den Wald zu reiten! In den Ästen sangen die Vögel, in den Büschen schimpften kleine Tiere, weil Flop sie beschnüffelte, und die Sonne schien durch die Blätter. Und hinter mir, auf Westwinds starkem Rücken, saß Joern.

»Wohin reiten wir?«, fragte er.

»Zu meinem liebsten Platz«, antwortete ich.

Mein liebster Platz ist eine Lichtung mitten im Wald, zwischen uralten Eichen. Der Fluss fließt dort breit und langsam vorüber, an seinem Ufer stehen Trauerweiden, die ihre Äste ins Wasser hängen wie Angeln, und auf den Steinen dazwischen sonnen sich Blindschleichen. Unter der dicksten Eiche hat eine Kaninchenfamilie ihren Bau. Wenn man ganz still im Gras liegt, halten sie einen eine Weile für einen Baumstamm. Irgendwann merken sie, dass man kein Baumstamm ist, und hoppeln plötzlich panisch davon und man kann sich totlachen über die dummen Kaninchen. In der Mitte der Lichtung jedoch steht eine junge Linde, die ihre hellgrünen Blätter im Wind wiegt wie in einem Tanz. Ich weiß genau, wie alt diese Linde ist, sie ist zwölf, wie ich.

Mein Vater hatte sie als winzigen Keimling gepflanzt, damals, als er auch den Stein auf die Lichtung brachte, auf den die Zweige der Linde jetzt ihre grünen Schatten werfen und den das hohe Gras verbirgt. Auf dem Stein stehen die Worte: *Du und ich, ich und du, in Ewigkeit.* Mehr nicht. Das ist der Grabstein meiner Mutter und deshalb ist es gleichzeitig wunderschön und schrecklich traurig, die Linde anzusehen. Früher bin ich immer zu ihr geritten, wenn ich Kummer hatte, und habe ihr berichtet, was schon wieder schiefgegangen war. Und die Lindenblätter rauschten wie zur Antwort.

Doch an diesem Tag erzählte ich Joern nichts von meiner

Mutter, die bei meiner Geburt gestorben war, und ich zeigte ihm auch den Stein nicht. Wir legten uns auf den Rücken ins Gras und alles war einfach nur hell und schön.

»Du lebst in einer komischen Welt«, sagte Joern. »Ist es hier immer so? Singen jeden Tag die Vögel und scheint jeden Tag die Sonne? Und reitest du jeden Tag durch den Wald?«

Ich rollte auf die Seite, stützte mich auf einen Ellenbogen und sah ihn an. »Nein, manchmal regnet es natürlich«, sagte ich. »Dann reite ich nicht durch den Wald. Dann steht Westwind bei den anderen Pferden im Stall und wir basteln Modellflugzeuge oder erfinden Seilbahnen für das Treppengeländer. Oder wir verstecken uns im Keller und erschrecken Frentje, wenn sie herunterkommt, um etwas zu holen.«

»Wer ist Frentje?«, fragte Joern. »Und mit wem erfindest du Seilbahnen?«

»Oh, manchmal mit Almut und manchmal mit Flint«, erklärte ich. »Flint ist mein Vater. Almut ist zehn. Frentje ist ihre Mutter und unsere Köchin.« Ich lachte. »Wenn du das alles auf einmal wissen willst, muss ich dir eine Liste machen! Aber sie wird nicht lang, denn es gibt nicht viele Leute auf dem Norderhof.«

»Dort, wo ich herkomme, gibt es zu viele Leute«, sagte Joern und eine dunkle Wolke zog über sein Gesicht, obwohl der Himmel so blau war wie zuvor. »Alles ist voller Leute. Die Straßen, die Geschäfte, die Busse … und in unserer Wohnung sind wir auch zu viele. Es gibt nie genug Platz für alle. Hier habt ihr unendlich viel Platz.«

»Ja«, sagte ich. »Platz haben wir wohl eine Menge.« Darüber hatte ich noch nie nachgedacht.

»Die Mauer«, sagte Joern nachdenklich. »Ich glaube, ich weiß, warum sie da ist.«

»Warum?«, fragte ich.

Da stützte sich auch Joern auf seinen Ellenbogen und sah mich an. »Hier ist alles schön«, sagte er. »Und draußen ist alles hässlich. Die Mauer ist da, damit das Hässliche nicht hereinkommt. Damit das Schöne hier drinnen nicht kaputt gemacht wird.«

Ich nickte.

»Es sind zwei Welten«, fuhr Joern fort. »Diesseits und jenseits des Finsterbachs. Sie dürfen sich nicht vermischen.«

»Aber jetzt«, sagte ich. »Jetzt ist ein Loch in der Mauer.«

Da war es Joern, der nickte. »Und seit heute gibt es eine Brücke über den Finsterbach«, sagte er. »Was ist, wenn das Böse über die Brücke kommt? Durch das Loch in der Mauer? Dann wäre es unsere Schuld.«

In diesem Augenblick raschelte es im Gebüsch hinter den Brennnesseln. Und plötzlich erschienen mir die Schatten dort dunkler als sonst. Ich setzte mich auf. Es raschelte noch einmal. Nicht wie eine Amsel oder wie ein Igel, nicht einmal wie ein Kaninchen. Es war etwas Größeres, das da raschelte, etwas viel Größeres.

»Was ist das?«, flüsterte Joern. Die hellen Funken in seinen grünen Augen flackerten erschrocken.

»Vielleicht ein Reh«, wisperte ich und legte den Finger an die Lippen. »Aber vielleicht auch nicht.«

Auf einmal fiel mir das Rot wieder ein, das Rot im weißen Fell des Lamms. Für ein paar Stunden hatte ich es vergessen. Ich Idiot! Westwind hatte ebenfalls den Kopf gehoben. Seine Ohren spielten unruhig und er schnaubte nervös. Flop zog den Schwanz ein und witterte. Es kam mir vor, als wäre es plötzlich kälter geworden auf der Lichtung. Wir standen ganz leise auf.

»Das Böse«, flüsterte ich, »ist schon gekommen, ehe wir die Stämme über die Schlucht gelegt haben. Es braucht keine Brücken.«

Dann ging ich langsam rückwärts und zog Joern am Ärmel seiner grauen Jacke mit mir. Bis wir Westwind erreicht hatten, raschelte es noch zweimal im Gebüsch. Es war, als verdichteten sich die Schatten dort hinter den mannshohen Brennnesseln zu einer Gestalt. Ich zog mich auf Westwinds Rücken hinauf und half Joern hoch. Flop war auf seinen Arm gesprungen. Er spürte unsere Angst wohl, denn sein ganzer kleiner Hundekörper zitterte wie ein Wackelpudding.

»Lauf, mein Westwind, lauf!«, befahl ich und drückte meinem Pferd die Hacken in die Seiten. Da preschte Westwind mit uns über die Lichtung, dass das hohe Gras sich nur so bog. Wir tauchten in den Wald ein, duckten uns, spürten die Zweige, die unser Haar streiften. Joern klammerte sich mit einer Hand an mich, um nicht von Westwinds Rücken zu fallen. Mit der anderen hielt er Flop fest.

Hinter uns brachen jetzt Äste. Jemand war uns auf den Fersen.

»Schneller, mein Westwind!«, rief ich. »Schneller!«

Und Westwind lief schneller. Er lief, so schnell er konnte, doch er lief nicht schnell genug.

»Es holt auf!«, rief Joern. »Was ist es?«

»Ein Kjerk«, antwortete ich.

»Was ist ein Kjerk?«

»Ich … ich weiß es nicht«, keuchte ich. »Frag mich noch mal, wenn er uns eingeholt hat! Aber dann sind wir vermutlich schon zu blutigen roten Stücken zerrissen worden.«

Ich ließ Westwind Haken schlagen wie die Kaninchen, lenkte ihn geheime Pfade entlang, enge Wege zwischen Felsen hindurch, die im Wald herumlagen. Es nützte alles nichts. Das Knacken der Äste hinter uns kam näher und näher. Und schließlich erhob sich vor uns eine hohe Brombeerhecke. Ich kannte die Hecke. Ich hatte uns absichtlich hierher geführt.

»Was hast du …«, begann Joern, doch ich ließ ihn nicht ausreden.

»Halt dich fest!«, schrie ich.

Und dann sprangen wir über die Hecke.

Westwind ist kein Pferd, das oft über Brombeerhecken springt. Ich wusste nicht einmal, ob er es konnte. Ich wusste auch nicht, ob der Kjerk es konnte. Doch wir hatten keine andere Wahl. Wir konnten nur hoffen, dass die Hecke den Kjerk zurückhalten würde.

Ich spürte, wie wir durch die Luft flogen, spürte, wie sich Joerns Finger in meine Schulter gruben, hörte Flops erschrockenes Jaulen …

Westwinds Hufe streiften die Hecke. Wenn er hängen blieb, das wusste ich, würden wir allesamt stürzen. Aber Westwind blieb nicht hängen. Er landete auf der anderen Seite der Hecke und preschte weiter. Ich wollte gerade aufatmen, da hörte ich etwas hinter uns durchs Gebüsch brechen. Diesmal war es so nah, dass ich glaubte, seinen Atem zu fühlen.

Auch der Kjerk war über die Hecke gesprungen.

Sekunden später holte er uns ein. Sein großer Schatten preschte an uns vorüber und mir wurde klar, dass wir verloren waren. Endlich, endlich hatte ich jemand gefunden, der mein Freund werden konnte, und nun würde der Kjerk uns beide zerreißen.

»He, Lasse!«, rief der Kjerk und drehte sich nach uns um. »Ich hab gewonnen, würde ich sagen! Ordentlicher Sprung, alle Achtung! Aber eingeholt hab ich euch trotzdem.«

Da sah ich, dass der Kjerk überhaupt kein Kjerk war, sondern Almut, Frentjes Tochter. Sie brachte ihr Pferd Seite an Seite mit Westwind und ihre langen roten Haare flogen ihr ums Gesicht wie Flop seine schwarzen Ohren.

»Ich hab dir immer gesagt, mein Ostwind ist schneller als dein Westwind«, sagte sie. »Moment, aber ihr seid ja zu zweit! Warum habt ihr dieses Rennen mit mir veranstaltet? Sie haben mich losgeschickt, damit ich dich zum Mittagessen hole, Lasse. Keiner wusste, wo du warst.«

»Mittagessen?«, fragte ich. Es dauerte eine Weile, bis mir einfiel, was dieses Wort bedeutete. »Ich dachte, du wärst etwas anderes«, fügte ich hinzu.

»Was?«, fragte Almut neugierig und lenkte Ostwind näher an uns heran. Ostwinds Mähne hatte dieselbe Kastanienfarbe wie Almuts wilde Haare. »Was, dachtest du, bin ich? Und wer ist das?«

»Das«, sagte ich stolz, »ist mein Freund Joern.«

»Ach, hallo, Joern!«, sagte Almut. »Ich bin Almut, aber Lasse hat dir vermutlich schon alles über mich erzählt. Wie ich ihn immer nerve und dass es viel schöner ist, ohne mich im Wald herumzustreunen und nicht zum Mittagessen zu kommen.« Sie grinste breit. »Isst du auch mit uns zu Mittag?«

»Ich weiß nicht, wie es die Leute vom Norderhof finden, wenn plötzlich einer mehr an ihrem Tisch sitzt«, sagte Joern. »Ich glaube, ich sollte nach Hause gehen.«

»Unsinn!«, rief ich. »Was macht es aus, ob einer mehr oder einer weniger am Tisch sitzt? Bei den Mengen, die Almuts Mutter kocht, könnte eine Armee zu Besuch kommen und das Essen würde immer noch für alle reichen.«

»Aber vielleicht«, sagte Joern leise, »geht es nicht ums Essen. Vielleicht wollen sie nicht mit einem am Tisch sitzen, der aus der Schwarzen Stadt kommt. Wo sie sich jahrelang so viel Mühe gegeben haben, alle in der Stadt davon zu überzeugen, hier wäre ein militärisches Sperrgebiet.«

»Aus der Schwarzen Stadt?«, fragte Almut, und als sie die Worte wiederholte, klangen sie so schaurig und schön wie der Name, den ich dem Finsterbach gegeben hatte. Aber doch mehr schaurig als schön. Ein Teil von mir wollte die Schwarze Stadt unbedingt sehen, sofort, während ein anderer Teil von mir hoffte, dass meine Füße ihren Boden nie, nie betreten würden.

»Die Schwarze Stadt liegt jenseits der Mauer«, erklärte Joern. »Unter einer Glocke aus Kohlenstaub. Mein Bruder Onnar ist einer von denen, die die Kohle aus dem Berg auf der anderen Seite der Stadt holen. Die Kohle und den Nachtspat. Eine Menge Leute arbeiten im Bergwerk. Neben den Stollen steht die Fabrik, wo sie den Nachtspat schleifen und verarbeiten, und dort arbeiten auch eine Menge Leute. Aber soviel sie auch arbeiten, sie verdienen nie genug Geld, um glücklich zu sein.«

Almut machte den Mund auf und ich sah, dass sie tausend Dinge fragen wollte. Ich wollte ebenfalls tausend Dinge fragen. Doch da schimmerte schon das Weiß der Häuser vom Norderhof durch die Bäume und kurze Zeit später waren wir dort.

Frentje stand in ihrer Tür, eine große blau-weiß gestreifte Schürze umgebunden, und winkte. »Da bist du ja, Lasse!«, rief sie. »Wir dachten schon, du wärst ganz und gar verschollen!«

An normalen Wochentagen aß ich bei Frentje, Olaf und ihren Kindern zu Mittag. Olaf war Almuts Vater und unser Gärtner. Er kümmerte sich um den riesigen Gemüse- und Kräutergarten und die Blumenbeete vom Norderhof und Flint sagte, er hätte einen grünen Daumen. Das heißt, dass alles wuchs und gedieh, was er anfasste.

Wir rieben die Pferde ab, deren Fell glänzte vom Schweiß, und Frentje kam über den Hof. Ich dachte, sie würde sagen, wir sollten uns beeilen, weil das Essen kalt würde. Aber sie sagte gar nichts. Sie sah nur Joern an, lange und gründlich, so als suchte sie etwas in seinem Gesicht. Joern blickte zu Boden. Ich wusste, was er dachte. Er dachte: Sie möchte nicht, dass ich mit zu Mittag esse. Sie möchte nicht, dass ich hier bin. Sie spürt, dass ich aus der Schwarzen Stadt komme.

»Das ist mein Freund Joern«, sagte ich ganz schnell. Und ich fürchtete fast, Joern würde sagen: »Na ja, nur ein Bekannter.« Doch er sagte es nicht. »Er kann doch mit uns essen? Er kommt von jenseits der Mauer und ist schon mit mir auf Westwind geritten und ...«

»Wie bist du über die Mauer gekommen?«, fragte Frentje. »Und wie über den Fluss?«

»Wusstest du davon?«, fragte ich zurück. »Davon, dass dort überhaupt kein Wald voller Minen ist?«

Frentje antwortete nicht. Ihr rundes, freundliches Gesicht war mit einem Mal sehr ernst. So ernst hatte ich es noch nie gesehen. Und dann blickte sie Almut und mich an.

»Vergesst die Schwarze Stadt«, sagte sie. »Vergesst sie für immer. Und vor allem, sprecht nicht darüber, wenn Lasses Vater euch hören kann. Verstanden? Wenn du willst, dass dein Freund mit dir auf Westwind durch den Wald reitet, Lasse, dann muss er jemand anders sein. Hier auf dem Norderhof wird er der Sohn meiner Cousine sein. Sie hat ihn hergeschickt, weil er Schulferien hat und sie mit ihrem Mann verreist. Der Sohn meiner Cousine kann bleiben, solange er will.«

Ich wollte sie fragen, was das alles sollte, doch Joern und

Almut nickten und da nickte ich auch. Die Welt war an einem einzigen Tag sehr verwirrend geworden.

In der Küche saßen Olaf und der kleine Tom und sahen hungrig aus. Es roch nach Zwiebeln und Tomatensoße und tausend Kräutern aus Olafs Garten. Wir setzten uns um den alten runden Tisch und ich stellte einen Stuhl für meinen Freund dazu.

»Das ist Joern«, sagte Frentje. »Der Sohn von Barbara.«

»Von wem?«, fragte Olaf.

»Na, meiner Großcousine«, sagte Frentje. »Ich habe dir sicher schon von ihr erzählt, aber du hörst ja nie zu, wenn ich über meine Verwandten rede. Jedenfalls ist Barbara mit ihrem Mann in den Urlaub nach Afrika gefahren und Joern haben sie für die Ferien zu uns geschickt. Ich glaube, ich habe vergessen zu erwähnen, dass er kommt.«

»Das hast du allerdings«, brummte Olaf und schaufelte die dampfenden Nudeln auf seinen Teller. »Und woher kommt er so plötzlich? Ist er aus einer Wolke vom Himmel auf den Norderhof gefallen? Und wo war Lasse so lange? Ich bin am Verhungern.«

Olaf wurde immer brummig, wenn er hungrig war.

»Geliebter Mann, reg dich nicht auf«, sagte Frentje. »Sonst erschrecken sich die Nudeln und werden kalt. Joern ist nicht aus einer Wolke gefallen, sondern heute Morgen angekommen, als ihr alle noch irgendwo anders beschäftigt wart. Doktor Bartens hat ihn mitgebracht.«

»Doktor Bartens war hier?«, fragte Olaf zwischen zwei Bissen Nudeln.

»Ja, aber er hatte heute keine Zeit zu bleiben«, sagte Frentje schnell. »Er hat mir nur meine Medikamente gebracht und seinen üblichen Vortrag über mein Cholesterin gehalten. Danach ist er gleich wieder losgefahren.«

»Komisch, komisch«, brummte Olaf und ich musste zugeben, dass er recht hatte. Frentje log wie gedruckt. Natürlich war Doktor Bartens nicht hier gewesen, denn sonst wäre er geblieben, um mit jedem von uns zu reden. Er kam selten zum Norderhof, doch dann sah er stets nach, ob wir auch alle gesund waren. Schließlich, sagte er, lebten wir so weit weg von der nächsten Stadt. Jetzt wusste ich, dass das nicht stimmte. Wir wohnten näher an der nächsten Stadt, als ich geahnt hatte. Doch diese Stadt war schwarz.

»Wie lange bleibst du hier?«, fragte der kleine Tom. »Bleibst du lange? Wo schläfst du? Im Gutshaus ist mehr Platz, aber wenn du hier wohnst, kannst du mir abends von da erzählen, wo du wohnst. Kennst du Nudelfußball?« Und er schoss eine Nudel auf Joern.

Joern war zu verblüfft, um zu reagieren. Die Nudel landete mitten auf seiner Nase.

»Tor!«, schrie der kleine Tom. »Gewonnen! Gewooonnnen!« Er hämmerte mit seinem Löffel auf den Tisch.

Joern lief die Tomatensoße von der Nase.

Alle lachten.

»Du hättest sie mit dem Mund auffangen müssen«, erklärte Olaf. »Jetzt guck doch nicht so entsetzt! Hier hast du eine Serviette. Da, wo du herkommst, spielen sie wohl kein Nudelfußball, wie?«

»Nein«, sagte Joern, »das spielen sie nicht.«

»Und worüber lachen sie dann beim Essen?«, fragte Almut und klaubte ein Stück Nudel aus ihrem roten Haar.

»Da wo ich herkomme«, sagte Joern, »da lachen sie wenig.«

Er wischte sich die Tomatensoße von der Nase und auf einmal wirkte er so traurig, dass es wehtat, ihn anzusehen. Vielleicht dachte er an seine Welt, in der sie nicht lachten.

»Am Wochenende essen alle im Gutshaus, wo ich wohne«, sagte ich, nur um irgendwas zu sagen. »Auch mein Vater. Der arbeitet jetzt in seinem Zimmer im östlichen Turm, aber am Wochenende isst er mit uns in der großen Küche drüben. Die Küche hier wäre ja etwas eng für alle …«

»Eng?«, fragte Joern. »Du hast keine Ahnung, was eng ist. Bei uns in der Wohnung, da ist es eng.«

»Jedenfalls kocht Frentje am Wochenende richtig lecker«, fuhr ich fort. »Nicht so was Einfaches wie jetzt.«

»Einfach?«, fragte Joern und betrachtete die Soße mit den duftenden grünen Kräuterstückchen. »Du hast keine Ahnung, was einfach ist. Bei uns gibt es Kartoffeln mit Salz. Das ist einfach.«

»Na endlich jemand, der meine Kochkünste würdigt!«, sagte Frentje und lachte und Joern wurde ganz rot. »Ganz ehrlich, ich koche zu gut«, sagte sie. »So gut, dass ich davon schon ganz dick geworden bin. Sieh mich nur an! Deshalb will Doktor Bartens, dass ich auf mein Cholesterin aufpasse.

Aber ich weiß ja nicht mal, was das ist! Es wird schon auf sich selbst aufpassen.«

»Doktor Bartens sagt, Frentjes Herz gehe es schlecht wegen des Cholesterins«, meinte ich. »Da muss er sich aber wohl irren, denn Frentje hat das beste Herz, das man sich vorstellen kann.«

»Hör mal, Lasse«, sagte Olaf plötzlich. »Was ist das für eine Sache mit dem toten Lamm? Johann ist mit dem Gewehr über der Schulter davongeritten und hat gesagt, er würde nachsehen, ob irgendwo ein Loch im Zaun wäre.«

»Ist um euren ganzen Wald ein Zaun?«, fragte Joern.

Olaf nickte. »Du hast ja das Tor an der Straße gesehen, als du hergekommen bist, nicht wahr? Der Zaun führt von da aus einmal um den Wald, als Schutz für unsere Schafe. Außerdem stellt er die Grenze des Landes dar, das zum Norderhof gehört. Nur an einer Stelle gibt es eine Mauer statt eines Zauns ... Das Tor kann jeder Mensch öffnen, weißt du. Bloß Tiere können es nicht. Und Johann war wohl auf der Suche nach einem Tier. Dem Tier, das das Lamm gerissen hat.«

»Der Kjerk«, sagte ich.

»Der ... Kjerk?«, fragte Olaf. »Was soll das sein?«

»Etwas Gefährliches!«, rief Almut mit leuchtenden Augen. »Etwas Großes! Etwas mit scharfen Klauen und blitzenden Zähnen! Flint hat von den Kjerks erzählt.«

»Ach so«, sagte Olaf und grinste. »Vermutlich haben sie silberne Flügel und goldene Ohren und können jodeln?«

Da musste ich lachen, aber dann dachte ich an das Rot.

»Der Kjerk ist wirklich, Olaf«, sagte ich. »Ich habe das tote Lamm wirklich in den Armen gehalten und es war wirklich tot.«

»Richtig echt tot?«, fragte Tom.

Ehe ich antworten konnte, klopfte es. Olaf und Frentje gingen in den Hausflur und kurz darauf hörten wir Johanns Stimme durch die angelehnte Flurtür.

»Der Teil des Zauns, den ich abgeritten bin, ist heil«, sagte er. »Kein Loch, nichts. Jetzt brauche ich erst einmal was zwischen die Zähne. Danach mache ich weiter. Es wird ein paar Tage dauern, den ganzen Zaun zu kontrollieren, der Norderwald ist einfach zu groß. Aber die Mauer, die kann ich mir wohl sparen, was?«

»Die Mauer, wo der Finsterbach fließt?«, fragte ich und biss mir gleich darauf auf die Zunge.

Doch Johann merkte nichts. Er nickte. »Finsterbach ...«, murmelte er. »Das ist ein guter Name für dieses Wasser da unten. Was immer im Wald ist, über den Finsterbach kann es nicht gekommen sein. Nichts und niemand kommt über den Finsterbach.«

»Ja, ja«, hörten wir Frentje sagen. »Nichts und niemand kommt über den Finsterbach, da hast du wohl recht.«

Ich sah Joern an und Joern sah mich an und wir zwinkerten uns zu.

»Was ist der Ginsterbach?«, fragte Tom.

»Ach, der Ginsterbach, das ist so ein langweiliges Gewässer, das weit weg von uns durch den Wald fließt«, sagte ich. »Ganz ohne Fische drin. Flint hat mir das erzählt.«

Und dann räumten wir das Geschirr ab und redeten über andere Dinge.

»Und jetzt«, sagte ich später im Hof, »reiten wir zurück in den Wald, was, Joern?«

»Kann ich mitkommen?«, fragte Almut.

Doch da tauchte plötzlich Frentje hinter uns auf und legte einen Arm um ihre Tochter.

»Nein«, sagte sie, »das kannst du nicht. Denn selbst wenn Olaf glaubt, dass es den Kjerk nicht gibt, und selbst wenn Lasse glaubt, er könnte ihn einfach so fangen wie einen Hasen – meine Tochter wird nicht in den Wald gehen und sich von ihm in Stücke reißen lassen. Ich habe nur eine Tochter und die wird mir jetzt helfen, das Erdbeereis fürs Wochenende zu machen.«

»Na toll«, grummelte Almut.

Verglichen mit einem Kjerk war Erdbeereis wohl die langweiligste Sache der Welt, das musste ich zugeben. Aber wie froh war ich, dass ich alleine mit Joern in den Wald reiten konnte!

»Wir müssen uns noch so vieles erzählen«, sagte ich. »Ich hoffe, die Zeit reicht dafür. Denn vielleicht beißt dieser Kjerk ja bald einem von uns die Kehle durch.«

»Oder es geschieht etwas anderes«, sagte Joern düster. »Etwas viel Schlimmeres, in meiner Welt, in der Schwarzen Stadt.«

»Was denn?«, fragte ich und mir wurde ganz ängstlich zumute, ängstlicher noch, als wenn ich an den Kjerk dachte.

»Ich weiß es nicht«, antwortete Joern. »Ich habe nur so eine Ahnung. Erzähl mir lieber vom Kjerk.«

Da erzählte ich ihm alles, was ich wusste, und Joern sagte: »Dann müssen wir also zurück zu der Schafskoppel im Wald, wo alles passiert ist. Vielleicht finden wir seine Spur.«

An etwas so Naheliegendes hatte noch keiner gedacht, was mich verblüffte.

»Ähm, genau dorthin reiten wir«, erklärte ich, als hätte ich das die ganze Zeit schon vorgehabt. »Aber diesmal nehmen wir eine Waffe mit.«

Und ich holte meinen Bogen von seinem Haken im Stall.

Joern runzelte die Stirn, als ich zurückkam. »Ein Bogen?«, fragte er.

Ich lachte. »Wenn du denkst, das ist ein Kinderspielzeug für Cowboy-und-Indianer-Spiele, dann täuschst du dich«, sagte ich. »Mein Vater hat ihn mir geschenkt und er hat mir das Schießen beigebracht. Komm, ich zeig es dir.«

Ich ging mit Joern mitten auf den großen Hof, dorthin, wo das Taubenhaus auf einem hohen Pfahl stand.

»Siehst du das Auge der Taube?«, fragte ich. Joern nickte. Er hatte seinen Blick auf die Taube gerichtet, die auf dem Vorsprung vor dem Häuschen saß, und bestimmt dachte er, ich meinte diese Taube. Oben auf dem Dach gab es aber noch eine andere Taube, eine Taube aus angemaltem Holz, und ihr Auge war ein Loch, so groß wie eine Kirsche.

Ich spannte die Sehne meines Bogens, wie ich es schon viele Hundert Male getan hatte, und dann zischte mein Pfeil hinauf in den blauen Himmel, flog bis zum Taubenhaus, durch das Auge der ausgesägten Taube und blieb schließlich im Boden stecken.

Joern pfiff anerkennend.

»In deiner Welt können die Leute seltsame Dinge.«

Und dann kletterte er hinter mir auf Westwinds Rücken und ich lenkte Westwind zur Schafskoppel im Wald, den Bogen über der Schulter. In mir kribbelte es dabei vor Stolz. Ich konnte seltsame Dinge. Was konnten die Leute in Joerns Welt?

Auf dem Weg zur Waldkoppel kamen wir an der anderen Koppel vorbei, auf die Johann die Schafe am Morgen getrieben hatte. Tök, unser zotteliger Hütehund, schlief in der Sonne am Gatter. Als er uns sah, stand er auf und bellte. Flop rannte zum Zaun und sie berochen sich durch das Gatter. Tök schüttelte sich ein paarmal und nieste.

»Er riecht die Schwarze Stadt«, sagte Joern. »Aber jetzt will ich nicht an die Schwarze Stadt denken, jetzt wo ich so viele weiße Schafe zu sehen kriege! Weißt du was, Lasse? Ich habe noch nie ein echtes Schaf gesehen.«

»Guck, die Lämmer dahinten!«, sagte ich und lenkte Westwind ganz nahe an den Zaun. »Wie sie herumhüpfen! Sie haben schon vergessen, dass eines von ihnen fehlt. Mit Perwol waren es sieben.«

Joern schwieg eine Weile. Vielleicht sah er den Lämmern beim Springen zu und wunderte sich, wo er doch noch nie ein echtes Schaf gesehen hatte.

»Lasse«, sagte er endlich leise. »Es müssten doch sechs Lämmer sein, wenn es sieben waren und eines tot ist?«

»Ja, natürlich«, antwortete ich. »Und es *sind* auch sechs. Zähl nur mal nach.«

»Das habe ich gerade getan«, sagte Joern. »Es ist schwierig, weil sie nie still stehen. Aber, Lasse … es sind nur fünf.«

Die Augen des Waldes

Ich begann ebenfalls die Lämmer zu zählen und mir wurde ganz kalt. »Es fehlt noch eines«, sagte ich. »Tök? Tök, passt du denn nicht auf die Schafe auf?«

Ich merkte, dass meine Stimme ärgerlich war, und Tök merkte es auch. Er sah mit seinen brauen Hundeaugen zu mir auf und hechelte eifrig. Natürlich passe ich auf sie auf, hieß das.

»Vielleicht hat es schon heute Morgen gefehlt«, sagte Joern. »Ihr habt es sicher nicht gemerkt bei all der Aufregung. Es wird Zeit, dass wir zu der Koppel im Wald reiten, Lasse. Irgendeinen Hinweis muss es dort zu finden geben.«

Da gab ich Westwind ein Zeichen mit meinen Hacken und wir schossen davon, den Weg am Waldrand entlang. Es war der gleiche Weg, den ich am Morgen geritten war, und doch schien alles ganz anders. Die Vögel im Geäst sangen leiser und die Sonne schien nicht mehr durch die grünen Blätter zu dringen. Es war, als lauschte der Wald, angespannt, ängstlich. Was wusste der Wald, was wir nicht wussten?

Die Koppel auf der kleinen Lichtung lag leer und verlassen.

Wir saßen ab und gingen über das grüne Gras. An einer Stelle war es braun und verklebt von Blut. Flop schnüffelte lange an dem Fleck und Joern kniete sich neben ihn.

»Such, Flop!«, flüsterte er. »Such eine Spur!«

»Kann er das?«, fragte ich. »Tök kann so etwas nicht, glaube ich. Er kann nur Schafe hüten.«

Flop stellte seine Ohren auf, vergrub seine Nase noch tiefer im blutverkrusteten Gras und bellte einmal ganz kurz. Dann lief er quer über die Koppel, schlüpfte unter dem Zaun durch und sah sich nach uns um.

»Dort hängt etwas Dunkelblaues im Gebüsch«, sagte Joern.

Da sah ich es auch. Wir gingen hinüber und Joern pflückte das Dunkelblaue von einem Ast wie eine seltsame Blüte. Es war eine Feder.

»Gibt es hier im Wald blaue Vögel?«, fragte Joern.

»Nein«, sagte ich. »Die einzigen Vögel mit blauen Federn, die ich kenne, sind Eichelhäher. Aber die Federn von Eichelhähern sind gestreift und heller. Eine so tiefblaue Feder habe ich noch nie gesehen.«

»Da drüben hängt noch eine«, sagte Joern.

Und er hatte recht.

»Es ist eine Spur«, flüsterte ich. »Eine Spur, für die man keine Hundenase braucht.«

Ich rief Westwind und er kam herangetrottet. Wir saßen wieder auf und folgten der Spur aus tiefblauen Federn.

Manchmal verloren wir sie und Flop führte uns, die schwarze Nase dicht über dem Waldboden. Aber meistens war die Spur gut zu sehen. Es kam uns vor wie eine Schnitzeljagd. Joern sammelte alle blauen Federn ein. Es waren Dutzende.

»Am Ende«, sagte er und grinste, »können wir eine Bettdecke mit all den Federn füllen.«

»Unter so einer Bettdecke möchte ich nicht schlafen«, antwortete ich ernst. »Das wird eine Bettdecke, unter der man nur Albträume hat.«

Nachdem ich das gesagt hatte, schwiegen wir lange. Es war gut, zu schweigen und zu fühlen, dass jemand hinter einem saß, der einem sagte, wie er über die Dinge dachte. Manchmal glaubte ich, auf dem Boden getrocknetes braunes Blut zu sehen, doch ich war mir nicht sicher. Und schließlich trat Westwind auf eine der vielen Lichtungen des Waldes hinaus und wir blinzelten ins Sonnenlicht. Neben der Lichtung erhob sich ein kleiner Hügel aus Felsen, halb verborgen unter Gebüsch und Moos.

»Wetten, dort hat ein Fuchs seinen Bau«, sagte ich.

Joern antwortete nicht. Er glitt von Westwinds Rücken und ging durchs hohe Gras. Es war so hoch wie an meinem Lieblingsplatz, aber hier gurgelte kein Fluss und hier spielten keine Kaninchen. Flop schlich hinter Joern her, als hätte er Angst. Die Sonne schien zwar, doch irgendwie fror ich trotzdem und der Wind, der durch die Bäume strich, schien eine Warnung zu wispern.

»Wohin gehst du?«, fragte ich.

Da bückte sich Joern und hob etwas aus dem Gras auf. Es hing schlaff von seiner Hand herab und es war einmal weiß gewesen. Jetzt war es rot. Ich biss mir auf die Lippen, bis ich mein eigenes Blut schmeckte, denn sonst hätte ich schreien müssen und das tun nur Mädchen. Dann kletterte ich ebenfalls von Westwind und ging zu Joern hinüber. Westwind schnaubte, als wäre ihm gar nicht behaglich auf dieser Lichtung.

Nach einer Weile senkte er den Kopf und begann zu grasen. Dabei trat er ein wenig seitwärts, zum Rand der Lichtung, und schließlich hinein in den Wald.

»Mein Pferd ist ein Angsthase«, sagte ich. »Sieh nur, Joern. Es versucht sich heimlich aus dem Staub zu machen.«

Aber ich sorgte mich nicht wirklich um Westwind. Wenn ich ihn rief, würde er sicher wiederkommen.

Joern hielt mir das Lamm entgegen – es hing in seinen Armen wie ein erschossener Hase.

»Es hat eine Wunde am Hals«, sagte Joern. »Eine Wunde, glatt wie ein Schnitt. Sonst nichts.«

»Ich frage mich, warum er sie nicht frisst«, flüsterte ich. Die Lichtung war zu kalt und zu bedrohlich, um den Namen des Kjerks auszusprechen. »Er hat das Lamm bis hierher geschleppt, aber gefressen hat er es nicht. Das macht keinen Sinn, nicht wahr?«

»Er tötet«, sagte Joern, »um zu töten.« Er wies mit dem Kopf zu dem schwarzen Loch zwischen den Felsen hinüber. »Fuchsbau, ja, Lasse?«, sagte er. »Ich möchte wetten, dort sind schon lange keine Füchse mehr zu finden.« Er sah den Bogen an, der noch immer über meiner Schulter hing.

»Wirst du hineingehen?«, fragte er. »Und einen Pfeil auf ihn abschießen?«

»Äh, vielleicht morgen«, sagte ich. Und auf einmal kam ich mir sehr lächerlich vor. Hier stand ich mit meinem Bogen und konnte durch das Auge einer Holztaube in vier Meter Höhe schießen. Aber um in einen dunklen Höhleneingang zu kriechen, war ich plötzlich viel zu feige. Wie konnte Joern nur so ruhig dastehen, ein totes Lamm in der Hand, ein paar Meter von dieser Höhle entfernt, in der etwas wohnte, das tötete, um zu töten? Hatte er keine Angst? Doch dann sah ich in seine Augen und darin stand Angst, obwohl er so ruhig tat.

Er atmete langsam aus.

»Ach, das erleichtert mich«, sagte er. »Ich hatte befürchtet, ich müsste dich Idioten davon abhalten, dich da drinnen versehentlich umbringen zu lassen.«

Da war auch ich erleichtert, erleichtert, dass er mich nicht für einen Feigling hielt. Aber ich hatte nicht lange Zeit, mich darüber zu freuen. Denn plötzlich gellte ein furchtbarer Schrei durch den Wald, grell und schräg. Wir zuckten zusammen. Joern ließ das tote Lamm fallen und Flop drängte sich an seine Beine und begann zu winseln.

»War *er* das?«, flüsterte ich ganz leise.

Sekunden später teilte sich das Gestrüpp vor uns und etwas stürzte heraus. Es war Westwind. Seine Augen waren weit aufgerissen vor Schreck und er hielt nicht an, als ich seinen Namen rief. Er galoppierte einfach an uns vorbei, quer über die Lichtung, wieder hinein in den Wald und fort in Richtung Norderhof. Nein, es war nicht der Kjerk gewesen, der geschrien hatte. Es war Westwind gewesen.

Schnell wie eine Windböe war er an uns vorbeigestürmt, und dennoch hatten wir es beide gesehen: An Westwinds Flanke hatte eine lange rote Wunde geglänzt und in seiner Mähne hatten sich zwei tiefblaue Federn verfangen. Vor uns im Dickicht, dort, wo Westwind hergekommen war, raschelte es. Und dann hörten wir etwas zischen. Da drehten wir uns gleichzeitig um und flohen, wir, die wir ausgezogen waren, den Kjerk zu finden. Denn diesmal war es nicht Almut, die im Gestrüpp raschelte.

Diesmal war es etwas, das tötete, um zu töten. Und es hatte Westwinds frisches, warmes Blut geschmeckt.

Der Waldboden federte unter unseren Schritten und Sonnenlicht tropfte durch die Zweige wie Honig. Aber die Vögel schwiegen. Alles, was ich hörte, waren unsere Schritte und mein eigener keuchender Atem und er klang unheimlich in der Stille. Vor mir lief Joern, den Hund Flop dicht auf den Fersen. Er war schneller als ich, obwohl er nie durch den Wald ritt und nie im klaren, murmelnden Fluss schwamm. Wie groß war meine Angst, zurückzubleiben, allein!

»Warte, Joern!«, wollte ich rufen, doch ich konnte nicht, so außer Atem war ich.

Es raschelte nicht mehr hinter uns, doch vielleicht bewegte der Kjerk sich jetzt lautlos fort. Ich wollte mich umdrehen und nachsehen, ob er uns folgte. Doch wenn ich mich umdrehte, würde ich Zeit verlieren, Joern verlieren, dieses wahnwitzige Spiel verlieren, das der Kjerk mit uns spielte. So rannte ich weiter, immer weiter geradeaus, Joern und seinem Hund nach. Nie war ich so schnell gerannt. Meine Füße flogen nur so über das Moos, mein Brustkorb schmerzte vom schnellen Atmen und mir wurde richtig schlecht vor Anstrengung.

Einmal hörte ich den Schrei eines Eichelhähers ganz nah. Der Eichelhäher ist der Aufpasser des Waldes, der alle anderen warnt, wenn Gefahr droht. Ich wusste nicht, ob er schrie, weil er den Kjerk kommen sah oder weil er uns kommen sah.

Ich versuchte noch schneller zu rennen, als ich ohnehin schon rannte – und da stolperte ich. Kurz darauf lag ich mit dem Gesicht im weichen Moos und hörte mein Herz rasen.

War da das Rauschen von dunkelblauen Flügeln über mir? Das Kratzen von scharfen Krallen, die auf einem Ast landeten?

Ich spürte, wie mich etwas am Arm packte und hochzog, und dann blickte ich in Joerns Gesicht. »Lasse«, keuchte er.

Ich kam auf die Füße und einen Moment standen wir dort, mitten im Wald, und lauschten.

»Ist er hier?«, wisperte ich. »Hörst du ihn?«

»Nein. Vielleicht hat er unsere Spur verloren«, flüsterte Joern. »Und wenn wir sehr leise sind, findet er sie nicht wieder.«

Also schlichen wir weiter, statt zu rennen, und darüber war ich sehr froh. Ich glaube, ich würde einen miserablen

Jogger abgeben. Flop lief mit eingezogenem Schwanz voraus und ab und zu winselte er kaum hörbar. Der Arme, er hatte wohl noch mehr Angst als wir.

Nach einer Weile sahen wir etwas zwischen den Bäumen, doch diesmal war es keine Lichtung. Es war die Straße. Die Straße hatte ich ganz vergessen. Nie war ich so froh gewesen, eine Straße zu sehen! Am liebsten hätte ich mich hingekniet und den Sand und den Kies durch meine Finger rieseln lassen wie ein kleines Kind. Aber das wäre mir peinlich gewesen vor Joern …

»Nie war ich so froh, eine Straße zu sehen«, sagte Joern und grinste. Dann kniete er sich hin und ließ den Sand und den Kies durch seine Finger rieseln wie ein kleines Kind. Und da grinste ich auch. Es war noch viel besser, einen Freund zu haben, als ich gedacht hatte.

Wir wanderten die Straße entlang in Richtung Norderhof und zuerst schien es uns, als könnte der Kjerk uns nichts mehr anhaben.

»Wobei … Eigentlich sind wir hier nicht sicherer«, sagte ich nach einer Weile. »Wenn er jetzt aus dem Wald kommt, kann er uns genauso gut mitten auf der Straße in Stücke reißen. Womöglich gefällt es ihm sogar, wenn nicht dieses ganze Geäst im Weg ist.«

»Lasse«, sagte Joern, »du bist ein netter Kerl, aber du hast eine Begabung dafür, im falschen Augenblick die falschen Dinge zu sagen.«

Auf einmal schien die Straße endlos lang und der Wald links und rechts wirkte wie eine grüne Mauer voller Gefahren. Über seinen Wipfeln zog der Abend herauf, und obwohl es im Sommer erst spät dunkel wird, lässt sich doch die Dämmerung im Wald früher nieder als irgendwo sonst.

»Erzähl mir etwas Schönes«, bat ich, »damit ich nichts Unpassendes mehr sagen kann. Erzähl mir etwas von deiner Welt.«

»Etwas Schönes von meiner Welt?« Joern lachte. »Ja, es muss wohl auch etwas Schönes dort geben, nicht wahr? Lass mich überlegen …« Er vergrub die Hände tief in den Taschen seiner Jacke. »Es ist schön«, sagte er schließlich, »wenn mein Bruder Onnar auf meiner Bettkante sitzt und sich Geschichten für mich ausdenkt von Welten wie deiner, voller gurgelnder Flüsse und wilder Wälder. Oder wenn Onnars Freund Holm bei uns ist und für uns Theater spielt. Seine Eltern waren früher beim Zirkus. Da hat er sogar Reiten gelernt mit Kunststücken und wollte immer Clown werden oder Schauspieler. Aber dann hat das Geld nicht gereicht und so wurde es nichts mit der Schauspielerei.«

»Oh«, sagte ich. Ich konnte mir nur schwer vorstellen, dass das Geld irgendwo nicht reichte. Auf dem Norderhof spielte Geld keine Rolle. Man konnte nichts kaufen. Die meisten Dinge wuchsen in Olafs Gärten und Dinge wie Weihnachtsgeschenke oder Pferdesättel brachte Flint von seinen Reisen mit.

»Was macht dieser Holm jetzt?«, fragte ich.

»Oh, er arbeitet im Bergwerk wie Onnar«, sagte Joern und seine Stimme klang nicht mehr, als wollte er etwas Schönes erzählen. »Wie alle. Aber es ist nicht gut, dort zu arbeiten.

Es gibt zu viele Unfälle und zu wenig Geld. Onnar will alles ändern. Er hat die Arbeiter überredet zu streiken, diese Woche noch. Obwohl die Gewerkschaft es nicht erlaubt.«

»Streiken? Was bedeutet das?«, fragte ich und kam mir dumm vor. »Was ist eine Gewerkschaft?«

Joern sah mich an und seufzte. »Du hast es gut, dass du so was nicht zu wissen brauchst«, antwortete er. »Ein Streik ist, wenn die Leute sich weigern zu arbeiten, weil etwas verkehrt ist. Und die Gewerkschaft ist etwas wie ein Verein. Sie wählen einen Sprecher und der soll dafür sorgen, dass ihre Wünsche und Forderungen von den Chefs ernst genommen werden. Die Gewerkschaft ist da, damit nicht jeder alleine kämpfen muss. Damit es allen besser geht.« Er brach ab und schüttelte den Kopf.

»Und?«, fragte ich. »Geht es allen besser, wenn die Gewerkschaft etwas tut?«

»Nein«, sagte Joern. »Mein Bruder Onnar sagt, der Gewerkschaftschef macht nur, dass es dem Gewerkschaftschef besser geht. Pöhlke heißt er und Onnar hasst ihn noch mehr als den Kohlenstaub. Pöhlkes Sohn arbeitet im Bergwerk, aber er selber macht den ganzen Tag nur ein wichtiges Gesicht. Und dann behauptet er zum Beispiel, er hätte mit dem Bergwerkbesitzer verhandelt und alle würden jetzt mehr Lohn bekommen. Hinterher stellt sich heraus, dass jeder gerade mal zehn Cent mehr kriegt. Nur der Herr Pöhlke hat plötzlich ein neues Auto.«

»Und wenn dein Bruder streiken will, warum ist das gefährlich?«, fragte ich. Ich konnte mir vorstellen, dass ein

Kjerk gefährlich war und dass es gefährlich werden konnte, mit einem Pferd über eine zu hohe Hecke zu springen. Aber weshalb es gefährlich sein sollte, nicht zu arbeiten, das begriff ich nicht.

»Dieser Pöhlke wird sauer sein, verstehst du«, sagte Joern. »Er will natürlich nicht hören, dass seine Verhandlungen für die Katz sind. Und er wird nicht nur auf seinem Sofa sitzen und sauer sein. Er wird seine Leute losschicken und die sind zu allem imstande.«

»Zu allem«, murmelte ich und hatte keine Ahnung, was er meinte.

Es war alles so anders in Lasses Welt. Hier war alles einfach. Es gab einen Kjerk und der war gefährlich und man musste ihn loswerden. Ende.

Inzwischen war es richtig dunkel geworden. Am Himmel hingen Wolken, die kein Mondlicht durchließen. Irgendwo schrie eine Eule. Wir gingen schweigend weiter. Flop lief noch immer vor uns her, aber er ließ die schwarzen Schlappohren hängen vor Müdigkeit. Auch ich wurde immer müder und müder.

»Jetzt essen sie wohl zu Abend auf dem Norderhof«, sagte ich. »Und es ist warm und gemütlich in den Häusern. Und sie machen die Lampen an und fragen sich, wo wir sind.«

»Ich kenne auch ein paar Leute, die sich fragen, wo ich bin«, sagte Joern leise.

In dieser Sekunde zogen die Wolken beiseite. Sie gaben den Mond frei. Und da sahen wir die Augen. Sie waren gelb und warfen das Mondlicht zurück wie winzige Spiegel. Ich blieb stehen, packte Joern am Arm und wir starrten ins Dickicht. Da, zwischen den schwarzen Nachtschatten der Blätter, schwebten die Augen in der Luft und starrten zurück.

Es war nicht nur ein Paar. Es waren Dutzende. Augen direkt über dem Boden, Augen auf Kniehöhe, Augen auf Augenhöhe – sie waren überall. Nur die Straße war noch immer leer. Die Augen beobachteten uns aus dem Schutz des Waldes heraus: eine Armee von lautlosen Spionen. Meine Knie wurden weich wie Spiegeleier.

»Es sind nur die Tiere«, flüsterte ich. »Irgendwelche Tiere, die im Wald wohnen.«

»Ja«, flüsterte Joern und hob Flop auf seinen Arm, »es sind nur die Tiere.«

Aber keiner von uns glaubte so recht daran. Denn vielleicht war eines von den Nur-Tieren ja doch der Kjerk. Oder sie waren etwas ganz anderes: Wesen, die ich nicht kannte. Wesen, die sich nicht herausgetraut hatten, wenn ich mit Flint zusammen am Feuer gesessen hatte. Wesen der Nacht.

»Das Böse ist in den Wald gekommen«, wisperte ich.

Es waren Johanns Worte und wie sehr hätte ich mir gewünscht, Johann wäre jetzt bei uns gewesen! Johann mit seinem rauen Lachen und seinem Gewehr. Wie lächerlich kam ich mir vor mit meinem dummen Bogen, mit dem ich niemals auf alle Augenpaare gleichzeitig schießen konnte. Das Gewehr hätte zumindest laut geknallt, das hätte sie vielleicht vertrieben.

»Joern«, flüsterte ich, »wie wäre es, wenn ... wenn wir schreien würden? Ob sie das erschreckt?«

Einige der Augenpaare bewegten sich nun. Sie huschten hin und her, manche verschwanden, manche tauchten auf und manche kamen näher.

»Okay«, wisperte Joern heiser. »Schreien wir. Eins, zwei ... drei.«

Bei drei kniff ich die Augen zu, steckte mir die Zeigefinger in die Ohren und schrie, so laut ich konnte. Ich schrie irgendetwas wie »Aaaaaaaaah!« oder »Ooooooooh!« und sicher hörte es sich furchtbar bescheuert an, aber es half. Ich schrie meine ganze Angst heraus – die gesammelte Angst eines unendlich langen Tages. Und trotz meiner zugestopften Ohren hörte ich neben mir Joern schreien. Er schrie eher »Eeeeeeeh!« oder »Iiiiiiiiiih!«, auch nicht viel besser. Flop jaulte von Joerns Arm aus, ungefähr »Uuuuuuuuh!«, und ich wette, in diesem Augenblick erschreckte sich der ganze Wald vom Tor am Ende der Straße bis zum Norderhof.

Als ich wieder hinguckte, waren die gelben Augen verschwunden. Ich nahm die Finger aus den Ohren. Vor uns näherte sich Hufgetrappel durch die Dunkelheit und wir sahen ein hin- und herschaukelndes Licht.

»Joern!«, sagte ich. »Eine Kutsche! Jemand kommt! Jemand hat uns gehört!«

»Der Kjerk kann nicht in eine Kutsche steigen und so tun, als wäre er ein Mensch, oder?«, fragte Joern. »Ich meine ja nur. Bei Fabelwesen weiß man nie.«

Doch ehe ich mir darüber Sorgen machen konnte, war das

Hufgetrappel schon bei uns. Die Kutsche hielt direkt vor uns an. Eine Laterne hing über dem Kutschbock und jetzt sprang eine Gestalt von der Kutsche auf die Straße. Kurz darauf blendete mich das Licht einer Taschenlampe.

»Lasse?«, fragte mein Vater. »Und du bist also Joern? Frentjes ... was hat sie gesagt? Neffe oder Großneffe oder Urgroßadoptivcousin?«

»Vor allem«, sagte Joern, »bin ich Lasses Freund. Das reicht doch.«

Und da wurde mir so warm von innen, dass ich glaubte, ich müsste verglühen. »Ja«, sagte ich. »Das reicht.«

Ich liebe meinen Vater sehr, aber so glücklich wie jetzt war ich nie gewesen, seine Stimme zu hören. Mein Vater ließ das Licht der Taschenlampe von unseren Gesichtern zu Boden wandern, damit wir wieder etwas sehen konnten, und so stand er vor uns: groß und stark und sicher. Er trug einen Wollpullover, den Frentje gestrickt hatte, und erst als ich den Pullover sah, merkte ich, wie ich fror. Der Abend war kalt geworden, so kalt wie ein Gefrierfach.

»Lasse«, sagte mein Vater noch einmal und drückte mich fest an sich, sodass die Wolle seines Pullovers mich in der Nase kitzelte. »Ich suche euch seit einer ganzen Weile. Ich habe mir Sorgen gemacht.«

Ich sah zu ihm auf. War er böse auf mich? Nein, er sah eher erleichtert aus als böse. Seine hellen Augen blickten freundlich auf mich herab und in seinem Gesicht lag ein Lächeln zwischen den tiefen Wetterfalten. Er fuhr sich durchs Haar, von dem man nie genau sagen konnte, ob es hellblond war oder zu früh weiß geworden. Dann schüttelte er Joern die Hand und danach half er uns hinauf auf den Kutschbock. Dort lagen zwei alte kratzige Decken, in die wickelten wir uns ein. So saßen wir, einer links und einer rechts von Flint, und Flint wendete die Pferde und lenkte uns zurück zum Norderhof.

»Warum habt ihr geschrien?«, fragte Flint nach einer Weile. »Das wart doch ihr, oder?«

»Ja, nein, doch«, sagte ich verlegen. »Also, äh.«

»Ach, uns war gerade so nach Schreien«, erklärte Joern.

Flint nickte. »Mir war auch ein bisschen nach Schreien, als Westwind ohne dich aus dem Wald zurückkam, Lasse«, sagte er. »Er hat eine Wunde an der Flanke und zitterte am ganzen Leib, während ich sie reinigte. Was ist geschehen?«

»Der Kjerk«, wisperte ich. »Es war der Kjerk. Olaf glaubt, es gäbe ihn nicht, aber Olaf hat keine Ahnung von Kjerks. Er hat nur eine Ahnung von Gemüsebeeten und seinen Schnittlauchzüchtungen. Der Kjerk ist da draußen im Wald, genau wie du es uns so oft erzählt hast.«

»Unsinn«, knurrte Flint. »Olaf hat recht. Es gibt keine Kjerks mehr im Wald. Das habe ich euch genauso oft erzählt.«

»Aber einer davon ist zurückgekommen«, sagte ich. »Wir haben noch ein totes Lamm gefunden. Wer hat die Lämmer gerissen, wenn nicht der Kjerk?«

Die Laterne über uns flackerte, aber auf dem Gesicht meines Vaters waren Schatten, die nicht vom Laternengeflacker kamen, tief und dunkel. »Ein Fuchs!«, sagte er, doch man hörte, dass er sich selbst nicht glaubte. »Oder ein streunender Hund. Es gibt keine Kjerks, Lasse. Merk dir das.«

Oh ja, dachte ich, wenn es nach dir geht, gibt es eine Menge Dinge nicht, was, Flint? Es gibt keine Kjerks und es gibt keine Welt hinter der Mauer, die anders ist als unsere. Es gibt keinen Finsterbach und keine Todesschlucht. Ich biss die Zähne zusammen, damit diese Worte nicht aus mir herausquollen. Warum?, wollte ich rufen. Warum hast du mich angelogen?

Joern griff in seine Tasche, holte etwas heraus und reichte es Flint. »Die hier«, sagte er, »haben wir im Wald gefunden, bei dem gerissenen Lamm.«

Flint zog die Augenbrauen zusammen und betrachtete das, was er in den Fingern hielt. Es waren zwei lange dunkelblaue Federn.

»Hat ein Kjerk Federn?«, fragte ich.

Flint schwieg lange. Schließlich fuhr er durch sein helles Haar, als suchte er dort nach einer Antwort. »Ja«, sagte er. »Ja, ein Kjerk hat Federn. Dunkelblaue Federn.«

Er ließ die Zügel los, denn die Straße war ganz gerade und die Pferde wussten alleine, dass sie zum Norderhof laufen mussten. Dann legte er einen Arm um mich und einen um Joern. Und ich dachte, wie schön es wäre, wenn Joern nicht nur mein Freund wäre, sondern mein Bruder, und wenn wir immer zu dritt so auf dem Kutschbock sitzen könnten.

»Wenn ich euch sage: Geht nicht mehr allein in den Wald«, flüsterte Flint, »dann wird es nichts ändern, nicht wahr? Ihr werdet trotzdem gehen. Niemand kann euch davon abhalten, einer Spur aus blauen Federn zu folgen, und niemand kann euch davon abhalten, den Kjerk zu suchen. Aber ich habe Angst. Alle Väter haben Angst, wenn ihre Söhne dem Bösen nachjagen. Der Kjerk ist ein Teil des Bösen, von dem ich nicht wollte, dass du es siehst, Lasse. Vergiss deinen Bogen nie. Vergiss deinen Freund nie. Und vergiss nie all das Schöne: das Feuer im Kamin. Das Schnurren der Katze. Die Musik und das goldene Licht des Norderhofs und das Wispern im Sommergras. Denk daran, wenn du irgendwann zu viel Böses und Hässliches sehen musst.«

Ich wand mich ein wenig in seinem Arm. »Aber es ist doch alles noch da!«, sagte ich. »Wieso sollte ich es vergessen?« Auf einmal war mir wieder kalt, trotz der Decke, und ich hatte Angst, genau wie mein Vater. Das Böse und Hässliche. Joern kannte es. Er würde mir helfen, wenn es so weit wäre.

Da rollte die Kutsche auf den großen Hof und die Pferde hielten an. Vor uns erhob sich das Gutshaus, um das sich die kleineren Häuser scharten wie Kinder. Ihre Fensteraugen strahlten uns hell entgegen, aus Frentjes Haus drangen die Töne einer Blockflöte, die ziemlich falsch spielte, und der Geruch von Abendessen stieg in meine Nase. Hier gab es nichts Böses und nichts Hässliches.

Wir kletterten vom Kutschbock, und während Flint sich um die Pferde kümmerte, standen Joern und ich uns gegenüber. Im Licht der Kutschenlaterne sah ich meinen Freund an.

»Ich muss gehen«, sagte Joern leise. »Drüben warten sie auf mich.«

»Nimm mein Fahrrad«, sagte ich. »Ich habe es hinter dem Stall an die Wand gelehnt. Es hat ein gutes, helles Licht. Wenn du es bei der Mauer zurücklässt, hole ich es morgen dort ab. Weißt du den Weg noch, den wir von der Mauer hergeritten sind?«

Er nickte.

»Du kommst doch wieder?«, fragte ich.

Da nickte Joern noch einmal. »Natürlich komme ich wieder«, sagte er. »Schon morgen. Mich wirst du so schnell nicht los, da mach dir mal keine Hoffnung. Alle werden denken, ich schlafe bei Frentje, nicht wahr? Und ihr müsst euch eine gute Ausrede überlegen, wo ich bis nachmittags stecke.«

Er lachte und sein Lachen klang so fröhlich, dass mir wieder leichter zumute wurde.

»Ich werde ihnen erzählen, du hättest nachts den ganzen Wein ausgetrunken, den Frentje für ihre Soßen besorgt hatte«, sagte ich. »Und davon hättest du einen solchen Kater, dass du bis nachmittags im Bett bleiben musst.«

»Na prost«, sagte Joern und dann drehte er sich um, ging über den Hof davon und verschwand in der Dunkelheit.

Während ich ihm nachsah, kamen mir tausend schreckliche Gedanken. Was, wenn der Kjerk im Wald lauerte? Wenn mein Fahrrad einen Platten bekam, weil mitten im Wald ein spitzer Stein herumlag? Wenn man im Mondlicht die Brücke über der Schlucht nicht gut genug erkennen konnte? Was, wenn ich meinen Freund nie wiedersah?

Das Kaminfeuer brannte hell an diesem Abend und die graue Katze schnurrte laut, denn sie hatte heimlich die halbe Fischpastete aufgefressen. Ich gewann im Halma dreimal gegen Flint, aber mein Herz war schwer und schwarz vor Sorge. Nachts, in meinem Bett, träumte ich vom Finsterbach.

Ich stand ganz alleine mitten auf der Brücke und sah in sein dunkles Wasser hinab, das tief unten um die Felsen rauschte. Auf einmal war über mir in der Luft ein Rauschen wie von den Schwingen eines riesigen Vogels zu hören. Ich hob den Kopf und da schwebte direkt über mir der Kjerk. Er war riesengroß. Blaue Federn bedeckten seinen Körper, doch sein Kopf war der einer Raubkatze und er besaß vier Pranken mit blitzenden Krallen. Während ich ihn anstarrte, öffnete er das Maul und eine grellgelbe Flamme loderte daraus empor. Und jetzt schlug er mit den tiefblauen Flügeln und stürzte sich auf mich. Ich machte einen Schritt rückwärts, trat neben die Brücke, rutschte aus – und verlor das Gleichgewicht. »Lasseeee!«, hörte ich Joern schreien.

Erschrocken fuhr ich hoch und merkte, dass ich in meinem Bett saß.

Mein Schlafanzug war nass vor Schweiß. Auf dem Flur näherten sich Schritte und für einen Augenblick dachte ich, es wäre das Böse, Hässliche, das dort kam. Doch dann knipste jemand das Licht an. In der Tür stand Flint, ebenfalls im Schlafanzug.

»Lasse!«, sagte er. »Was ist passiert?«

Als ich nicht antwortete, setzte er sich auf die Bettkante und nahm mich in die Arme. Er roch nach Rasierseife und nach Kakao.

»Du hast geträumt«, sagte er. »Lasse, es war nur ein Traum.«

»Ja«, flüsterte ich, »es war nur ein Traum. Aber, Flint, er … er war so wirklich! So wirklich, als müsste er eines Tages wahr werden!«

6

Schlaflose Stadt

Joern fand das Fahrrad hinter dem Stall und das Letzte, was er hörte, ehe er in den Wald hineinfuhr, war das schläfrige Schnauben der Pferde. Wie gern wäre er einfach dort geblieben, in der Wärme und Behaglichkeit.

Aber dies war nicht die Welt, in die er gehörte. Es war eine Märchenwelt. Und wenn er morgen wiederkam, war sie vielleicht gar nicht mehr da.

Er setzte Flop in den Fahrradkorb, wo er sich sofort zusammenrollte und einschlief. Dann fuhr er über den holprigen Waldboden, so schnell er konnte. An manchen Stellen, wo zu viele Blätter lagen, musste er absteigen und das Rad schieben. Wenn er schob, ging der Dynamo aus und absolute Dunkelheit hüllte ihn ein. War es so dunkel, wenn der Strom in den Stollen ausfiel? War dies die Dunkelheit, die Onnar kannte?

Wenn Joern fuhr, fiel das Licht der Lampe manchmal wieder auf Augen, die es zurückwarfen wie kleine Spiegel. Wahrscheinlich, dachte Joern, hatten die Besitzer der Augen genauso viel Angst wie er selbst. Ob sie Ausschau nach dem Kjerk hielten, der in ihren Wald gekommen war, um alles zu verändern?

Joern erreichte die Mauer, ohne irgendwelchen Fabelwesen mit blauen Federn zu begegnen. Kurz darauf trug er Flop über die Brücke aus Fichtenstämmen. Es schien ihm unendlich lange her, dass er und Lasse sie gebaut hatten. Dabei war es erst an diesem Morgen gewesen. Flop schnarchte auf seinen Armen ein winziges Hundeschnarchen und der Mond beleuchtete Joerns Weg über den Finsterbach. Er sah erst hinab, als er sicher drüben angekommen war. In der Tiefe spielte das Mondlicht auf dem schwarzen Wasser und die Felsen glänzten feucht wie große, glitschige Tiere.

»Die Todesschlucht«, murmelte Joern.

Lasse hatte sie so genannt. Lasse hatte eine Vorliebe für große und abenteuerliche Namen. Lasse, dachte er, Lasse, mein Freund. Joern lächelte. Er fand sein eigenes Rad noch immer an den Baum gelehnt. Da es keinen Korb besaß, legte Joern sich den schlafenden Flop über die Schulter wie einen Schal. Dann fuhr er los.

Die Schwarze Stadt war nachts eine weiße Stadt. Sie leuchtete Joern mit Millionen von grellen, künstlichen Lichtern entgegen – Straßenlaternenlichtern und Schaufensterlichtern. Und ein wenig erhöht, über allem thronend, glühten die Lichter des Bergwerks und die der Fabrik. Doch es waren weniger Lichter als sonst. Denn dort streikten sie jetzt.

Wie viele von ihnen waren Onnars Ruf gefolgt? Wie viele waren mutig genug?

Der Wind fegte kalt durch die grellen Straßen. Und nach

der Stille des Waldes konnte Joern das hohe Sirren der Elektrizität hören. Hier gab es keine Kjerks, keine gelben Augen, keine wispernden Blätter. Und dennoch war Joern unheimlicher zumute als im Wald.

Erst als er die Wohnungstür aufschloss und in den winzigen Flur trat, atmete er auf. Es roch nach Zwiebeln, Waschpulver und verbrauchter Luft. Joern legte Flop in seinen Korb neben der Kommode. Wie spät mochte es sein?

Er öffnete die Tür zur Küche und dort saß Mama ganz allein am Tisch, der für sie alle zu klein war. Jetzt wirkte er riesig. Mama hatte die Arme auf der Tischplatte ausgestreckt und den Kopf daraufgelegt. So war sie eingeschlafen.

»Sie hat auf mich gewartet«, flüsterte Joern. »Sie hat sich Sorgen gemacht.«

Er bekam ein fürchterlich schlechtes Gewissen, so schlecht, dass es ihn ganz ausfüllte. Er rannte den ganzen Tag in einer Welt voller Sonnenschein und Abenteuer herum und hier arbeitete Mama in der Fabrik und kochte und wusch Wäsche und wartete auf ihn. Er berührte sie ganz leicht an der Schulter.

»Mama«, sagte er leise. »Ich bin es, Joern! Ich bin zurück!«

Da hob sie den Kopf und blickte ihn an. Er konnte sehen, dass ihre Augen verweint waren. Sie stand auf und sie umarmten sich schweigend.

»Mein Kleiner«, sagte Mama, so wie sie es früher gesagt hatte. »Du bist groß geworden. Fast größer als ich, siehst du?« Und sie lachte ein wenig, doch in ihrem Lachen war zu viel Sorge. »Ich will dich nicht verlieren«, sagte sie. »Noch nicht.«

»Keine Angst«, sagte Joern mit trockener Stimme. »Ich komme immer wieder zurück. Ich bin nicht so wie mein Vater.«

»Nein«, sagte Mama leise, »das bist du nicht.« Sie seufzte. »Ich wünschte, euer Vater wäre jemand anders gewesen«, sagte sie dann. »Jemand, der für euch da ist. Es tut mir leid.«

»Muss es nicht«, sagte Joern. »Wir haben doch dich.«

»Nein«, sagte Mama, »das habt ihr nicht. Ich arbeite den ganzen Tag.«

Sie stand auf und löschte das Licht. Eine Weile saßen sie gemeinsam am stillen Küchentisch und sahen in die Dunkelheit.

»Woran hast du gedacht, als du gewartet hast?«, fragte Joern.

»An jemanden, den du nicht kennst«, antwortete Mama. »Jemanden, an den ich immer in der Dunkelheit denke.«

»An wen?«, fragte Joern. Er wusste, dass sie nicht antworten würde.

»Wo immer du warst, Joern«, sagte sie. »Geh nicht wieder dorthin.«

Vermutlich dachte sie, er hätte mit irgendwelchen Typen herumgehangen, denen man nicht über den Weg trauen konnte. Sie hatte ja keine Ahnung.

»Nein«, sagte Joern. »Ich gehe nicht wieder dorthin.«

Und als sie die Suppe noch einmal für ihn aufwärmte und als sie ihm keine einzige Frage stellte, da wusste er bereits, dass er gelogen hatte.

7

Edel sein

Am nächsten Morgen erwachte Joern davon, dass seine Brüder im Flur stritten.

Er kämpfte gegen die bleierne Schwere seiner Lider, öffnete die Augen und versuchte, schnell und ganz aufzuwachen. Durch das winzige Fenster seiner Kammer fiel graues Morgenlicht.

»Du musst verrückt sein, alleine zu gehen«, sagte Damian.

»Übergeschnappt«, sagte Dirk.

»Nicht ganz rund im Kopf«, sagte Dario.

»Wenn du da hingehst, kann man dir nicht helfen«, sagte Dennis.

Ihre Stimmen waren höher als sonst, aufgeregt, beunruhigt. Joern setzte sich im Bett auf.

»Jetzt macht aber mal halblang«, sagte Onnar, offenbar nicht zum ersten Mal. Seine Stimme war ganz ruhig und er sprach so bedächtig wie stets. »Sie wollen reden. Genau das ist es, was auch wir wollen. Reden. Wir wollen verhandeln. Das ist der Sinn.«

»Und wenn es eine Falle ist?«, fragte Dennis, der jüngste der vier D.

»Sicher!«, erwiderte Onnar. »Sie werden mich durch eine Hintertür in ein dunkles Verlies werfen, wo mich ein Feuer speiender Drache bewacht.« Er lachte sein tiefes Onnar-Lachen, so wie früher, wenn Holm seine Grimassen gezogen hatte. Doch jetzt klang das Lachen falsch, unecht.

»Ich werde jetzt Joern wecken«, sagte Onnar, »damit er zur Schule geht. Und ihr vier tut, was immer ihr sonst auch tut. Schlagt euch aus dem Kopf, dass ich euch zur Fabrik mitnehme.«

»Du kannst uns gar nicht daran hindern, mitzugehen«, sagte Damian.

Eine Weile schwiegen sie im Flur und Joern konnte sich gut vorstellen, wie Onnar seinem Bruder einen Blick zuwarf. Nicht hindern? Lächerlich.

»Du brauchst Joern nicht zu wecken«, sagte Dennis jetzt. »Er geht sowieso nicht zur Schule. Gestern Morgen habe ich ihn auf seinem Rad gesehen, ziemlich weit weg von der Schule. Er fuhr wie ein Besessener.«

»Dann wollen wir hoffen, dass *du* hingehst«, sagte Onnar, der es nicht mochte, wenn Leute petzten. Gleich darauf stand er vor Joerns Bett.

»Joern«, sagte Onnar leise. »Wo warst du gestern?«

»Ich war weit, weit weg«, flüsterte Joern. »Und doch ganz nahe. Onnar, ich glaube, ich war in einer anderen Welt. Da gab es einen Fluss, der Finsterbach hieß, und er führte über eine Todesschlucht ... Es gab auch eine Mauer, dahinter warteten eine unendliche Menge Abenteuer und Schafweiden und sonnige Lichtungen mit wisperndem

Gras … und Leute, die dauernd lachten. Es war so schön, Onnar.«

»Du hast geträumt«, sagte Onnar.

»Ja«, flüsterte Joern, denn wie sollte er es Onnar erklären? »Ja, es war nur ein Traum. Aber, Onnar – er war so wirklich! So wirklich, als müsste er eines Tages wahr werden!«

»Heute wird wahr«, sagte Onnar, »dass du in die Schule gehst. Und ich möchte hinterher von irgendwem hören, dass du tatsächlich dort angekommen bist, verstanden?«

Joern schlüpfte in einen Pullover und sah seinen Bruder an. Onnar war am Fenster stehen geblieben und blickte nachdenklich hinaus. »Onnar?«, fragte er. »Bist du sauer?«

Da drehte Onnar sich um und wuschelte seinem kleinen Bruder durchs Haar. »Nicht auf dich«, sagte er und verließ Joerns winziges Schlafzimmer.

Während Joern in seine Hose stieg, dachte er darüber nach, auf wen Onnar sauer war. Auf die vier D? Auf Pöhlke, der nie etwas für die Arbeiter tat? Auf den Großen, den Besitzer des Bergwerks, der sich nie blicken ließ? Auf die Unter- und Unterunterchefs, die anstelle des Großen bestimmten? Auf die ganze Schwarze Stadt? Auf die ganze Schwarze Welt?

»Aber in der Schwarzen Welt gibt es einen grünen Wald«, murmelte Joern und trat selbst ans Fenster. »Einen grünen Wald und Pferde, die Westwind und Ostwind und Nordwind heißen, und einen Kjerk …«

Gab es sie? Oder hatte er von ihnen wirklich nur geträumt?

Er fand in seiner Hosentasche einen kleinen runden Gegenstand und holte ihn hervor: den Ring mit dem Stück Nachtspat. Joern hielt ihn vor die Augen und sah hindurch, sah über die Dächer der Schwarzen Stadt – und lächelte. Die Stadt war bunt und schön, so schön wie die Welt seines Traumes. Glitzernde Farben bedeckten ihre Dächer und ein ganzer Schwarm von Regenbogen bevölkerte den Himmel. Joern nahm den Ring wieder von den Augen und ging in die Küche.

Der Ring und die andere Welt, die andere Welt und der Ring. War es Zufall gewesen, dass er den Ring am selben Tag gefunden hatte wie das Loch in der Mauer? Er würde ihn Onnar nicht zeigen. Noch nicht. Zuerst musste er herausfinden, was die eingravierten Buchstaben bedeuteten.

In der Küche saßen sie schon um den Tisch und tranken dünnen Kaffee: Dennis und Dirk und Dario und Damian und Mama. Flop sprang auf Joerns Schoß, als er sich dazusetzte. Nur einer fehlte.

»Wo ist Onnar?«, fragte Joern.

»Im Kühlschrank«, sagte Dario.

»Wie?«

»Na, dumme Frage! Wo wird Onnar schon sein? In der Fabrik. Die Herren Chefs haben ihn zu sich gerufen. Als wären sie Schuldirektoren. Sie wollen reden.« Er schnaubte.

»Sie streiken jetzt, oder?«, fragte Joern.

Alle senkten die Köpfe über ihren Kaffee. Das hieß Ja.

»Aber es war doch nur *eine* Nachtschicht«, sagte Joern. »Und jetzt die Morgenschicht. Das reicht schon, dass sie reden wollen? Ich hätte gedacht, die Chefs warten erst mal ab, ob die Arbeiter so lange durchhalten.«

»Kluges Kerlchen«, sagte Dario.

»Klüger als dein Bruder«, sagte Dennis.

»Der glaubt, sie wollen ernsthaft verhandeln«, sagte Dirk.

»Aber sie wollen ihn bloß einschüchtern, damit er die Leute zurückpfeift«, sagte Damian.

»Was … genau … wie … was werden sie mit ihm tun?«, fragte Joern.

»Nichts«, sagte Mama. Sie hob ihre Tasse, um einen Schluck Kaffee zu trinken, doch ihre Hand zitterte und so setzte sie die Tasse wieder ab. Sie hoffte wohl, dass keiner das Zittern bemerkte. Mütter hoffen manchmal komische Dinge. »Gar nichts werden sie mit ihm tun«, sagte Mama. »Hörst du, Joern? Sie werden sich nur höflich mit deinem Bruder unterhalten.« Sie warf einen Blick zur Uhr. »Musst du nicht los, wenn du noch vor der Schule ein Runde mit dem Hund …?« Sie stand auf. »Ich jedenfalls sollte gehen.«

»Wie?«, fragte Joern. »Du willst arbeiten? Streiken sie in der Fabrik nicht?«

»Doch«, sagte Mama. »Aber irgendjemand muss doch das Geld verdienen.«

Sie zog ihre Jacke über, ohne irgendwen anzusehen. Dann schlüpfte sie aus der Haustür.

Die Tür hatte sich kaum geschlossen, als Damian mit der Faust auf den Tisch hieb, dass die Tassen und Teller nur so klirrten.

»Diese ganze verdammte Fabrik!«, rief er. »Dieses ganze verdammte Bergwerk! In die Luft jagen möchte man es, nicht einen verdammten, blöden, nutzlosen Streik anzetteln! Den Chefs und Unterchefs und Unterunterchefs unsere Wut mal richtig zeigen – mit diesen!« Und er hielt seine Fäuste vor sich in die Luft, damit alle sie bewundern konnten.

»Oder mit so etwas hier«, sagte Dirk und holte ein Schnappmesser aus der Hosentasche. »Da steckt auch 'ne Menge Wut drin.«

Die vier D beugten sich alle darüber und begannen, über den Wert des Messers zu diskutieren.

»Ich … äh, ich geh dann mal«, sagte Joern. »Äh, zur Schule.«

Aber die vier D waren mit sich und dem Messer und ihrer Wut beschäftigt.

Minuten später stieg Joern auf sein altes Fahrrad. Flops Leine hatte er diesmal an den Lenker gebunden. Nicht gerade praktisch, wenn man zu einer Schule fährt, in der Hunde verboten sind. Doch Joern hatte nicht vor, zur Schule zu fahren. Da hatte Dennis ausnahmsweise einmal recht gehabt.

Durch die Straßen schob sich der Morgenverkehr. Menschen mit gebeugten Köpfen hasteten Morgenbürgersteige entlang. Niemand schien den Morgen zu mögen. Aber in der Schwarzen Stadt, dachte Joern, mochte auch niemand den Nachmittag und niemand den Abend. Die Schwarze Stadt war den ganzen Tag lang schwarz, 365 Tage im Jahr. Nur Flop rannte begeistert vor dem Fahrrad her.

Um zu den Stollen zu gelangen, musste man bis zum Stadtrand und dahinter den Berg hochfahren. Hier säumten nur noch wenige kohlschwarze Häuser die Straße und schließlich gab es nichts mehr als niedrige, struppige Büsche. Joern schmeckte die Kohle jetzt auf der Zunge. Aber es war, als schmeckte er noch etwas anderes. Etwas Schönes, etwas Wunderbares, etwas Buntes: den Staub des Nachtspats, den sie hier schliffen. Schließlich tauchte hinter einer Wegbiegung die Schleiferei auf und daneben, beinahe unscheinbar, der Eingang in den Berg.

Joern war schon oft hier gewesen, um seine Mutter oder Onnar nach ihrer Schicht abzuholen. Sonst hatte ihm der Lärm der Maschinen und Motoren von Weitem entgegengedröhnt, vermischt mit den Geräuschen tief aus dem Berg, dem Hämmern und den Sprengungen. Jetzt war es merkwürdig still.

Als Joern das Fahrrad abstellte, sah Flop zu ihm auf und winselte. Da entdeckte Joern einen dritten Geschmack in der Luft: Er roch die Nervosität. Und er begriff, weshalb es so still war. Onnar hatte gesagt, die Hälfte der Arbeiter würde streiken. Es war nicht die Hälfte. Es waren alle. Die Maschinen der Schleiferei standen still, die Stollen im Berg lagen verlassen. Niemand war dort. Nur Mama saß vielleicht irgendwo einsam in einer der riesigen Hallen und fror. Warum war sie zur Arbeit gegangen? War es wirklich wegen des Geldes oder steckte etwas anderes dahinter?

Nur hinter einem einzigen Fenster der Schleiferei brannte Licht – lebloses, künstliches Licht.

Dort lag Pöhlkes Büro, das wusste Joern. Hinter diesem Fenster war Onnar. Es durchrieselte ihn gleichzeitig heiß und kalt vor Stolz und vor Angst. Onnar, sein Bruder, hatte es geschafft, die Arbeiter alle zu überzeugen, dass sich etwas ändern musste. Aber was geschah hinter dem milchigen Fensterglas? Er rannte an den Lagerschuppen vorbei, die den Parkplatz umstanden wie riesige Wachhunde, und kauerte sich zusammen mit Flop unter das erleuchtete Fenster.

Drinnen sprach jemand. Mehrere Leute. Joern konnte keine Worte verstehen, doch es war, als flösse eine fürchterliche Kälte aus den Stimmen nach draußen. Flop drängte sich zitternd gegen ihn. Und dann hörte Joern Onnars Stimme, tief und warm wie ein Ofen, und die Kälte wich für Sekunden. Zum ersten Mal verstand er, was gesagt wurde.

»Ich will mit dem Großen sprechen«, sagte Onnar klar und deutlich. »Holt ihn her. Oder bringt mich zu ihm. Ihr wisst, wer ich bin.«

Ein eisiges Lachen antwortete ihm.

»Gerade deshalb solltest du wissen, dass er dich niemals empfangen wird«, sagte eine der kalten Stimmen.

Danach gab es wieder nur Gemurmel. Joern verstand nicht, was die Worte bedeutet hatten, doch er verstand etwas anderes. »Es ist der Kjerk!«, wisperte er in Flops Ohr. »In dieser Welt hat er keine blauen Federn, sondern kalte Stimmen, und er sieht aus wie die Chefs des Bergwerks. Die Männer des Großen.«

Und er reißt keine Lämmer, dachte Joern. Er reißt Menschen.

In diesem Moment verstummten die Stimmen und kurz darauf öffnete sich eine Tür in der Schleiferei. Onnar trat heraus.

Die, mit denen er gesprochen hatte, blieben hinter ihm zurück, im Schutz des Gebäudes. Joern glaubte, Pöhlke zu erkennen, den Gewerkschaftschef, doch er war sich nicht sicher.

Die Tür schloss sich hinter Onnar. Er war blass.

Joern sprang auf und rannte hinüber. Er wollte Onnar umarmen, doch dann fiel ihm ein, dass er zwölf war und beinahe erwachsen, und er blieb stehen. Er folgte Onnars Blick. Überall bei den Lagerschuppen erhoben sich jetzt Männer und Frauen. Dutzende, Hunderte. Sie traten aus den Schatten der hohen Mauern heraus. Es war, als wüchsen sie aus dem Erdboden. Wie hatte Joern all diese Menschen übersehen können?

Sie warteten darauf, was Onnar sagen würde. Auch Joern wartete.

Onnar schüttelte sich, als wäre er eben aus einem sehr kalten Bach aufgetaucht. Vielleicht aus dem Finsterbach. Schließlich verzog sich sein Gesicht ganz langsam zu einem Lächeln. Er lächelte eine Weile still in sich hinein und dann sprach er.

»Sie wollen uns Angst machen«, sagte er. »Aber sie sind es, die sich fürchten. *Sie fürchten sich vor uns.* Sie haben nicht damit gerechnet, dass so viele von uns streiken werden. Der Einzige, der zum Bergwerk gekommen ist, ist der junge Pöhlke.«

Ein Raunen lief durch die Menge, verächtlich.

»Sie fürchten sich vor dem Verlust«, fuhr Onnar fort. »Jede gestreikte Stunde kostet sie eine schöne Stange Geld, sie und den Großen. Mehr, als einer von uns im ganzen Jahr verdient. Noch sind sie nicht bereit zu verhandeln. Sie sind nur bereit zu drohen.«

»War der Große da?«, schrie einer aus der Menge. »Hast du mit ihm gesprochen?«

Onnar schüttelte den Kopf. »Sie wollen mich nicht mit ihm sprechen lassen. Er hat keine Zeit, sagen sie, obwohl er in der Nähe sei, näher, als wir dächten. Vermutlich war das nur eine ihrer leeren Drohungen. Aber vielleicht ist er wirklich hier. In der Stadt.«

»Durch die Stadt!«, rief jemand. »Ziehen wir durch die Stadt! Dann sieht er uns!«

»Durch die Stadt!«, riefen jetzt viele. »Durch die Stadt!«

Onnar sagte noch etwas, doch seine Stimme ging in ihren Rufen unter. Und auf einmal waren überall Plakate. Plakate an Stangen, Plakate an Besenstielen, Plakate auf Bettlaken gemalt, Plakate über den Köpfen der Menge: ein Wald aus Plakaten.

WER KOHLE SCHÜRFT, WILL KOHLE SEHEN! stand darauf. SCHLEIFT NACHTSPAT, KEINE MENSCHEN! und: EDEL SEIN STATT EDELSTEIN!

Und jetzt begannen die Arbeiter die Sprüche von den Plakaten zu rufen, im Takt und immer wieder, wie Beschwörungsformeln: »Edel sein statt Edelstein!«

Einen Moment lang wollte Joern darüber lachen. Es wirkte

zu komisch. Dann fühlte er einen Stich in sich. Sie konnten vielleicht nicht dichten. Aber sie hatten recht.

Die Menge wandte der Schleiferei und dem Bergwerk den Rücken zu, um in die Stadt hinabzuziehen. Es war, als wälzte sich eine große Raupe mit Tausenden von Füßen die Straße hinunter, zwischen den kargen Büschen hindurch. Als würde ein gewaltiger Fluss aus Worten und Händen sich den Berg hinunter ergießen.

Der Fluss riss Joern mit sich. Er nahm Flop auf den Arm, damit niemand auf ihn trat, und ließ sich mit ins Tal spülen. Und plötzlich tauchte Onnar neben ihm auf. Er sagte nichts über die Schule, in der Joern schon wieder nicht war. Stattdessen hob er seinen kleinen Bruder auf die Schultern, wie er es früher getan hatte – obwohl Joern jetzt zwölf war. Onnar war stark. Und so ließ sich Joern auf den Schultern seines Bruders ins Tal hinabtragen, mitten im Strom der Arbeiter, im Arm seinen Hund, der im Takt zu den Rufen bellte. Ein prickelndes Gefühl des Glücks machte sich langsam in Joern breit. Die Mächtigen hatten Angst. Der Große würde sie sehen. Er würde nachgeben. Alles würde gut werden.

Als Joern sich einmal umdrehte, sah er, dass das Milchglasfenster des Büros jetzt offen war. Und dort, am Fenster, stand jemand. Es war Pöhlke und er verfolgte die Demonstration durch ein Monokel aus geschliffenem Stein. Nachtspat. Er sah die Proteste in fröhlichen, bunten Farben. Ein lustiges Spiel von großen Kindern. Pöhlke lächelte. Aber sein Lächeln war eisig.

Irgendjemand hatte eine Trommel mitgebracht und der Demonstrationszug marschierte in die Schwarze Stadt hinein wie ein merkwürdiges Heer. Neugierige Gesichter erschienen hinter den Fenstern der Häuser, Autos wurden zum Stehenbleiben gezwungen. Wir sind unaufhaltbar, dachte Joern. Wenn nur Lasse da wäre, um zu sehen, wie wir die Schwarze Stadt umkrempeln! Er schloss die Augen und für einen Moment saß er nicht mehr auf Onnars Schultern, sondern auf Westwind, hinter Lasse, und sie führten die Arbeiter gemeinsam an. Gleich hinter ihnen ritt Almut auf Ostwind, ihr Kastanienhaar wehend wie eine Fahne, und sie schrie mit den Demonstranten um die Wette: Edel sein! Statt Edelschwein!

»Hey, Almut«, sagte Joern in seinem Tagtraum. »Da hast du was falsch verstanden!«

Auf einmal scheute Westwind, buckelte und drohte Joern und Lasse abzuwerfen. Joern öffnete die Augen.

»Runter!«, schrie Onnar. »Du musst von meinen Schultern runter!«

Joern landete auf dem Boden, ohne zu begreifen. Flop krallte sich panisch an seinem Hemd fest. Der Lärm hatte zugenommen, es waren nicht mehr nur die Rufe der Arbeiter. Da war jetzt auch eine Stimme aus einem Megafon.

»Zurück«, befahl die Stimme. »Dies ist keine angemeldete Demonstration. Wenn Sie die Versammlung auflösen, wird Ihnen nichts geschehen.«

Doch die Menge dachte nicht daran, sich aufzulösen. Sie marschierte weiter voran.

»Der Große und seine Leute haben uns die Polizei auf den Hals gehetzt«, sagte Onnar. »Aber wir lassen uns nicht einschüchtern.«

Joern sah die Uniformen seitlich der Straße.

»He!«, rief jemand in der Menge. »Los, zeigen wir ihnen, wer wir sind!« Es war Dirk und jetzt entdeckte Joern auch Damian neben ihm. Wie lange liefen sie schon mit der Demonstration?

»Lasst uns durch!«, rief Damian. »Weg da!«

Und dann flog ein Stein. Joern wusste nicht, wer ihn geworfen hatte, aber er war sicher, dass es einer der vier D gewesen war. Der Stein traf nicht, doch ein weiterer folgte und dieser erreichte sein Ziel. Einer der Polizisten schrie.

Onnar schrie auch. »Neeein!«, schrie er.

Und plötzlich war er nicht mehr neben Joern. Er sah noch, wie Onnar einem Fisch gleich durchs Gewühl tauchte, wie er Damian am Arm packte und ihn zu Boden rang. Kurz darauf verschwanden die beiden aus Joerns Blickfeld.

Um ihn herum brach das Chaos aus. Polizisten mit Schlagstöcken drängten sich zwischen die Arbeiter, um sie auseinanderzuscheuchen, mehr Steine flogen, Fetzen von Schreien erfüllten die Luft. Die Menge bewegte sich nicht mehr vorwärts, sondern wogte hin und her wie ein Ozean. Menschen stolperten und stürzten links und rechts von ihm zu Boden, andere halfen ihnen auf; manche warfen sich ins Getümmel und manche versuchten zu fliehen. Joern duckte sich und legte seine Arme schützend um Flop.

Ich muss hier raus!, sagte es in seinem Kopf, sonst passiert Flop etwas. Aber Onnar!, sagte eine andere Stimme. Ich kann doch Onnar nicht alleinlassen! Lächerlich, erwiderte die erste Stimme. Was bist du schon? Zwölf bist du, ein Nichts bist du, wie willst du Onnar helfen? Aus dem Megafon dröhnten Worte, denen keiner mehr zuhörte. Joern versuchte sich einen Weg aus der Menge zu bahnen.

»Onnar!«, schrie er. »Onnar?«

»Joern!«, rief jemand neben ihm, doch es war nicht Onnar. »Joern! Hierher!«

Es war Holm, Holm, der Schauspieler. Joern sah sein Gesicht nur kurz. Es lag ein seltsamer Ausdruck darauf, keine Panik, sondern etwas wie tiefe Traurigkeit. Holm bugsierte Joern bis zum Rand der Menge und gab ihm einen Stoß.

»Lauf!«, sagte er. »Ich finde Onnar. Und pass auf dich auf. Nicht nur hier. Auch anderswo. Denk daran.«

Dann verschwand er wieder im Getümmel. Auch anderswo? Was hatte er gemeint?

Flop entwand sich Joerns Griff und raste mit wehenden Ohren davon in eine Seitenstraße. Und auch Joern wäre gelaufen, so wie Holm es gesagt hatte, hätte er nicht in diesem Moment im Ozean der Menge ein Gesicht entdeckt – ein blasses Gesicht, umrahmt von langem braunem Haar, irgendwo hinter einer Mauer aus Uniformen und harten Worten. Die Augen in diesem Gesicht sahen ihn an und er begriff erst, als das Gesicht schon fortgeschwemmt worden war.

»Mama!«, schrie Joern.

Was tat sie hier? Sie, die abgesehen vom jungen Pöhlke

als Einzige nicht hatte streiken wollen? Er musste zu ihr, zurück ins Chaos. Wenn er sich jetzt nur auf Westwind hätte schwingen können! Lasse und er wären in die Menge hineingeritten wie in einen seichten See. Sie hätten Joerns Mutter zu sich hinaufgezogen, denn Westwind war stark. Das Pflaster hätte nur so Funken geschlagen unter seinen Hufen und er hätte sie alle drei fortgetragen: bis ans Ende der Schwarzen Stadt, bis über die Todesschlucht, bis in den Norderwald, wo immer die Sonne schien.

Doch hier gab es keinen Westwind und keinen Lasse. Joern war ganz allein. Onnar war irgendwo in einen Kampf verwickelt, die vier D waren übergeschnappt und er musste selbst sehen, wie er seiner Mutter half. Joern stürzte vorwärts, spürte einen Schlag in die Seite und wurde von den Füßen gerissen. Als er wieder hochkam, sah er, wie etwas aus seiner Tasche kullerte, unter die Füße der wahnsinnigen Menge. Der Ring. Der Ring mit den Buchstaben I & D und dem Stück Nachtspat. Joern machte einen Satz, streckte den Arm aus, bekam den Ring zu fassen, schloss seine Faust um ihn – und erhielt einen weiteren Tritt. Als er diesmal auf dem Boden landete, stolperte jemand über ihn. Er sah auf und begriff, dass die Leute aufgegeben hatten. Jetzt endlich löste die Demonstration sich auf, die Menschen liefen in alle Richtungen auseinander und er lag ihnen im Weg. Sie sahen Joern nicht einmal. Jemand trat auf seine freie Hand und er schrie. Aber er hatte keine Chance. Er krümmte sich zu einer Kugel zusammen und kniff die Augen zu. Die Schritte vorbeirennender Füße donnerten in seinen Ohren, als hätte jemand die Trommel aufgehoben, um sie wieder zu schlagen.

»Lasse!«, rief Joern, obwohl er wusste, dass das Unsinn war. »Lasse, wo bist du, wenn man dich braucht, verdammt?«

Da packte ihn jemand am Arm. Er fühlte, wie er hochgezerrt wurde.

»Lasse?«, fragte er ungläubig.

»Onnar«, sagte Onnar.

Joern öffnete die Augen. Neben Onnar entdeckte er das Gesicht seiner Mutter. Er atmete auf. Wenn nur nicht alles an ihm so wehgetan hätte! Der Schmerz, den die Tritte hinterlassen hatten, hüllte ihn ein wie eine hellrote Wolke.

Onnar hob ihn vorsichtig hoch wie eine zerbrochene Puppe. Nur Joerns Faust war immer noch um den Ring geballt. Das Letzte, was er von der Demonstration sah, waren die Worte auf einem Plakat, das im Dreck lag, halb zerrissen: EDEL SEIN stand darauf.

Nur ein paar Steine

»Du bist ein Idiot«, sagte Onnar. »Ihr seid alle Idioten. Es macht mich wahnsinnig, mit euch unter einem Dach zu wohnen.«

Joern blinzelte. Er lag auf zwei Stühlen in der Küche und hatte bis eben geschlafen. Die blauen Flecke aus dem Leib schlafen, nannte Mama es. Sie hatte ihn bei sich in der Küche haben wollen, während sie das Abendessen kochte. Ihr selbst war nichts passiert bei der Demonstration. Die vier D waren klug genug gewesen, fürs Erste zu verschwinden, aber nun waren sie hungrig genug, um wieder aufzutauchen.

»Wie ein Rudel Wölfe«, sagte Onnar. »Wenn es was zu beißen gibt, seid ihr da, und sobald man etwas anderes von euch will, kann man keinen von euch finden. In euren Köpfen ist nicht ein einziger vernünftiger Gedanke! Da, seht euch an, was ihr angerichtet habt!«

Er schlug die Wolldecke zurück, unter der Joern lag, und Joern tat so, als schliefe er noch. Er wusste, was sie sahen. Man konnte sich die blauen Flecke nicht wirklich aus dem Leib schlafen. Sein Körper war übersät mit ihnen wie ein Dalmatinerfell mit schwarzen Punkten. An seiner linken Hand trug er einen Verband. Mama hatte ihn zum Arzt geschleift, immerhin waren keine Knochen gebrochen.

Joern hörte, wie Dirk durch die Zähne pfiff. »Nicht schlecht«, sagte er. »Der Kleine hat ordentlich was abgekriegt. Wird Zeit, dass er lernt, wie das Leben läuft.«

»Und warum sollen *wir* das angerichtet haben?«, fragte Dennis. »Wir haben ihm nichts getan! Wir haben nur ein paar Steine auf die Bullen geworfen.«

»Bist du wirklich so dumm?«, fragte Onnar. Seine warme Stimme versuchte kalt zu sein, doch es gelang ihr nicht ganz. »Nur ein paar Steine auf Polizisten zu werfen! Sie hätten niemandem etwas getan, wenn ihr es gelassen hättet. Sie machen ihre Arbeit, das ist alles.«

»Jetzt fang du noch an, die Bullen in Schutz zu nehmen!«, rief Dario. »Wer bist du? Der friedliche Oberpriester? Du machst dich doch lächerlich! Wir müssen ihnen zeigen, zu was wir bereit sind! Wer friedlich ist, zieht immer den Kürzeren!«

»Sprengstoff habt ihr genug da oben im Berg«, sagte Damian leise. »Warum jagt ihr ihnen nicht mal auf ganz andere Art einen Schreck ein?«

»Sei still«, sagte Onnar ruhig. »Ich will so etwas nicht hören!«

»Du wirst es aber hören«, sagte Damian. »Immer und immer wieder wirst du es hören. Bis du es kapierst. Dann wirst du uns dankbar sein für unsere guten Ideen. Und im Berg wird es lauter als durch euer kindisches Getrommel und die Schleiferei wird Flammen schlagen wie ein Osterfeuer.« Er verstummte und machte ein ersticktes Geräusch.

Joern gab es auf, sich schlafend zu stellen. Er setzte sich auf und sah, dass Onnar den ältesten seiner Brüder im Nacken gepackt hatte und seinen Kopf mit aller Kraft hinunterdrückte, dicht über den Topf, in dem die Suppe für das Abendessen beim Kochen Blasen schlug. Damian wand sich, aber Onnar war doch noch ein wenig stärker als er.

»Da!«, sagte er. »Wenn du willst, dass ich jemandem einen Schreck einjage, bist du mein erstes Opfer! So sieht Gewalt aus, verstehst du? Ich bin dein Bruder, vergiss das nicht, und ich kann genauso dumme Dinge tun wie du!«

Damians Nase war nur Zentimeter von der kochenden Suppe entfernt. Dennis, Dirk und Dario waren einen Schritt zurückgetreten und Mama stand zwischen ihnen, die Augen weit vor Entsetzen. Nervös umklammerte sie einen alten Häkeltopflappen. Er war gelb mit hellblauem Muster.

»Hört auf damit!«, rief sie. »Hört sofort auf! Wir sind eine Familie! Lass ihn los, Onnar! Und ihr Übrigen haltet den Rest des Abends den Mund!« Es klang nicht wie ein Befehl, sondern wie eine Bitte. Hilflos. Joern dachte, dass er etwas sagen müsste, irgendetwas, um ihr zu helfen. Ihm fiel nichts ein.

»Eine Familie«, knurrte Onnar. »Kitzel mich mal, damit ich lache!«

Dann zog er Damian wieder hoch und ließ ihn los. Einen Moment lang starrten die beiden sich an, keuchend vor

Wut. Dann setzten sie sich alle an den Tisch. Mama schüttelte den Kopf. In ihrem Augenwinkel sah Joern eine Träne glitzern.

»Ich … äh, bin wieder wach«, sagte er, doch niemand antwortete.

Joern zog sich einen Stuhl an den Tisch, Mama schenkte Suppe aus und schließlich beugten alle die Köpfe und löffelten stumm ihre Teller leer. Sie kamen sich dabei wie immer mit den Ellenbogen in die Quere. Die Glühbirne in der tief hängenden Lampe knisterte, als spürte auch sie die Spannung in der winzigen Küche.

Und Joern dachte: In Frentjes Küche sitzen sie jetzt um den riesigen Tisch und essen wundervolle, frische Dinge aus Olafs Garten. Dabei spielen sie Nudelfußball und lachen und erzählen einander Geschichten. Und Lasse sitzt mit seinem Vater im Gutshaus vor dem Kaminfeuer. Vielleicht schmieden sie gerade einen abenteuerlichen Plan, wie sie den Kjerk erlegen werden, einen Plan voller unterirdischer Geheimgänge und Schwerter und nächtlicher Ritte. Und ganz ohne Steine und Polizisten und schwarze Straßen.

Er blickte in die schweigende Runde der gebeugten Köpfe. Er spürte, dass der Streit jeden Moment wieder aufflammen konnte. Aus dem Wohnzimmer drang wie stets der Geruch der trocknenden Wäsche. Das Küchenfenster war grau von Kohlenstaub. Draußen zog der Abend in den Hinterhof.

Und da fasste Joern einen Entschluss.

Er würde nicht hierbleiben. Keinen einzigen Tag länger.

Wenn er nicht nur geträumt hatte, wenn die Brücke noch da war, würde er wieder über den Finsterbach gehen. Er würde durch das Loch in der Mauer schlüpfen und durch den Wald gehen bis zum Norderhof, wo alles gut und schön und hell war, und er würde nie wieder vor dem Kjerk weglaufen. Er würde Lasse helfen, ihn zu besiegen.

Das Abenteuer wartete auf ihn.

In der Nacht, als alle schliefen, packte Joern seine Sachen: vier Paar Socken und fünf Unterhosen, Flops Hundenapf und Flops Leine. Dann schlich er durch den Wald aus trocknender Wäsche und hielt die Luft an, damit Mama nicht aufwachte, die im Wohnzimmer schlief. Auch Onnar schlief sonst im Wohnzimmer. Jetzt war seine Matratze leer. Vermutlich war er bei irgendeiner Besprechung mit den anderen Arbeitern. Joern wollte Mama noch einmal ins Gesicht sehen, ein letztes Mal. Doch er brachte es nicht über sich. Er ließ sie im Stich. Es ging nicht anders.

Er wanderte zu Fuß durch die grell erleuchteten Straßen. Das Fahrrad ließ er zurück. Im Norderwald würde er es nicht brauchen. Noch immer schmerzte jede Stelle an seinem Körper, wenn er sich bewegte, aber er konnte in diesem Moment nicht auf ein paar dumme blaue Flecke achten. Flop folgte ihm, torkelnd wie ein Schlafwandler, und begriff nicht, weshalb sie zu dieser späten Stunde spazieren gingen.

»Wir gehen nicht spazieren«, sagte Joern leise zu ihm. »Wir gehen fort. Für immer.«

Er sah sich nicht nach dem Wohnblock um, der zwölf Jahre lang sein Zuhause gewesen war.

In seiner Tasche schlief der Ring mit dem Nachtspat.

Wer nicht bleiben kann, muss gehen

Wer ist da?«, fragte Frentje und strich sich die offenen Haare aus den Augen. Ihr freundliches, breites Gesicht war verquollen vom Schlaf wie Hefeteig.

»Hallo, Tante Frentje«, sagte Joern und grinste. »Erkennst du deinen Großneffen nicht mehr?«

Flop sprang an ihr hoch, aber er verstand wohl, dass er nicht kläffen durfte, damit niemand aufwachte.

»Doch, äh, natürlich«, sagte Frentje und kraulte Flop zwischen den schwarzen Schlappohren. »Aber was tut mein Großneffe hier um diese Zeit, wo jeder vernünftige Großneffe im Bett liegt und schläft?«

»Er legt sich irgendwohin und schläft«, antwortete Joern. »Wenn es ihm gestattet wird. Zwei Stühle in der Küche reichen aus.«

»Tz, tz, zwei Stühle in der Küche!«, schimpfte Frentje leise und zog Joern ins Haus. »Das stell ich mir ja bequem vor! Wie wär's stattdessen mit dem Gästebett? Du hast gestern sowieso den ganzen Tag darin verbracht, denn du warst plötzlich erkrankt. Haben wir jedenfalls Tom erzählt und Olaf und Flint und den anderen, die nichts wissen. Ich fand ja, wir könnten genauso gut sagen, du wärst schon wieder abgereist. Aber davon wollte Lasse nichts hören. Mein Freund Joern, hat er gesagt, kommt wieder. Aber dass du mitten in der Nacht wiederkommst, kann ja kein Mensch ahnen!« Sie schüttelte den Kopf. »Hast Glück, dass Tom oder Olaf dein Klopfen nicht gehört haben. Die denken, du liegst brav im Bett und kurierst deine mysteriöse Krankheit aus.«

»Es tut mir leid«, flüsterte Joern. »Ich wollte nicht, dass alle wach werden und ... Frentje, ich konnte wirklich nicht bleiben!«

»Sch, sch«, machte Frentje und plötzlich fand Joern sich in ihren Armen wieder, die weich waren und warm. »Kein Grund für Entschuldigungen! Wer nicht bleiben kann, muss gehen.« Dann ging sie voran, eine schmale Stiege hinauf, und führte Joern oben in einen Raum mit einem großen Bett voller Kissen und Decken.

»Dich Bohnenstange werde ich darin morgen früh wohl nur schwer wiederfinden«, sagte sie und lachte. »Hier, nimm den Schlafanzug! Den hab ich mal zu heiß gewaschen, seitdem ist er Olaf zu klein. Ich wollte Olaf hinterher auch heiß waschen, damit er ihm wieder passt, aber irgendwie hatte Olaf was dagegen.«

Flop kugelte sich am Fußende des Bettes zusammen und Joern streifte seine Kleider einfach dort ab, wo er gerade stand. Er war zu müde, um sich darüber Gedanken zu machen, dass Frentje ihm zusah. Als er das Hemd auszog, bemerkte er ihren seltsamen Blick.

»Was haben sie mit dir gemacht?«, fragte sie leise.

Joern sah an sich hinab. Sie meinte die blauen Flecke. Sie dachte, jemand hätte ihn geschlagen.

»Nichts!«, beeilte er sich zu sagen. »Nicht, was du denkst! Ich war bei einer Demonstration in der Schwarzen Stadt dabei. Ich bin gefallen und unter die Füße der Leute geraten. Sie haben mich gar nicht bemerkt … sie hatten Angst. Mein Bruder Onnar hat mich gerettet … er ist ein wunderbarer Bruder, aber ich konnte trotzdem nicht bleiben …« Er verstummte.

Frentje schüttelte langsam den Kopf. »Nein«, sagte sie. »In einer Stadt, wo sie einen so zurichten, ohne es zu merken, da kann keiner bleiben.«

Als Joern schließlich im Bett unter den vielen, vielen Decken lag, hörte er Flop leise am Fußende schnarchen. Beim Einschlafen sah er Onnars Gesicht vor sich. »Es tut mir leid«, flüsterte er in die Dunkelheit. »Es tut mir leid, Onnar. Hast du gehört, was Frentje gesagt hat? In so einer Stadt kann keiner bleiben.«

In dieser Nacht träumte Joern, Onnar wäre bei ihm. Sie ritten gemeinsam durch den Norderwald, obwohl doch keiner von ihnen reiten konnte, und Lasse galoppierte auf Westwind voran und sang, laut und falsch und fröhlich. Die Sonne schien golden durch die Äste herab.

Als Joern aufwachte, war das goldene Licht noch da. Aber Onnar war endgültig fort.

Kein Messer ist scharf genug

Wie sehr hatte ich befürchtet, Joern käme nicht wieder! Eineinhalb Tage lang hatte ich es befürchtet, 36 Stunden lang, jede einzelne Minute. Doch hier stand er vor mir und grinste, mein Freund Joern.

»Bist du wieder gesund?«, fragte Flint. Wir waren eben vom Frühstück aufgestanden, als Joern an der alten Glocke neben der Gutshaustür geklingelt hatte.

»Ja«, antwortete Joern. »War nur eine kurze Krankheit.«

»So ist das mit Magengeschichten«, sagte Flint. »Lasse muss jetzt zum Unterricht …«

Ich stöhnte.

»Aber du hast ja Ferien, Joern, nicht wahr?«

»Ja, äh«, sagte Joern. »Ich könnte aber trotzdem mitgehen zum Unterricht.«

»Vergiss es«, sagte ich. »Bist du lebensmüde? Du kannst in der Zwischenzeit etwas wirklich, wirklich Nützliches tun. Im Stall hängt mein Bogen und daneben findest du die Pfeile. Hinter dem Stall ist eine Zielscheibe auf die Wand gemalt, zum Üben. Wenn ich unserem Lehrer entkommen bin, will ich sehen, wie du durch das Auge der Taube auf dem Taubenschlag schießt.«

»Vergiss es«, sagte Joern. »Sind eure Tauben lebensmüde?«

Ich lachte und Joern sagte, er würde das Schießen nie lernen. Leider hatte er recht. Als ich mich endlich aus Herrn Marksens Fängen befreit hatte, stand Joern noch immer hinter dem Stall. Zehn Pfeile steckten an unterschiedlichen Stellen in der hölzernen Stallwand. Keiner davon war der Zielscheibe auch nur nahe gekommen. Joern saß in der Sonne auf einem Stein und kraulte abwechselnd Tök und Flop.

»Hey, Lasse«, sagte er und grinste. »Ich mache Fortschritte! Ich treffe jetzt die Stallwand!«

»Himmel!«, sagte ich. »Ein Glück, dass du nicht aus Versehen irgendjemanden vom Norderhof abgeschossen hast!«

»Hab ich«, sagte Joern. »Ich hab sie alle dahinten im Wald begraben.« Und er grinste noch breiter. »Oh Mann, Lasse, guck nicht so erschrocken! Das war ein Witz! Sag mal, an welcher Stelle des Waldes laufen wir heute vor dem Kjerk weg?«

»An gar keiner«, sagte ich entschlossen. »Wir laufen nicht mehr weg. Apropos weglaufen. Wie lange bleibst du dieses Mal?«

»Dieses Mal«, begann Joern zögernd und stand auf. »Also, wenn du nichts dagegen hast, bleibe ich dieses Mal ganz.«

»Na, ein Glück auch«, sagte ich möglichst gelassen und versuchte, nicht vor Freude in die Luft zu springen, weil man das mit zwölf nicht mehr macht. »Komm jetzt! Frentje tut mal wieder das, was sie meistens tut: Sie wartet mit dem Essen.«

Wir ließen Flop bei Tök und die beiden trollten sich gemeinsam zu den Schafen. An diesem Tag gab es Kartoffelklöße und Tom erfand ein Spiel, das Kartoffelkloß-Weitwurf hieß, aber ich hatte keine Nerven dafür. Wir würden nicht mehr weglaufen, hatte ich gesagt. Was würden wir dann tun?

»Ich war übrigens mit Südwind bei der Lichtung«, sagte Johann, der mit uns am Tisch saß. »Dort, wo ihr diesem Kjerk begegnet seid.«

»Wie sah er aus?«, rief Tom.

»Wir sind ihm nicht begegnet«, sagte ich und schauderte. »Westwind ist ihm begegnet.«

»Ich wünschte, ich könnte Westwind ein paar Dinge fragen«, brummte Johann. »Jedenfalls war ich dort. Und da ist nichts, gar nichts. Ich habe in den Spalt zwischen den Felsen geleuchtet; er reicht tief hinab in die Dunkelheit, aber alles, was ich gesehen habe, waren die Spuren von Füchsen. Und überhaupt ist der Spalt zu klein für irgendetwas, das größer ist als ein Fuchs.«

»Und wenn der Kjerk gar nicht groß ist?«, sagte Almut. »Piranhas sind auch nicht groß, aber totbeißen tun sie einen trotzdem.«

»Und hast du keine tiefblauen Federn gefunden?«, fragte Joern. »Nicht eine einzige?«

Johann schüttelte den Kopf. Und als wir mit den Klößen fertig waren, sattelte er seinen Südwind und ritt wieder hinaus in den Wald. Er ritt nach Osten, das Gewehr über der Schulter, und keiner wusste, was er dort draußen vorhatte. Vielleicht suchte er wieder den Zaun nach Löchern ab.

»Johann glaubt uns nicht«, sagte Joern. »Er denkt, wir haben die Sache mit der Lichtung und den Federn erfunden.«

»Dann beweisen wir ihm, dass wir recht haben«, sagte ich. »Wir lassen Westwind hier und nehmen mein Fahrrad. Eine Taschenlampe hab ich schon eingesteckt. Außerdem brauchst du eine Waffe.« Ich musterte Joern. Was für eine Waffe passte zu einem, der mit Pfeil und Bogen nur die Stallwand traf?

»Wie wäre es mit einem Messer?«, schlug Joern vor. »In meiner Klasse haben ein paar Leute Springmesser. Damit kann ich umgehen.«

»Springmesser haben wir keine hier«, erklärte ich. »Aber wir haben etwas viel Besseres.«

Wir schlüpften durch die schwere Tür des Gutshauses und schlichen die Treppen hinauf zum Wohnzimmer.

»Flint muss uns ja nicht unbedingt hören«, erklärte ich leise, »sonst kommt er sicher herunter und will wissen, was wir mit dem Messer vorhaben.«

»Herunterkommen?«, fragte Joern. »Wo ist er denn?«

»Oh«, antwortete ich, »es gibt an der Ostseite so einen alten Turm. In dem hat er sein Arbeitszimmer eingerichtet. Niemand darf ihn dort stören.«

Wir schlichen durchs Wohnzimmer bis zu einer kleinen hölzernen Tür direkt neben dem Klavier. Man sah sie fast gar nicht.

»Nur mich lässt er manchmal rein«, fügte ich hinzu, nicht

ganz ohne Stolz. »Aber es ist ein langweiliges Zimmer und er sitzt den ganzen Tag am Computer. Er schiebt irgendwelches Geld hin und her, so nennt er das. Später, hat er gesagt, erklärt er mir, was das bedeutet.« Ich öffnete die kleine Tür. »Hier geht es zur Wendeltreppe.«

Als wir auf der Treppe standen, betrachtete Joern die Wände des Turms. Überall hingen Dinge, die kein bisschen langweilig waren. Durch die schmalen Fenster fiel das goldene Licht des Norderhofs auf Messingknäufe und silberne Scheiden.

»Das«, verkündete ich, »ist Flints Messersammlung.«

Wir stiegen langsam die Stufen hoch, an der Sammlung entlang. Joern streckte staunend seine Hand aus und fuhr vorsichtig eine der Messerscheiden entlang. Die Klingen der alten Messer waren alle gut im Schaft verborgen.

»Wir können doch nicht einfach eins wegnehmen?«, flüsterte er ehrfürchtig.

»Ach, wir leihen es ja nur aus«, meinte ich. »Welches scheint dir richtig, um einen Kjerk zu besiegen? Dieser alte Säbel? Oder der lange Dolch hier?«

Joern sah mich an und lächelte. »Du und deine Märchenwelt«, sagte er. »Sicher ist es sehr romantisch, ein Schwert zu schwingen, das größer ist als man selbst. Nur praktisch ist es nicht gerade.«

Er ließ seinen Blick über die Messer und Säbel schweifen und schließlich nahm er ein ganz kleines Messer von seinem Haken an der Wand. Es hatte einen Griff, in den dunkelblaue Steine eingelegt waren. Und ich verstand: Dies war die Farbe des Kjerks. Also war es auch das Messer für den Kjerk.

Da kam mir eine Idee. Ich holte ein paar dunkelblaue Federn aus meiner Tasche und nahm einen Pfeil aus dem Köcher an meinem Gürtel. Dann zog ich vorsichtig die weißen Gänsefedern aus dem Pfeil und steckte die Federn des Kjerks hinein.

»Ein Pfeil für den Kjerk muss auch Federn vom Kjerk tragen«, erklärte ich.

Wir schlichen zurück, die Treppe hinunter, während von oben leise Wörter drangen. Flint telefonierte. »... gehört, es gäbe eine De...«, sagte er. »Mit ihnen sprech... ich will keinen Är... mich zurückhal... regeln, wie Sie denken ... nicht mehr meine Sache ... nein. Nein. Nein. Ganz sicher nich...«

Seine Stimme verebbte hinter uns.

Im Wohnzimmer lag wie gewöhnlich die graue Katze. Sie öffnete ein Auge, als wir an ihr vorbeischlichen, und sah uns an. »Manchmal denke ich, sie weiß alles«, sagte ich. »Alles, was war, und alles, was noch kommt. Sie weiß, dass wir das Messer ausgeliehen haben, und sie weiß schon jetzt, ob es uns helfen wird.«

Die Katze streckte sich, lief vor uns her die große Treppe hinunter und kratzte an der Haustür. Als ich die Tür öffnete, stand davor ein Postbote. Hatte die Katze auch das gewusst?

Es gab selten Post auf dem Norderhof. Meistens hatten die Postboten eine Menge Pakete bei sich und stapelweise

Briefe, die sie wohl sammelten, damit sie nicht dauernd den weiten Weg zu uns hinausfahren mussten. Der Postbote heute hielt jedoch nur einen einzigen Brief in der Hand.

Er musterte mich durch seine dicken Brillengläser und nieste. »Bist du Lasse Windström?«, fragte er gedämpft durch den Schal, den er bis über die Nase gezogen hatte.

»Ja«, sagte ich. »Und Sie sind erkältet, was?«

»Aller… ha… dings … tschi!«, sagte der Postbote und schniefte. »Du bist sicher, dass du Lasse Windström bist?«

»Ja, natürlich«, sagte ich. »Ich bin es immerhin schon seit zwölf Jahren.«

»Man kann sich nie ganz sicher sein«, sagte der Postbote hartnäckig. »Hier steht, der Brief wäre nur persönlich an Lasse Windström abzugeben.«

Wer, dachte ich, schrieb mir einen Brief? Ich kannte niemanden draußen. Ich hatte ehrlich gesagt bisher nur Briefe von Flint bekommen, wenn er wieder einmal auf Reisen gewesen war.

»Ich schwöre bei den Federn des Kjerks«, sagte ich feierlich, »dass ich Lasse Windström bin.«

»Bei was … hatschi! … für Federn?«, fragte der Postbote. Aber dann gab er mir den Brief doch, zog seinen Schal noch ein wenig höher, rückte die dicke Brille zurecht und verabschiedete sich mit einem letzten Nieser.

»Sie können Kaffee kriegen, drüben bei Frentje«, bot ich ihm an. »Sie hat immer Kaffee für unsere Postboten und meistens gibt es auch Kuchen. Frentje backt den allerbesten Kuchen der Welt.«

»Schade, aber ich muss weiter«, sagte der Postbote. Er stieg auf ein Moped mit gelben Taschen, in denen wohl weitere Briefe steckten, winkte noch einmal und fuhr vom Hof. Und zum ersten Mal dachte ich, dass er wahrscheinlich in Joerns Welt fuhr. Der Norderhof und der Norderwald waren nur Inseln mitten in einer Welt aus Postboten und schwarzen Städten und Gefahren, dunkler und hässlicher als ein Kjerk.

»Mach ihn schon auf!«, drängte Joern und gab mir das Messer.

Ich wog den Umschlag in meiner Hand. Er war ganz leicht, doch ich spürte gleich, dass etwas Bedeutsames darin auf mich wartete. Auf mich und meinen Freund. Ich nahm das Messer mit dem kjerkfarbenen Griff und schlitzte den Umschlag behutsam auf. Ein einziges Blatt segelte heraus in den Staub und Joern hob es auf und las vor:

»Kein Messer ist scharf genug ...«

Da erschrak ich, denn woher konnte der Briefschreiber wissen, dass wir gerade heimlich ein Messer geliehen hatten?

»... kein Pfeil fliegt weit genug«, las Joern weiter, »kein Pferd läuft schnell genug. Kein Herz ist mutig genug. Kein Mensch kann den Kjerk töten. Es gibt nur einen, der das kann.«

Ich riss Joern den Brief samt Umschlag aus der Hand. Er war mit dem Computer geschrieben, auf nichtssagendes weißes Papier.

»Er zieht durch die Wälder«, las ich weiter, »bei Nacht

und bei Tag. Er kommt, wenn keiner ihn sieht, und geht, wohin niemand ihm folgen kann. Er wird um einen Tropfen Blut bitten: Blut vom Herrn des Waldes, in dem er jagt. Nur so kann er den Wald befreien. Er bleibt nicht und kehrt nicht zurück. Er fragt nicht und antwortet nicht. Er liebt nicht und hasst nicht. Man nennt ihn den Weißen Ritter.«

Ich ließ den Brief sinken und sah Joern an. Über meinen Rücken lief ein Schauer, so wie es bei den Leuten in den Büchern geschah, die Flint und ich uns an dunklen Winterabenden gegenseitig vorlasen.

»Der Weiße Ritter«, flüsterte ich.

Joern nickte. »Ein gutes neues Wort für dich, Lasse«, sagte er. »Der Finsterbach und die Todesschlucht und der Weiße Ritter.«

»Machst du dich lustig über mich?«, fragte ich.

»Nein«, sagte Joern. »Ich frage mich nur ein paar Dinge …« Er schüttelte den Kopf, als wollte er einen Gedanken loswerden, der ihm nicht behagte. »Ach was. Ich bin nur noch nicht an diese Welt gewöhnt. In meiner Welt gibt es keine Weißen Ritter und keine Briefe, die geschrieben sind wie Gedichte.«

Ich drehte den Umschlag um. Es stand kein Absender darauf. Der Poststempel war verschmiert; man konnte den Namen des Ortes nicht lesen, in dem der Brief eingeworfen worden war.

»Ich glaube diesem Brief nicht«, sagte ich. »Warum sollen wir den Kjerk nicht töten können? Wir werden nicht nur

Johann beweisen, dass er unrecht hatte. Wir werden es dem Briefschreiber gleich mitbeweisen.«

Ich steckte den Brief ein. Joern schob den Umschlag in seine Hosentasche.

Konnte es sein, dass Flint den Brief geschrieben hatte, damit wir aufhörten, dem Kjerk nachzujagen? Oder Frentje? Oder Johann? Es konnte jeder gewesen sein. Ich wollte Joern fragen, doch ehe ich das tun konnte, zeigte er nach Westen in den Wald.

»Lasse!«, sagte er. »Guck dir das an! Da, über den Bäumen!«

Ich folgte seinem Blick. Über den grünen Kronen schlängelte sich in der Ferne ein dünner Rauchfaden in den Himmel.

»Vielleicht hat Johann ein Feuer gemacht«, meinte ich.

»Johann ist in die andere Richtung geritten«, sagte Joern und damit hatte er recht.

Frentje klapperte in ihrer Küche mit dem Abwasch herum und sang dabei und Olaf ärgerte sich im Garten über das ungehorsame Gemüse.

»Vielleicht macht der Postbote ein Feuerchen mit den Briefen, die er vergessen hat abzugeben«, sagte ich und lachte nervös.

»Weißt du, was für eine Richtung das ist?«, fragte Joern ernst.

Ich nickte. Das wusste ich ganz gut. Es war die Richtung, in der die Lichtung lag, auf der Johann nichts gefunden hatte.

»Ich hole das Fahrrad«, sagte ich und meine Stimme war ganz trocken. »Hier, steck das Messer wieder ein.«

Und dann holperten wir zu zweit auf dem Fahrrad quer durch den Wald. Joern saß auf dem Gepäckträger und ich glaube, er wurde ordentlich durchgerüttelt. Ich hätte lieber auf Westwinds breitem Rücken gesessen statt auf dem schmalen Plastiksattel eines Fahrrads. Doch ein Fahrrad konnte nicht scheuen und der Kjerk konnte tausendmal in ein Fahrrad beißen, es käme kein warmes Blut heraus. Außerdem brachte nichts und niemand mein Pferd wieder zu der Lichtung, da war ich mir sicher.

Leider dauerte der Weg mit dem Fahrrad sehr lang. Nicht so lang wie zu Fuß, aber es kam mir trotzdem ewig vor. Vielleicht war der, der die Rauchsäule fabriziert hatte, gar nicht mehr da, wenn wir ankamen. Als ich schon dachte, wir würden den ganzen Tag durch den Wald fahren, drang der Geruch von Rauch in meine Nase. Es war kein Geruch nach Kaminfeuer und Kohle. Er kam mir bekannt vor, doch mir fiel nicht ein, woher. Was verbrannte dort vor uns im Wald? Ich bremste so scharf, dass Joern fast vom Gepäckträger fiel, und wir stiegen ab.

»Gleich sind wir da«, flüsterte Joern.

Ich nickte stumm. Wir lehnten das Fahrrad an einen Baum und gingen zu Fuß weiter, so leise wir konnten. Kein knackender Ast, kein trockenes Laub durfte uns jetzt verraten. Die Ungeduld in mir mischte sich mit Furcht, als wir uns dem Feuer näherten.

Vorsichtig schoben wir die letzten Blätter beiseite – millimeterweit nur, gerade genug, um durchs Gebüsch hindurchzuspähen.

Und was wir dort auf der Lichtung erblickten, hatte Federn, dunkelblau wie eine sternklare Nacht.

Vor uns, auf der Lichtung, saß der Kjerk.

Ich hatte ihn die ganze Zeit über finden wollen, aber nie, nie hatte ich geglaubt, dass wir ihn wirklich fänden. Trotz seiner nachtblauen Federn und trotz der gerissenen Lämmer und trotz Westwinds Wunde war es so gewesen, als folgten wir einem Phantom, das nur Spuren hinterließ, aber niemals gesehen werden konnte.

Und nun stand er nur wenige Meter von uns entfernt vor dem Felsenberg mit der Fuchshöhle. Er war deutlich größer als ein Fuchs, vielleicht so groß wie ein Bär. Ich merkte, dass ich Joerns Arm umklammert hielt und er meinen. So starrten wir den Kjerk an.

Am ehesten glich er einem Adler. Die nachtblauen Federn bedeckten seinen Körper ganz. Er besaß zwei kurze Beine mit riesigen Krallen und weite Schwingen, doch sein Kopf, obwohl gefiedert, war nicht der eines Vogels. Es war der Kopf eines Wolfes. Ohren konnte man keine erkennen, aber eine lang gezogene Schnauze. Und als er den Kopf ein wenig bewegte, fiel das warme goldene Licht des Norderwaldes auf seine Reißzähne. Da wurde das Licht mit einem Mal farblos und kalt und die Zähne blitzten darin auf wie Dolche. Nun war klar, weshalb die Wunden, die der Kjerk riss, so glatt aussahen wie Schnitte: Seine Zähne waren geschliffen scharf wie Messer.

Der Kjerk schien zu lauschen. Vor ihm lag ein Tier im Gras, ein regloses Tier. Ich hoffte, dass es nicht noch eines unserer Lämmer war. Offenbar hatte der Kjerk gemerkt, dass etwas sich ihm näherte. Er drehte und wendete den Wolfskopf, um herauszufinden, woher die kamen, die ihn bei seiner Mahlzeit störten. Würde er dieses Tier fressen? Oder – was für ein grauslicher Gedanke – leckte er nur das Blut seiner Opfer auf?

Ich nahm ganz langsam meinen Bogen von der Schulter. Der Kjerk zuckte wieder mit dem Kopf. Er hatte es rascheln gehört. Doch vermutlich kam der Wind aus der falschen Richtung und er roch uns nicht. Ich zog einen Pfeil aus dem Köcher. Meine Finger zitterten.

Wohin sollte ich zielen? Wo war das Herz des Kjerks? Und dann kam mir ein fürchterlicher Gedanke: Hatte er überhaupt ein Herz? Was, wenn in dem Brief die Wahrheit gestanden hatte? Wenn man den Kjerk nicht töten konnte, weil er gar kein Herz besaß?

Ich versuchte den Pfeil trotz meiner zitternden Finger einzuspannen und in diesem Moment drehte der Kjerk seinen Kopf und sah uns an. Seine Augen waren wie dunkle Löcher. Nein, dachte ich, er hatte sicherlich kein Herz. Mein eigenes Herz schien zu gefrieren wie der Bach im Winter und ich spürte, dass auch Joerns Herz gefror.

Jetzt kommt er über die Lichtung, sagte ich mir. Jetzt kommt er, um denen, die ihn zu stören wagen, ein Ende zu bereiten. Doch er kam nicht. Er bog den Hals nach hinten, öffnete das Maul weit, weit und stieß mit einem fürchterlichen fauchenden Geräusch eine hell lodernde Flamme aus.

Die Flamme schoss hoch hinauf in den Himmel. Die Luft des Waldes schien mit einem Mal zu kochen und es roch wieder nach etwas, das ich nicht einordnen konnte, obwohl ich es kannte. Der Kjerk schickte der ersten eine zweite und eine dritte Flamme nach, wütend und grell, und meine dummen Finger zitterten noch mehr.

Ich kann nicht auf ihn schießen, dachte ich. Er ist zu gewaltig. Zu mächtig. Zu schrecklich. Warum ist Flint nicht hier? Flint schießt besser als ich. Flint sollte dies hier tun, nicht ich. Ich kann nicht. Doch an meiner Seite stand Joern, mein Freund, und vertraute mir. Er konnte ja schlecht das Messer auf den Kjerk werfen, blauer Griff hin oder her. Ich kann nicht, dachte ich wieder, ich kann nicht – ich kann. Ich spannte die Bogensehne und kurz darauf flog der Pfeil durch die verbrannte Luft, so schnell, dass man ihn kaum noch sehen konnte.

Er traf den Kjerk mitten in die Brust, mitten zwischen die nachtblauen Federn.

Er senkte den Kopf, schüttelte ihn, schloss das Maul und ich erwartete, er würde brüllen. Doch er blieb stumm. Schwerfällig drehte er sich, schien zu straucheln und machte ein paar Schritte seitwärts, als wäre sein Körper auf einmal eine zu große Last für seine Beine. Schließlich brach er krachend neben dem Felsenhügel ins Unterholz. Für einen Moment tat er mir leid.

Dann war er verschwunden. Einfach so.

»He, Lasse«, sagte Joern, »wohin ist er …?«

Wir schlichen am Rand der Lichtung entlang und meine Hand, die den Pfeil abgeschossen hatte, schmerzte, als müsste ich die Schmerzen des Kjerks fühlen. Meine Beine wollten nicht vorwärtsgehen. Joern musste mich beinahe hinter sich herziehen.

Wo war der Kjerk? Er konnte sich doch nicht in Luft aufgelöst haben? Hatte ich ihn getötet? Ich hatte noch nie ein Lebewesen getötet, außer vielleicht die Stechmücken im Sommer, aber die zählten nicht.

Wir begriffen erst, was geschehen war, als wir die Stelle erreichten, wo der Kjerk zusammengebrochen war. Dort klaffte ein schwarzer Eingang im Felsenhügel, ähnlich dem Loch, das nur die Füchse benutzten. Diese Öffnung jedoch war von Menschen gemacht. Es war eine Tür, eine offene niedrige Tür aus dicken Holzbalken. Dahinter führten alte gemauerte Stufen in den Berg.

»Ein Bunker!«, sagte Joern. »Da haben wir endlich mal eine Sache, die aus dem Krieg stammt, so wie sie es auf den Schildern behaupten.«

»Johann scheint nichts davon zu wissen«, flüsterte ich. »Oder?«

»Oder er hat gedacht, ein Tier kann so eine Tür nicht öffnen«, sagte Joern.

Ich holte die Taschenlampe hervor und ihr Strahl zitterte in meinen Fingern so sehr, dass Joern sie mir aus der Hand nahm, um die Treppe hinabzuleuchten. Es gab eine Menge Spinnweben und Dreck dort unten. Aber keinen Kjerk.

Nicht, so weit wir sehen konnten. Nach ein paar Stufen führte die Treppe allerdings um die Ecke.

»Da irgendwo ist er«, flüsterte Joern. »Meinst du, er stirbt?«

»Ich hoffe nicht!«, sagte ich aufrichtig. »Nein, ich hoffe doch! Ach, ich weiß nicht! Bis vor Kurzem gab es den Tod gar nicht hier im Norderwald. Oder jedenfalls nicht so eine Sorte von Tod. Und plötzlich ist er überall.«

Mir war danach, mich einfach auf den Boden zu setzen und aufzugeben. Aber Joern sah mich fest an und sagte: »Denk an die Lämmer. Denk an Westwind. Wir sollten nachsehen.«

Und da dachte ich an die Lämmer und ich dachte an Westwind und wir stiegen hinab in die Finsternis.

Er zieht durch die Wälder, bei Tag und bei Nacht

Die Finsternis war sehr, sehr finster.

Wir lehnten die Tür hinter uns an und es fiel nur ein schmaler Streifen Licht durch den Spalt. Die Lampe malte einen hellen Kreis auf die feuchten Stufen.

»Stell dir vor«, flüsterte ich, »all diese Feuchtigkeit ist das Blut des Kjerks.«

»Glaub ich nicht«, wisperte Joern und da glaubte ich es auch nicht mehr.

Vorsichtig stiegen wir Stufe um Stufe hinab und schließlich traten wir um die Ecke und Joern verjagte die Dunkelheit vor uns mit der Taschenlampe. Die Treppe führte noch ein paar Stufen nach unten und mündete in einen Gang, dessen Wände aus Felsen bestanden. Nach ein paar Schritten weitete er sich zu einer Höhle, doch auch die Höhle war leer. Sie hatte einen lehmigen Boden und quer hindurch führten Spuren, die sich im Lehm abgedrückt hatten wie Hinweispfeile. Die Spuren von vier riesigen Pranken.

»Es ist kein richtiger Bunker«, flüsterte ich. »Sie haben die Höhle als Bunker benutzt. Hier hat davor schon etwas gewohnt. Etwas … Großes.«

»Vielleicht wohnte die ganze Zeit über etwas Großes hier. Es hat sich vorher nur nie ans Licht getraut«, flüsterte Joern.

Keiner von uns hatte Lust, das Wort »Kjerk« hier unten auszusprechen. Wir blieben mitten in der Höhle stehen und lauschten. Und da hörten wir ein Keuchen in der Dunkelheit. Joern ließ den Lichtkegel über die Wände wandern und fand gegenüber von uns zwei Öffnungen zu weiteren Gängen. Die Spuren des Kjerks verschwanden im linken Gang.

»Hast du das Messer?«, fragte ich.

Joern nickte.

»Wenn er leidet«, sagte ich, »müssen wir ihn schnell töten. Flint hat mir erzählt, dass man es bei Pferden so macht und auch bei Hunden. Wenn man ihnen nicht helfen kann, muss man sie erschießen. Und wenn man kein Gewehr hat, muss man wohl ein Messer benutzen. Das ist sicherer als noch ein Pfeil.«

Joern nickte wieder. Aber ich sah selbst im spärlichen Taschenlampenlicht, dass ihm nicht wohl war bei dem Gedanken.

»Vielleicht speit er Feuer, wenn man ihm zu nahe kommt«, flüsterte er. »Ich würde Feuer speien, wenn man mich töten wollte.«

»Na, ein Glück«, sagte ich, »dass du erstens kein Feuer speien *kannst* und dich zweitens niemand töten will.«

»Ach nein?«, fragte Joern und nickte in die Richtung, aus der das Keuchen kam. »Und das da vorne?«

Wir schlichen in den linken Gang und der Strahl der Lampe fiel nach wenigen Metern auf etwas wie einen Fluss aus Geröll, der sich in die Dunkelheit hinabwand. Möglich, dass dies früher ein Bachlauf gewesen war. Joern leuchtete die Decke an: Sie wurde hier höher. Weit über uns stießen die Felswände zusammen wie die Decken der alten, mächtigen Kirchen, die ich aus Büchern kannte. Etwas flatterte über uns auf. Fledermäuse.

Joern machte einen Schritt nach vorn, ins Bachbett hinein. Regte sich dort unten nicht ein Schemen? Ja. Und jetzt hörten wir ihn fauchen. Er klang jedoch nicht so, als müsste man ihn von seinen Qualen erlösen wie ein krankes Pferd. Er klang wütend. Sehr. Und all mein Mitleid war schlagartig verschwunden.

Kein Messer ist scharf genug. Kein Pfeil fliegt weit genug. Kein Herz ist mutig genug. Kein Mensch kann den Kjerk töten.

Ich schluckte. Hatte ich das wirklich gehört? War es möglich, dass der Kjerk einen Dinge hören ließ?

»Los!«, flüsterte Joern und drückte mir die Taschenlampe in die Hand. Er selbst zog Flints Messer mit dem dunkelblauen Griff aus der Scheide. Er wollte es wirklich versuchen.

»Okay«, wisperte ich und packte die Lampe fester, um voranzubalancieren, von Felsbrocken zu Felsbrocken.

Es war ein rutschiges und wackeliges Unternehmen; man konnte nicht wissen, welche Steine fest saßen und welche sich plötzlich bewegen würden, sobald man darauftrat. Ich hörte den Kjerk atmen, während ich seiner Wut entgegenbalancierte wie ein Seiltänzer.

Und dann trat ich neben das Seil. Oder besser: Ich trat auf einen Stein, der sich bewegte. Er kippte einfach unter mir weg und ich spürte den schwarzen Blick des Kjerks, als ich fiel. Ich glaube, ich schrie. Ich streckte die Hände aus, um mich abzustützen, aber das war keine gute Idee. Im gleichen Augenblick, in dem ich mitten im Geröll landete, hörte ich das Krachen, mit dem das Glas der Taschenlampe auf einen Stein aufschlug.

Ich blieb einen Moment liegen, biss die Zähne zusammen und versuchte, den Schmerz in meinen aufgeschürften Händen zu ignorieren.

»Lasse?«, flüsterte Joern irgendwo über mir in der Dunkelheit. »Lebst du noch?«

»So halb«, flüsterte ich zurück.

»Mach mal die Taschenlampe an!«

»Herzlich gerne«, antwortete ich und suchte mit der Hand das Geröll neben mir ab. Ich fand die Lampe sogar. »Die Birne ist hinüber. Tut … tut mir leid.«

»Mist«, wisperte Joern. »Verdammter Mist! Lasse, bilde ich mir das ein oder ist er näher gekommen?«

Ich lauschte auf den Atem des Kjerks. Er schien tatsächlich näher. Vielleicht konnte der Kjerk in der Dunkelheit sehen. Joern zog mich auf die Beine und dabei merkte ich, dass der Bogen ebenfalls zerbrochen war. Ich war auf ihn gefallen.

»Wir müssen zurück«, flüsterte ich.

Und so traten wir den Rückweg an. Alle paar Schritte blieben wir stehen und lauschten. Doch hinter uns war es still. Der Kjerk folgte uns nicht. Ich hätte heulen können vor Wut, Enttäuschung, Angst und Scham. Schießen konnte ich, aber ich war zu blöd, um eine Taschenlampe zu tragen! Ein schöner Held!

Wir kletterten stumm über das Geröll aufwärts und schließlich wieder die Stufen hinauf. Ich freute mich auf den Lichtstreifen der Tür.

Doch da war kein Lichtstreifen mehr. Die Tür war geschlossen. Ich drückte dagegen – vergeblich. Auch mit vereinten Kräften gelang es uns nicht, sie zu öffnen.

»Sie ist ins Schloss gefallen«, flüsterte Joern. »Ein Windstoß muss sie zugeschlagen haben.«

Das fand ich seltsam, denn es war überhaupt kein windiger Tag.

»Vielleicht kann der Kjerk machen, dass Türen von selbst ins Schloss fallen?«

»Du hast es auch gehört?«, fragte Joern. »Vorhin? Die Sätze aus dem Brief?«

»Ja«, sagte ich. »Das war seine Magie. Er kann noch viel mehr als Feuer speien.«

»Komisch«, murmelte Joern. Er schien über etwas nachzudenken. Dann sagte er: »Wir könnten versuchen, einen anderen Ausgang zu finden. Es gibt sicher mehrere. Wenn wir in der Höhle den rechten Gang nehmen …«

»Und wenn der Kjerk jetzt über das Geröll heraufgekrabbelt ist und irgendwo auf uns wartet? Wenn er sich inzwischen von der Wunde erholt hat?«

»Dann findet er uns früher oder später auch hier«, sagte

Joern. »Mir ist es lieber, er schlitzt uns irgendwo in der Höhle die Kehle auf und nicht direkt neben der Tür in die Freiheit. Das hätte so etwas Dummes.«

Ich hätte gern gelacht, aber ich fühlte mich nicht nach Lachen.

Als wir die Treppe zum zweiten Mal hinuntertappten, kam sie mir unendlich lang vor. Ich tastete mich hinter Joern an der Wand entlang und die Wand war so feucht wie die Stufen, glatt und abweisend wie ein Aal. Einmal huschte etwas unter meinen Fingern davon und ich schrie auf, obwohl ich wusste, dass es lächerlich war.

Es schien eine Ewigkeit zu dauern, ehe wir die Höhle erreichten, und eine weitere Ewigkeit, ehe wir uns bis zum rechten Gang vorgetastet hatten. In diesem Gang gab es kein Geröll. Man musste sich ducken, so niedrig war die Decke, und die Wände rückten enger zusammen, als einem lieb sein konnte. Irgendwann krochen wir auf allen vieren über den kalten Erdboden. »Und wenn dieser Tunnel nirgendwohin führt?«, flüsterte ich. »Wenn die Decke nur immer und immer niedriger wird, bis wir feststecken und nicht mehr vor und nicht mehr zurück können?«

»Zurück kann man immer«, sagte Joern, doch ich war mir nicht sicher, ob er recht hatte.

Kurz darauf wurde der Gang wieder höher und breiter und irgendwann sagte Joern: »Warte mal. Hier gabelt er sich. In den Büchern aus der Leihbücherei biegen die Helden bei solchen Abenteuern an allen Gabelungen rechts ab.«

»Ich weiß«, sagte ich.

Wir standen eine Weile still und ich glaube, wir dachten beide darüber nach, was das Rechtsabbiegen nützen sollte. Da bahnte sich ein feines Geräusch seinen Weg durch die Finsternis zu uns.

»Joern«, flüsterte ich, »hörst du das?«

Es war ein leises Klopfen und Hämmern, als würde jemand mit einem Metallgegenstand auf die Felswände schlagen, in einem regelmäßigen Rhythmus: dimm-didimm-didimm-didimm-dimm. Und wieder von vorne: dimm-didimm-didimm-didimm-dimm.

»Das ist kein Tier«, sagte Joern. »Das ist ein Mensch. Irgendwo da oben ist ein Mensch.«

Das Geräusch kam aus dem linken Gang und so verwarfen wir die Lehre sämtlicher Abenteuerbücher und bogen links ab. Dimm-didimm-didimm-didimm-dimm.

»Es wird lauter«, sagte Joern aufgeregt. »Und es erinnert mich an etwas. Oh nein, hier ist noch eine Gabelung.«

Dimm-didimm-didimm-didimm-dimm. Diesmal kam es von rechts. Wir folgten dem Geräusch wieder und nun schien der Gang aufwärtszuführen. Dimm-didimm ... der Klang führte uns wie eine unsichtbare Karte weiter und weiter. Es mussten Dutzende von Gabelungen sein, Dutzende von Gängen, die wir eiliger und eiliger entlangliefen.

»Jetzt!«, rief Joern plötzlich. »Jetzt weiß ich es! Das Hämmern hört sich an wie die Geräusche aus dem Bergwerk! Aber hier im Norderwald baut doch niemand Kohle ab?«

»Nicht dass ich wüsste«, sagte ich. »Doch was wäre, wenn es vom Bergwerk bis hierher einen Geheimgang gäbe?

Ich würde ihn den klingenden Gang nennen, weil man von überall her die Geräusche der Meißel hört.«

»Der klingende Gang«, wiederholte Joern. »Deine Liebe zu großartigen Worten in allen Ehren, Lasse, aber …« Er verstummte.

»Was ist los?«, fragte ich.

»Siehst du es nicht?«, fragte Joern. »Das Licht! Dort oben!«

Und da sah ich es. Es war ein schmaler Streifen Licht, ähnlich einem Türspalt. Dort oben musste es eine Tür geben. Es *war* ein Türspalt.

»Hier sind wieder Stufen«, sagte Joern. »Ich bin mit dem Fuß an eine gestoßen. Da oben, Lasse! Da oben ist ein Ausgang!«

Nie bin ich Stufen schneller hinaufgeklettert. Als wir nur noch wenige Meter von dem Lichtstreifen entfernt waren, tauchte etwas darin auf. Etwas wie der Umriss eines Kopfes. Aber es war kein richtiger Kopf. Ehe ich begreifen konnte, war es auch schon wieder verschwunden. Die Tür schwang ganz auf und über uns strahlte der Norderwald wie ein grünes Juwel. Tausendmal schöner, als Nachtspat es je sein konnte. Und als ich die Bäume sah, setzte sich das Bild des Gesichts in meinem Kopf wie Kaffeesatz am Grund einer Tasse und ich verstand, was ich gesehen hatte.

»Ein Helm«, sagte ich. »Es war ein Helm.«

»Ein Helm wie der eines Ritters«, sagte Joern.

Wir stiegen den Rest der Stufen hinauf und dann fühlten wir den weichen Waldboden unter den Füßen und um uns war wieder das goldgrüne Licht des Waldes. Ich holte tief Luft, als könnte ich dieses wunderbare Licht ganz in mich einsaugen.

Wir standen auf einem schmalen Pfad. Niemand war zu sehen. Nur an der nächsten Biegung des Pfades wippten ein paar Äste auf und ab. Als sei eben noch jemand dort gewesen. Jemand, der uns aus dem dunklen Inneren der Erde herausgelotst hatte wie Schiffbrüchige aus den Weiten des Ozeans. Durch nichts als einen leisen, metallischen Klang.

Er zieht durch die Wälder, bei Tag und bei Nacht. Er kommt, wenn keiner ihn sieht, und geht, wohin niemand ihm folgen kann.

Doch diesmal waren die Worte keine seltsame Einbildung.

Joern hatte sie gesprochen. Wir sahen uns an.

»Der Weiße Ritter«, sagte ich.

Spuren aus heller Seide

Es dauerte eine ganze Weile, bis wir das Fahrrad wiedergefunden hatten. Am Lenker war ein weißes Seidenband befestigt.

»Der Weiße Ritter«, sagte ich noch einmal und Joern nickte. Er hatte uns das Band hinterlassen wie eine Visitenkarte. Auf einer Visitenkarte standen Name und Adresse des Besitzers. Wo aber konnten wir den Weißen Ritter finden?

Wir fuhren schweigend über die holprigen Waldwege zurück und erreichten den Norderhof, als auch der Abend dort ankam. Flop rannte uns entgegen und sprang an Joern hoch. In der großen Küche fanden wir Flint, der dabei war, dicke Scheiben von einem Brot zu schneiden. Er drehte sich um und lächelte. Dann wurde sein Gesicht wieder besorgt.

»Was ist mit euch passiert?«, fragte er und schnitt vor Schreck eine Scheibe, die so schief wurde, dass man sie höchstens noch als Türstopper benutzen konnte. Ich sah an mir hinunter. Danach sah ich Joern an. Unsere Kleider waren voller moosiger grüner Flecken und über der Schulter trug ich noch immer den zerbrochenen Bogen.

»Wir sind in einem der alten Bunker im Wald herumgekrochen«, erklärte ich. »Und ich bin eine Treppe hinuntergefallen. Dabei ist der Bogen kaputtgegangen und, äh, die Taschenlampe auch und …«

Flint vergaß die Brotscheiben und legte einen Arm um mich. »Sei nicht traurig«, sagte er. »Ich hab irgendwo im Keller noch einen alten Bogen. Ihr macht aber auch einen Mist.«

Ich sah, dass eine Menge Fragen in seinem Kopf darauf warteten, gestellt zu werden, doch er schwieg. Er setzte sich mit uns fleckigen Abenteurern an den Küchentisch, goss Tee in Tassen und sah zu, wie wir aßen. Man glaubt nicht, wie hungrig Abenteuer machen.

Später saßen wir geduscht und geschrubbt zusammen vor dem Kamin, Joern in Kleidern von mir, und noch immer fragte Flint nichts. Da fragte ich etwas.

»Du kennst doch all diese Geschichten«, begann ich. »Kennst du eine Geschichte, in der jemand Visitenkarten aus weißer Seide hinterlässt?«

Flint überlegte. Oder tat er nur so? »Nein«, sagte er schließlich. »Sollte ich das?«

»Vielleicht«, antwortete ich.

Flint sah aufmerksam von mir zu Joern, der nie viel sagte, wenn Erwachsene dabei waren. »Dann müsst ihr mir die Geschichte erzählen«, meinte er schließlich.

»Das werden wir tun«, sagte ich. »Aber erst wenn wir ihr Ende kennen.«

An diesem Abend schlief Joern nicht bei Frentje, sondern bei mir. Wir legten eine Matratze auf den Boden und Flint sagte: »Dass ihr mir nicht bis morgen früh durchquatscht.« Genau so, wie ich mir das immer vorgestellt hatte, als ich noch keinen Freund gehabt hatte, der bei mir übernachten konnte.

»In meinem Kopf sind eine Million wirrer Dinge«, sagte ich, als wir im Dunkeln nebeneinanderlagen.

Am Fußende meines Bettes schnurrte die Katze, die vielleicht alles wusste. Am Fußende von Joerns Matratze schnarchte Flop.

»Der Weiße Ritter und der Kjerk und der Brief«, zählte ich auf.

»Das sind nur drei«, erwiderte Joern. »Eine sehr kleine Million, meinst du nicht? In meinem Kopf sind noch ein paar mehr Sachen. Ich frage mich zum Beispiel, was sie zu Hause gerade tun.«

»Ich dachte, du bist jetzt hier zu Hause«, sagte ich, »hier bei mir.«

»Ja«, sagte Joern sehr leise. »Es ist erst ein Tag vergangen, seit ich weggegangen bin, und es kommt mir vor wie eine Ewigkeit. Ich hoffe, Mama sitzt nicht wieder am Küchentisch und wartet die ganze Nacht auf mich. Es ist unendlich traurig, daran zu denken.«

»Wo ist eigentlich dein Vater?«, fragte ich.

»Keine Ahnung«, antwortete Joern. »Ich hab ihn nie kennengelernt. Onnar sagt, er wäre ein Blatt im Wind gewesen. Er war mal da und mal weg, und kurz bevor ich geboren wurde, ist er endgültig verschwunden. Onnar mochte ihn nicht. Ich weiß nicht mal, ob Mama ihn mochte. Ich glaube, sie hat ihn bloß geheiratet, weil Onnar damals unterwegs war. Vermutlich ist sie ganz froh, dass er weg ist.«

»Ist das nicht auch unendlich traurig?«, fragte ich.

»Nein«, sagte Joern. »In meiner Welt sind die Dinge so. Keiner in meiner Klasse hat Eltern, die zusammenwohnen. Hier, auf dem Norderhof, ist es anders, oder?«

»Ja«, sagte ich.

Joern schwieg eine Weile. »Aber wenn hier alle Eltern zusammenwohnen und alles gut ist …«, begann er schließlich.

»Frag ruhig«, sagte ich.

»Okay«, sagte Joern. »Wo ist deine Mutter?«

»Tot«, antwortete ich. »Sie ist gestorben, als ich geboren wurde. Flint hat es mir erzählt. Ihr Grab liegt auf der Lichtung, die ich dir an unserem ersten Tag gezeigt habe. Die am Flussufer, mit den Eichen und den Trauerweiden. Erinnerst du dich an die junge Linde, die dort steht, mitten auf der Wiese? Flint hat sie damals für meine Mutter gepflanzt. Sie war wunderschön, meine Mutter. Wie oft habe ich mir gewünscht, sie würde irgendwo am Küchentisch sitzen und auf mich warten.«

Und auf einmal erschien mir die Tatsache, dass meine Mutter nie an einem Küchentisch auf mich warten würde, viel, viel trauriger als alles andere auf der Welt. Die Luft im Zimmer war schwer von all der Traurigkeit und vielleicht wären wir daran erstickt, hätte es nicht in diesem Augenblick an die Balkontür geklopft.

Das jagte mir einen solchen Schrecken ein, dass die Traurigkeit zerplatzte wie eine Blase. Ich stand vorsichtig auf und tappte zur Tür. Draußen auf dem Balkon stand ein Schatten. Ein Geist, dachte ich, doch als der Schatten näher kam, war es Almut.

Sie schüttelte sich und schloss die Tür schnell hinter sich. »Brrr«, sagte sie. »Schön kalt da draußen um diese Zeit. Rückt mal ein Stück, ich brauch einen Platz zum Aufwärmen.«

Ich kletterte zurück in mein Bett und rückte ein Stück. »Ich dachte, du bist ein Geist«, sagte ich. »Wie bist du hier raufgekommen?«

»An den Ranken hochgeklettert«, sagte Almut. »Schön, dass ich euch ein bisschen erschreckt habe. Weißt du noch, Lasse, wie ich einmal deinen Vater erschreckt habe? Ich bin die Feuerleiter außen am Turm hochgestiegen und habe an sein Fenster geklopft. Er ist fast von seinem Schreibtischstuhl gefallen, als er das gehört hat. Ich wette, die Feuerleiter hatte er ganz vergessen. Schließlich sieht man sie kaum zwischen dem Efeu. Er hat sich herrlich aufgeregt. Von wegen, man soll ihn tagsüber nur in Notfällen stören und alles. Es war ein furchtbarer Spaß. Schade, dass du nicht mitgekommen bist.«

»Hm«, machte ich nur. Ich mochte hohe Dinge wie Feuerleitern nicht. Ich hatte Angst vor der Höhe. Almut kuschelte sich in mein Kissen, über das sie ihr wildes Haar verteilt hatte, und gähnte. »Und jetzt erzählt mal!«, verlangte sie. »Ihr wart den ganzen Tag unterwegs und habt tausend Abenteuer erlebt und mich habt ihr wieder nicht mitgenommen. Wo ist der Kjerk?«

»Wir haben ihn in den Kühlschrank gelegt«, sagte Joern und lachte.

»Nein, ich meine in echt«, rief Almut ein bisschen beleidigt. »Am besten, ihr erzählt mir gleich alles, ich finde es nämlich sowieso raus.«

Damit hatte sie leider recht. Niemand konnte so nervig sein wie Almut, wenn sie etwas wissen wollte. Also erzählten wir ihr die ganze Geschichte von meinem Pfeil mit den blauen Federn und der Höhle und den Gängen unter der Erde und schließlich vom Weißen Ritter.

»Klingt wie ein Märchen«, sagte Almut am Ende und ungefähr da schlief ich ein.

Nicht mehr als ein Schatten

Klingt wie ein Märchen«, sagte Almut. »Lasse? Lasse!«

»Lass ihn schlafen«, sagte Joern und gähnte. »Wir sollten alle schlafen. Es war ein verdammt langer Tag.«

»Glaubst du an Märchen?«, fragte Almut.

»Ich weiß nicht«, sagte Joern. »Hier ist alles so anders als in der Schwarzen Stadt. Vielleicht sind Märchen hier möglich.«

»Kann ich den Brief mal sehen?«

»Ich weiß nicht, wo Lasse ihn hingetan hat«, sagte Joern und suchte in den Taschen seiner eigenen Hose, die über einem Stuhl hing. »Ich hab nur den Umschlag eingesteckt.«

Almut knipste die Bettlampe an und drehte den weißen Umschlag zwischen ihren Fingern. »Hier ist noch was drin«, sagte sie. »Ihr müsst es übersehen haben.«

»Was?«, fragte Joern und war mit einem Mal wieder wach.

Almut gab ihm den Umschlag. Sie hatte recht. Da war eine dunkle Spur an seinem Boden zu sehen, nicht mehr als ein Schatten. Joern drehte den Umschlag um und etwas rieselte daraus auf seine Hand wie Staub. Schwarzer Staub.

»Kohlenstaub«, sagte Joern. »Kohlenstaub wie der Staub in der Schwarzen Stadt auf der anderen Seite des Finsterbachs.«

Almut nickte. »Vielleicht ist es besser, Lasse vorerst nichts davon zu sagen«, flüsterte sie. »Er glaubt an so vieles. An das Gute. An die Märchen. Aber etwas stimmt nicht. Etwas stimmt von vorne bis hinten nicht hier im Norderwald.«

Ich träumte vom Kjerk. Ich sah ihn nicht, denn es war dunkel um mich. Doch ich hörte seinen Atem und roch das Feuer in seiner Kehle. Wo war Joern? Hatte ich ihn im Gewirr der unterirdischen Gänge verloren? Ich wollte weglaufen, aber ich konnte die Füße nicht bewegen. Und da merkte ich, dass meine Beine sich in einen Stamm verwandelt hatten, den Stamm einer jungen Linde. Ich hatte dort in der Dunkelheit Wurzeln geschlagen.

Plötzlich war der Atem des Kjerks ganz nahe und dann spürte ich seine raue Zunge auf meinem Gesicht. Ich öffnete den Mund zu einem Schrei – und wachte auf. Doch es war nicht der Kjerk, der mein Gesicht ableckte. Es war Flop.

Ich setzte mich auf.

Offenbar hatte ich nicht geschrien, denn die anderen schliefen noch fest. Almut hatte sich neben mir im Bett zusammengerollt wie eine Katze und Joern warf den Kopf im Schlaf hin und her. Vielleicht träumte er den gleichen Traum wie ich. War das möglich, dass echte Freunde die gleichen Träume träumten? Ich stieg vorsichtig über Almut.

»Joern!«, flüsterte ich. »Joern, wach auf! Der Kjerk ist nicht wirklich da!«

Joern blinzelte. Es dauerte eine Weile, bis er mich erkannte. »Lasse«, sagte er schließlich. »Es ... es war nicht der Kjerk in meinem Traum. Es war der Große. Weißt du, der Mann, dem das Bergwerk gehört. Ich konnte sein Gesicht nicht sehen. Er stand mit dem Rücken zu mir an einem Fenster, hoch oben über der Schwarzen Stadt. Unten in der Straße kämpften sie gegen irgendetwas Furchtbares. Der Asphalt war rot vor Blut. Es war schrecklich. Ich wusste, dass Onnar und Mama dort unten waren und Holm und überhaupt alle. Aber der Große konnte das Blut nicht sehen, denn die Scheibe des Fensters, aus dem er sah, war aus Nachtspat.«

Er streichelte Flop und schüttelte den Kopf.

»Denk nicht mehr daran«, sagte ich. »Du musst die Schwarze Stadt nie wieder sehen. Lass uns lieber im Keller nachgucken, ob wir Flints alten Bogen finden, bevor ich zur Schule muss.«

Wir schlüpften in unsere Kleider und liefen die Treppe hinunter. Aus der Küche drang bereits der Duft nach Kaffee, gebratenem Speck und frischen Brötchen. Zwischen dem Geklapper von Geschirr hörte ich meinen Vater vor sich hin summen. Flop stieß die angelehnte Küchentür mit der Schnauze auf und verschwand begeistert in den Speckduftschwaden. Doch wir hatten vor dem Frühstück etwas anderes zu erledigen.

»Hier!«, sagte ich mit einem gewissen Stolz und öffnete

eine Tür aus dicken Eichenbohlen auf der anderen Seite des Flurs. »Das ist der Weg in den Keller.«

Vor uns führte eine steile Treppe schier endlos weit in die Tiefe. An den Wänden steckten in gusseisernen Haltern alte Fackeln, doch als ich auf einen Schalter drückte, strahlten freundliche Lampen von der Decke herab. Zwischen den Fackeln hingen Zeichnungen von Pflanzen und Muscheln und da und dort hing auch ein schönes Spinnennetz. Weder Flint noch Frentje brachten es übers Herz, die Kunstwerke der Spinnen zu zerstören.

»Dies ist der beste Keller aller Zeiten«, sagte ich, während Joern mir die Stufen hinunterfolgte. »Es gibt eine Unmenge Verstecke und dunkle Ecken und ein Raum ist vollgestopft mit verstaubten Weinflaschen.«

Ich führte Joern an Vorratsregalen vorbei, unter gemauerten Bögen hindurch, immer weiter ins Innere des riesigen Kellers. Unsere Schritte hallten von den steinernen Wänden wider und Joern fuhr mit der Hand die kühlen Backsteine entlang. »In diesem Keller könnte man bestimmt einen wunderbaren Film drehen«, sagte er, »über … Ritter.«

Wir sahen uns an. Der Weiße Ritter. Würden wir ihn an diesem Tag wiedersehen?

»Es gibt sogar eine Rüstung im Keller«, sagte ich. »Keine Ahnung, wo Flint die herhat.«

Ich knipste das Licht einen Raum weiter an – und erschrak. Ich erinnerte mich an eine ganz normale metallene Rüstung, aber die Rüstung, die jetzt vor uns stand, war weiß. Ich blinzelte. Nein. Es war nur der Glanz des Metalls im grellen Lampenlicht, der sie weiß erscheinen ließ.

»Komm«, sagte ich und zog Joern an der Ritterrüstung vorbei. »Hier sind die Kisten, in denen Flint alte Sachen aufbewahrt.«

Wir öffneten Deckel um Deckel und fanden eine Menge unnützer Dinge: Rollschuhe ohne Rollen, kaputte Kaffeemaschinen, rissige Isomatten, fleckige Topfuntersetzer, alte Zeitschriften voller Stockflecken …

»Hier sind meine Schlittschuhe!«, rief ich. »Oh, du wirst sehen, wenn der Winter kommt, laufen wir Schlittschuh auf dem zugefrorenen Fluss und …«

»Suchen wir dieses Ding?«, fragte Joern. Er hielt etwas hoch, das ordentlich in einen gehäkelten Lappen eingeschlagen war. Joern zog den Lappen beiseite und in seinen Händen lag der schönste Bogen, den ich je gesehen hatte. Er war lang und schlank und an den Enden mit Silber beschlagen. Auf der einen Seite waren Buchstaben in das Silber eingraviert.

»Für meine geliebte Frau«, las Joern laut. »Damit sie endlich die Zielscheibe trifft und nicht nur die Wand, an der sie hängt.«

Ich schluckte. »Er … er gehörte meiner Mutter«, stotterte ich. »Sie war genauso schlecht im Schießen wie du.«

Joern nickte. Dann schüttelte er den Lappen aus und wollte ihn zusammenfalten, doch ich hielt seinen Arm fest. »Warte. Das ist gar kein Lappen. Sieh doch nur! Das ist ein Babyjäckchen!«

Und das war es, ein gelbes Babyjäckchen mit hellblauem Häkelmuster.

»Du bedauernswertes Kind«, sagte Joern und lachte. »Was du so alles anziehen musstest!«

Ich versuchte zu lachen, aber mir war ganz flau im Magen. Ich stellte mir vor, wie meine Mutter herumsaß und diese Jacke für mich häkelte und ab und zu mit dem Bogen danebenschoss und darauf wartete, dass ich geboren würde. Sie hatte nicht geahnt, dass sie mich nie kennenlernen würde. Ich seufzte und legte das Jäckchen zurück in die Kiste.

»Gehen wir«, sagte ich. »Ich will nicht noch mehr Sachen aus der Vergangenheit finden. Es macht einen ganz schwermütig.«

»Armer alter Lasse«, sagte Joern und gab mir einen freundlichen Knuff.

So verließen wir den besten Keller aller Zeiten mit einem versilberten Bogen und ein paar Spinnweben im Haar. Auf einmal merkte ich, dass ich fror. Als wir an der Ritterrüstung vorbeigingen, kam mir irgendetwas daran unheimlich vor. Beobachtete uns der Ritter? Waren dort Augen in der Schwärze hinter dem Visier?

Nein, sagte ich mir. Unsinn. Natürlich war die Rüstung leer.

In der Küche war der Kaffee fertig und auch der Kakao. Almut malte gerade Honigmuster auf ein Brötchen. Als wir hereinkamen, sah sie auf und malte die Honigmuster neben dem Brötchen auf dem Tisch weiter. Flint sah ebenfalls auf und stieß gegen seine Tasse, woraufhin der Kaffee herausschwappte.

»Ihr habt den Bogen gefunden«, sagte er. »Aber das … das war nicht der, den ich meinte.«

»Ach so«, sagte ich einfach und hängte den Bogen über eine Stuhllehne.

»Willst du nicht fragen, ob du ihn benutzen darfst?«, fragte Flint, während er sich neuen Kaffee eingoss. Seine Hand zitterte dabei.

»Nein«, antwortete ich entschlossen. »Er hat meiner Mutter gehört und die kann ich nicht mehr fragen.«

Flint zögerte. »Er … hätte ihr fast gehört. Sie … ist gegangen, ehe ich ihn ihr schenken konnte.«

Ich spürte die Spannung in der Küche. Joern spürte sie wohl auch, denn er ruckte unruhig auf seinem Stuhl hin und her. Flop hatte sich unter dem Tisch verkrochen.

»Jetzt fangt bloß nicht an, euch zu streiten!«, sagte Almut. »Lasses Mutter hätte bestimmt nichts dagegen, dass jemand den Bogen benutzt. Ich glaube, sie würde sich freuen. Sonst lasst sie doch selber entscheiden.«

Flint verschüttete seinen Kaffee zum zweiten Mal. »Lasst sie selber entscheiden?«

»Na, ich meine: Ihr könnt ja zu ihrem Grab gehen und die Linde fragen«, erklärte Almut und zuckte mit den Schultern. »Vielleicht gibt sie euch ein Zeichen. Bei Linden kann man nie wissen.«

»Quatschkopf«, sagte ich.

Doch Flints Gesicht entspannte sich plötzlich. »Es ist okay«, sagte er. »Der Bogen gehört dir, Lasse.«

Joern atmete hörbar aus und Flop kam unter dem Tisch hervor. Die beiden mussten wirklich eine Heidenangst haben vor Streit.

»Na also«, sagte Almut zufrieden und goss Flint Kaffee nach. »Und jetzt frühstücken wir erst mal in Ruhe weiter.«

Aber wir frühstückten überhaupt nicht in Ruhe weiter. Denn in diesem Moment schrie draußen jemand.

Wir sprangen alle gleichzeitig auf. Flop bellte und Flint stieß die Kaffeetasse zum dritten Mal um. Der draußen schrie weiter. Ich verstand nur einzelne Satzfetzen. »Verdammt will ich sein, wenn ...«, und: »... reicht es ein für alle Mal!«, und: »... mit meinen eigenen Händen!«

»Das ist Johann«, sagte Almut.

Flint nickte. Er war als Erster bei der Tür.

Ich schnappte mir den Bogen und wir fielen alle fast übereinander, so schnell versuchten wir hinauszukommen, während Flop aus voller Kehle weiterbellte. Und dann sahen wir Johann.

Er kniete mitten auf dem Hof. Vor ihm lag Tök, der Hütehund. Johann hatte sich tief über ihn gebeugt und ich sah, wie die Flanken des Hundes sich ganz sachte hoben und senkten. Quer über den Hof zog sich eine Spur aus dunklem Blut. Sie führte zwischen dem Stall und Frentjes Haus hindurch, dorthin, wo die Schafweide lag.

»Bleib hier, Lasse!«, sagte Flint, doch da war ich schon losgerannt.

Joern folgte mir und Flop schoss an uns vorbei. Gleich darauf kauerte er sich dicht neben Tök und begann in einem fürchterlichen hohen Ton zu winseln. Über Töks Bauch lief eine tiefe Wunde, glatt wie der Schnitt eines sehr scharfen Messers.

Johann sah auf. Sein Blick war hart wie Stein.

»Bis hierher hat er sich geschleppt, um uns zu warnen«, sagte er. »Weiter konnte er nicht. Heute hole ich mir diesen Kjerk, wo auch immer er sich versteckt und wie auch immer er aussieht. Es ist genug.«

Seine großen rauen Hände streichelten Töks Kopf und Tök sah Johann an und wedelte schwach mit dem Schwanz.

»Er ... er stirbt doch nicht?«, flüsterte Joern.

Und da sagte Johann das, was ich befürchtet hatte. »Nicht, wenn wir ihm dabei nicht helfen.«

Er fuhr Tök ein letztes Mal über den Kopf und stand langsam auf. Dann ging er in den Stall, um sein Gewehr zu holen. Frentje, die ich bisher gar nicht bemerkt hatte, rannte ihm nach.

»Nicht, Johann!«, rief sie. »Das darfst du nicht tun!«

»Sei still, Frentje«, erwiderte Johann schroff. »Tök ist mein Hund und ich werde nicht zusehen, wie er sich quält und quält und am Ende elend zugrunde geht. Geh mir aus dem Weg!«

Ich drehte mich nach Flint um und sah, wie er Almut zurück ins Haus zog. Dabei glaube ich, Almut hätte dies alles viel eher mit ansehen können als Flint selbst.

»Leb wohl, Tök!«, sagte ich leise und strich dem sterbenden Hund über eines seiner weichen Ohren. Es war alles so fürchterlich! Der Kjerk war wiedergekommen; er war kein bisschen tot. Ich hatte ihn nicht einmal ernsthaft verwundet. »Kein Pfeil fliegt weit genug«, murmelte ich.

»Komm«, sagte Joern und streckte die Hände nach Flop aus.

Flop hörte auf zu winseln. Er hob den Kopf und sah an Joern vorbei. Dort kam Johann über den Hof, Johann mit seinem Gewehr und seinem steinharten Gesicht. Flop blickte von ihm zu Joern, dann zu Tök und wieder zurück und er schien zu begreifen, was geschehen sollte. In seinen Knopfaugen spiegelte sich die Angst.

»Geht jetzt weg da!«, rief Johann.

Frentje pfiff, damit Flop zu ihr kam. Er stellte die schwarzen Ohren auf – und rannte los. Doch er rannte nicht zu Frentje. Er rannte quer über den Hof davon, an Frentjes Haus vorbei mitten hinein in den Wald. Dorthin, wo irgendwo der Kjerk lauerte.

»Flop!«, schrie Joern. »Komm zurück!«

Und dann rannte auch Joern los, seinem Hund nach, und ich rannte Joern nach. Hinter uns riefen Frentje und Johann etwas, aber wir drehten uns nicht um.

Unter dem Wilden Wasser

Als ich Joern einholte, hatte sich das dichte Grün des Norderwaldes bereits um uns geschlossen und kurze Zeit später hörten wir in der Ferne einen Schuss. Mein Herz wollte zerspringen, denn nun wusste ich, dass Tök tot war, aber ich blieb nicht stehen. Vor uns hetzte panisch ein kleiner schwarzer Schemen durchs Unterholz und den durften wir nicht aus den Augen verlieren. Den durfte der Kjerk auf keinen Fall in die Fänge bekommen.

Manchmal blieb Flop stehen, doch wenn wir ihn beinahe eingeholt hatten, rannte er jedes Mal weiter. Fast so, als liefe er nicht länger vor den Menschen und ihren Gewehren davon. Es kam uns vor, als folgte er jetzt einer Spur, die wir nicht sehen konnten.

Und dann dachte ich: Er lockt ihn. *Der Kjerk lockt ihn.* Er ist hier. Es war ein schrecklicher Gedanke. Gerade als ich ihn dachte, kamen wir an den Fluss, der friedlich in der Sonne dahinfloss. Doch es gab keinen Frieden mehr in diesem Wald.

»Ich glaube, er … er ist am Fluss entlanggelaufen!«, keuchte Joern. »Stromabwärts!«

Hier war das Unterholz dicht. Wir hörten Flop darin rascheln. Das Rascheln entfernte sich schnell. Es schien mir unmöglich, ihm durch dieses Dickicht zu folgen. Flop war klein genug, um unter den Ästen durchzuschlüpfen, aber wir, wir würden zu langsam sein.

»Das Boot!«, rief Joern und da entdeckte auch ich es. Es lag verborgen hinter einigen Zweigen und war mit einem Seil an einer Uferwurzel befestigt.

»Das ist unseres«, sagte ich verblüfft. »Sonst liegt es ganz woanders, weiter flussaufwärts an einem kleinen Steg!«

Es war, als hätte jemand das Boot extra für uns hier angebunden, und wer immer es gewesen war, ich dankte ihm im Stillen dafür. Joern hielt das Boot fest und ich löste das Seil, dann sprangen wir an Bord. Sekunden später trieben wir den Fluss hinunter, packten die beiden Paddel und bemühten uns, Flop einzuholen. Doch während wir damit beschäftigt gewesen waren, das Boot loszumachen, hatte Flop einen ordentlichen Vorsprung bekommen.

Wir fuhren an meinem Lieblingsplatz vorbei, wo irgendwo im hohen Gras verborgen ein zwölf Jahre alter Grabstein lag. Die Linde neben dem Stein winkte uns mit ihren grünen Blättern. Es schien hundert Jahre her zu sein, dass wir dort in der Sonne gelegen hatten.

»Hilf uns!«, flüsterte ich, so leise, dass Joern es nicht hörte. Aber vielleicht hörte meine Mutter es, die unter der Linde ruhte. Bei Linden, hatte Almut gesagt, konnte man nie wissen.

Nach der Lichtung machte der Fluss eine weite Biegung und schließlich traten die Ufer näher und näher zusammen. Die Strömung trieb das kleine Boot immer schneller voran.

»Viel weiter dürfen wir nicht fahren!«, sagte ich. »Dort hinten kommen die Stromschnellen mit ihren heimtückischen Felsen. Und das Wilde Wasser. Aber noch schlimmer ist, was danach auf einen wartet. Flint hat mich davor gewarnt. Nach dem Wilden Wasser ...«

»Psst!«, machte Joern. »Hörst du Flop noch?«

Wir hielten die Paddel still und lauschten. Das Rascheln am Ufer war verstummt. Oder vielleicht wurde es übertönt von einem anderen Geräusch. Dem Tosen von Wasser, ganz nah.

»Was ist ...?«, begann Joern.

In diesem Moment spülte der Fluss uns schon um eine weitere Biegung und dahinter trieb uns die Strömung plötzlich mit aller Macht voran. Es war zu spät, Joern etwas von den Stromschnellen zu erzählen, denn nun lagen sie genau vor uns. Wir hörten das Wilde Wasser fauchen und brüllen, als könnte es kaum darauf warten, uns und unser Boot zu verschlingen.

»Ans Ufer!«, schrie ich. »Joern! Schnell!«

Wir begannen wieder zu paddeln, versuchten die Nase des Bootes zum linken Ufer zu drehen, das näher schien – doch die Strömung war stärker als wir. Sie zog und zerrte an unserem winzigen Boot; wir waren für den Fluss nicht mehr als ein bedeutungsloses Stück Holz. Dann stießen wir gegen den ersten Felsen. Ich ließ mein Paddel los und hielt mich krampfhaft mit beiden Händen an der Reling fest und Joern tat das Gleiche. Es war sinnlos geworden zu paddeln. Leider war es auch sinnlos, sich festzuhalten. Der Fluss warf uns zwischen den Felsen hin und her wie einen Ball, er spuckte uns weiße Gischt ins Gesicht, füllte das Boot mit seinem kalten Wasser und durchnässte unsere Kleider in Sekunden. Der Wald schoss nur so an uns vorbei, die Bäume schienen zu schwanken und sich kopfüber in den Fluss stürzen zu wollen. Wir mussten Flop längst überholt haben, mussten meilenweit an ihm vorbeigetrieben sein …

»Joern!«, schrie ich gegen das Rauschen und Tosen um uns an. »Da unten kommt ein Wasserfall! Wir müssen …«

Ich bekam einen Schwall Wasser in den Mund und gleichzeitig sah ich vor uns den größten, gemeinsten und spitzesten Felsen, den ich mir vorstellen konnte. Er ragte aus der Mitte des Flusses auf und wir sausten genau darauf zu. Ich machte den lächerlichen Versuch, das Boot mit meinem Gewicht zur Seite zu lenken wie einen Schlitten, aber da prallten wir schon auf den Felsen. Das Krachen von splitterndem Holz erfüllte die Luft. Gleich darauf fand ich mich unter Wasser wieder, fühlte, wie die Strudel mich tiefer und tiefer sogen, und kämpfte mit all meiner Kraft dagegen an.

Schließlich kam ich hoch, schnappte nach Luft, entdeckte Joerns Kopf neben mir auf den Wellen und wurde sofort wieder hinuntergedrückt. Ich öffnete die Augen und plötzlich sah ich in all dem Durcheinander auf dem Grund des Flusses etwas glitzern, unter dem Wilden Wasser, nur ein kleines Stück flussabwärts vor mir. Der Bogen!, dachte ich. Der Bogen meiner Mutter! Es musste eines seiner silbernen Enden sein! Ich durfte ihn nicht verlieren.

Ich schwamm nach unten statt nach oben, streckte eine Hand aus und griff nach dem hell glänzenden Ende. Und tatsächlich gelang es mir, es trotz der reißenden Strömung zu fassen zu bekommen. Ich zog und zerrte mit aller Kraft, bis es sich schließlich löste. Der Fluss erlaubte mir ein zweites Mal aufzutauchen. Diesmal sah ich nicht nur Joern. Ich sah noch etwas anderes: den Wasserfall.

Er war ganz nah.

Es gab keine Möglichkeit, noch rechtzeitig das sichere Ufer zu erreichen. In all dem Durcheinander aus Gischt und Wellen und Angst fiel mir »Ronja Räubertochter« ein und wie Flint mir das Buch vorgelesen hatte, vor langer Zeit. Wie hatten sie es in dem Buch nur geschafft, gegen die Strömung anzuschwimmen? Joern drehte sich zu mir um. Seine Augen suchten für einen Moment die meinen. Tu etwas!, baten diese Augen. Dies ist deine Welt, deine Märchenwelt – tu etwas, damit wir nicht diesen wilden Wasserfall hinuntergerissen werden. Damit wir nicht unten zerbrechen wie zwei Porzellanpuppen. Halt den Fluss an! Hol deinen Vater her! Lass den Wasserfall verschwinden!

Doch ich konnte nichts tun. Ich schloss die Augen und

wünschte mit aller Kraft, etwas würde geschehen, irgendetwas, das uns rettete. Und da geschah etwas.

Ich spürte, wie ich gegen eine unsichtbare Wand gedrückt wurde. Eine nachgiebige, elastische Wand, die mitten durch den Fluss verlief und uns direkt vor dem Wasserfall auffing. Ich machte die Augen wieder auf, tastete verwirrt um mich und begriff endlich: Es war ein Netz. Ein weitmaschiges Netz, quer durchs Wasser gespannt. Ich begann mich mit der freien Hand daran entlangzuhangeln. Mit der anderen umklammerte ich immer noch den Bogen. Joern folgte mir.

»Lasse!«, rief er. »Was hast du da?«

»Den Bogen!«, rief ich zurück. Der Wasserfall brüllte gegen meine Worte an und ich bemühte mich, lauter zu schreien. »Siehst du das nicht?«

»Nein!«, schrie Joern. »Den Bogen hast du auf dem Rücken!«

Und da merkte ich, dass er recht hatte. Ich Idiot. Der Bogen hing um meine Schulter wie stets und in der Hand hielt ich einen gewöhnlichen Ast, die Rinde schwarz und halb zersetzt vom Wasser. Am Ende dieses Astes jedoch hing etwas Glänzendes.

»Ein Ring!«, rief ich. »Es ist ein Ring!«

Ich pflückte ihn von der Spitze des Astes, wo er sich vielleicht ganz von allein verfangen hatte, und steckte ihn auf meinen Daumen, denn er war viel, viel zu groß für meinen Ringfinger. Dann hangelten wir uns an dem Netz entlang bis zum Ufer. Wir kletterten an den Zweigen eines Busches aus dem Fluss, die in die Strömung hingen wie die langen, strähnigen Haare eines Wassertrolls.

Dann verließen wir den Troll und das Wilde Wasser und kletterten die steile Böschung hoch, um uns oben auf den Boden fallen zu lassen. Eine Zeit lang saßen wir nur so da und keuchten. Aber nach einer Weile fingen wir an, mit den Zähnen zu klappern, denn trotz des Sommers war es schattig und kühl im Wald und wir froren in unseren nassen Kleidern. »Feu... Feuer«, klapperte ich. »Wir brau... brauchen ein F... Feuer, um unsere Kleider zu trocknen und uns a... aufzuwärmen.«

Ganz in der Nähe fand ich einen Platz, wo die Bäume weit genug auseinanderstanden, um ein Feuer zwischen ihnen zu entzünden, ohne dass versehentlich gleich der ganze Wald in Flammen aufging.

Wir sammelten Holz und dürre Äste und schließlich sagte Joern mit blauen Lippen: »Wir haben nichts, um das Feuer anzumachen.«

Ich grinste, holte zwei Steine aus der Hosentasche und wischte sie an einer Handvoll Laub trocken.

Joern runzelte die Stirn. »Feuersteine? Gibt es die wirklich?«

Ich nickte. »Hier schon. Hab ich selbst gefunden. Flint hat mir gezeigt, welche man nehmen muss.«

Joern staunte nicht schlecht, als ich die Steine ein paarmal aneinanderschlug und tatsächlich ein Funke ins Reisig flog. Ich brauchte ein paar Versuche, doch schließlich loderten die Flammen gelb und gleißend in den Himmel. Da wurde mir allein vom Stolz ganz warm.

Joern streckte seine Hände aus und lächelte.

»Du könntest wirklich in einem Buch aus der Leihbücherei leben«, meinte er.

»Hm, wer weiß«, sagte ich. »Wer weiß? Vielleicht leben wir ja alle bloß in einem Buch.«

Dann begann ich mich aus den nassen Sachen zu winden, die an mir klebten wie eine Gummihaut. Joern stand nur da und sah mir zu. Ich steckte zwei Äste neben dem Feuer in den Waldboden und hängte meine Hose und mein Hemd daran.

»Ist ganz einfach«, erklärte ich. »Wie beim Kartoffelrösten. Was ist? Willst du dir eine Lungenentzündung holen?«

»Nein«, sagte Joern zögernd. »Ich, äh, ich hab noch nie an einem Feuer Kartoffeln geröstet.«

»Es sind ja auch keine«, erwiderte ich fröhlich. »Es sind Kleider. Die gute Nachricht ist: Du brauchst sie nicht zu essen.«

Joern lachte nervös. »Da … wo ich herkomme«, sagte er, »zieht man sich nicht vor Fremden aus.«

»Ich bin ja auch kein Fremder«, sagte ich. »Ich bin dein Freund.«

Und da zog Joern seine Sachen doch aus, aber wohl nicht, weil ich sein Freund war, sondern weil er sonst einfach erfroren wäre.

Kurze Zeit später saßen wir splitternackt neben der Flamme und sahen zu, wie unten der Fluss vorbeischäumte und wie unsere Kleider rösteten. Nur unsere Schuhe, die brauchten wir nicht zu rösten. Die hatte das Wilde Wasser mitgenommen.

»Ich wüsste gern, wo sie hingespült werden«, sagte ich. »Sie passen sicher durch die Maschen im Netz. Wer sie später wohl findet und sich darüber wundert?«

Ich war so erleichtert, dass wir hier saßen, statt unter dem Wasserfall zu liegen und mausetot zu sein, dass ich hätte singen können. Und alle Kjerks der Welt waren mir vollkommen egal.

»Ich frage mich, wo Flop ist«, sagte Joern.

Genau in diesem Moment bellte es hinter uns und eine kleine schwarze Fellkugel schoss aus dem Unterholz.

»Das ist ja irre!«, flüsterte Joern. »Das ist unmöglich! Als hätte er auf sein Stichwort gewartet!«

Flop nieste und legte den Kopf auf Joerns bloßes Knie. Einen Augenblick später war er fest eingeschlafen. Immerhin, dachte ich, war er verflixt weit gelaufen. Ich sah hinunter zu dem Volleyballnetz im Fluss und fand auch alles etwas irre. Und da entdeckte ich das Band. Es war weiß, genau wie das Band an meinem Fahrrad, und hing in den Zweighaaren des Busches, an dem wir hinaufgeklettert waren. Wir hatten es bisher einfach übersehen. Ich zeigte es Joern.

»Der Weiße Ritter«, murmelte er nachdenklich. »Du glaubst, er war es?«

Ich nickte. »Er muss in der Nähe sein. Er hat uns schon wieder gerettet.«

Ich streifte den Ring vom Daumen und betrachtete ihn.

»Meinst du«, fragte ich, »der Ring gehört auch dem Weißen Ritter?«

Der Schein des Feuers brachte den Ring zum Leuchten und nun merkte ich, dass er keineswegs silbern war wie die Enden des Bogens. Er war golden. An einer Seite glitzerte und funkelte ein kleiner Edelstein in allen Farben des Regenbogens.

»Ich habe keine Ahnung, wem er gehört«, sagte Joern und kraulte den schlafenden Flop. »Nur eins weiß ich sicher, Lasse. Er trägt eine Inschrift. I & D. Sieh mal nach.«

Ich hielt den Ring dicht vor meine Augen und Joern hatte recht. I & D. Die beiden Buchstaben waren innen ins Gold des Ringes eingraviert.

»Woher weißt du das?«, fragte ich verwundert.

Und zum ersten Mal kam mir der Gedanke, dass es vielleicht falsch war, Joern zu vertrauen. Ich kannte ihn erst seit ein paar Tagen. Was, wenn er mich angelogen hatte? Weshalb war er überhaupt hier?

All das dachte ich in einer Sekunde. Es war eine kurze Sekunde. Sie zog vorbei wie ein Windstoß. Joern war mein Freund. Ich musste ihm vertrauen, denn Freunden muss man vertrauen. Es gab keine andere Wahl.

Er kramte in der Tasche seiner halb garen Hose, fischte etwas heraus und legte es in meine Hand. Es war ein Ring. Ein goldener Ring mit einem Edelstein, der in allen Farben des Regenbogens glitzerte. Der gleiche Ring wie meiner, nur etwas kleiner und zierlicher.

»Und das ist noch nicht alles«, sagte Joern. »Sieh durch den Stein.«

Ich hielt den Stein meines Ringes vor ein Auge und kniff das andere zu. Und was ich sah, lässt sich nicht beschreiben. Der Wald war kein Wald mehr, sondern eine Explosion aus Farben. Ich wollte laut lachen, so schön war es. Doch irgendwie war es auch falsch. Ich wusste nicht, wieso.

»Was … was ist das?«, flüsterte ich. »Alles ist so bunt, so seltsam …«

»Das ist Nachtspat«, antwortete Joern. »Ich habe meinen Ring hinter der untersten Schublade unserer Kommode gefunden. Onnar hilft im Bergwerk, diesen Stein abzubauen. Und meine Mutter steht an einer Maschine, die ihn schleift. Es ist seltsam, Lasse. Ich kann es nicht erklären, aber ich habe das Gefühl, hier hängen zu viele Dinge zusammen.«

Lange, lange saß ich an diesem Tag am Feuer und sah durch das winzige Stück Nachtspat. Unsere Kleider dampften und trockneten auf ihren Stöcken und unter uns rauschte der Fluss vorbei. Durch den Nachtspat jedoch sah alles anders aus. Die Kleider wurden zu seltsamen Wesen voller bunter Auswüchse, die Felsen im Fluss wechselten ihre Farben und Joern selbst hatte sich in die merkwürdigste Gestalt verwandelt, die man sich vorstellen konnte. Ich wollte über das nachdenken, was er gesagt hatte: Zu viele Dinge würden zusammenhängen. Aber die Bilder, die mir der Nachtspat vorgaukelte, füllten meinen Kopf ganz aus.

Wenn man durch Nachtspat sah, überlegte ich, musste man über nichts anderes mehr nachdenken. Man brauchte keine Probleme zu lösen und sich vor keinen Gefahren in Acht zu nehmen. Alles war ganz von selber schön. Und ich verstand, weshalb der Stein so wertvoll war und weshalb sie ihn abbauten in der Schwarzen Stadt. Da draußen, wo es so viel Hässliches und Böses gab, musste man ein Auge zukneifen und mit dem anderen durch Nachtspat sehen. Sonst hielt man es wohl nicht aus.

»Lasse!«, flüsterte Joern auf einmal. »Lasse, hör doch! Da ist etwas.«

Ich nahm den Ring herunter und lauschte. Auch Flop war aufgewacht und saß mit steil aufgerichteten Ohren da. Wirklich, nicht weit von uns raschelte es im Dickicht. Und ich dachte, dass ich eine Weile genug davon hatte, dauernd dem Rascheln des Dickichts zuzuhören und Angst davor zu haben, wen oder was es diesmal ausspucken würde. Auf jeden Fall war es etwas ziemlich Großes.

»Wenn es der Kjerk ist«, flüsterte ich, »kann er uns heute nichts tun. Jemand passt auf uns auf, und zwar mit erstaunlicher Gründlichkeit.«

»Vielleicht ist es genau dieser Aufpasser«, meinte Joern. »Vielleicht kriegen wir ihn jetzt endlich zu sehen.«

Wir standen auf und starrten in den Wald und mir wurde bewusst, dass wir noch immer nackt waren. Aber vielleicht gab es keine bessere Art, dem Weißen Ritter zu begegnen: nackt wie die Wahrheit. Wir hatten nichts vor ihm zu verbergen. Wir brauchten seine Hilfe und womöglich brauchte er unsere. Nur den Ring, den steckte ich ganz schnell in die Tasche meiner Hose, die noch immer neben dem Feuer hing. Ich wusste nicht, warum.

Das Rascheln war nun ganz nahe und dann traten zwei Pferde aus dem Gebüsch: ein kastanienfarbenes und ein braunes. Sie schüttelten ihre Mähnen und schnaubten zur Begrüßung. Es waren Ostwind und Westwind. Und auf Ostwind saß natürlich Almut. Meinen Westwind hatte sie am Zügel mitgeführt. Sie sah zu uns herunter und ein unverschämtes Grinsen breitete sich auf ihrem Gesicht aus.

»Hier also steckt ihr«, sagte sie. »Splitternackig an einem Lagerfeuer, ohne Schuhe und mit Flussschlamm in den Haaren. Ich habe den Rauch eures Feuers gesehen. Westwind habe ich auch mitgebracht, falls ihr plant, irgendwann wieder nach Hause zu kommen. Was *macht* ihr hier? Wollt ihr die Tiere erschrecken?«

Ich knurrte nur und Almut saß ab und strich sich ihre Mähne, in der sich ein paar Zweige verfangen hatten, aus dem Gesicht. Danach trat sie ans Feuer, um Flop zu streicheln. Westwind schnaubte nervös. Er dachte wohl noch immer an seine Begegnung mit dem Kjerk und bestimmt hätte er den Wald lieber in dieser Minute verlassen als in der nächsten.

»Mein tapferer Westwind«, sagte ich und streichelte seine weiße Blesse. »Wir dachten, du wärst der Weiße Ritter, Almut.«

»Ihr denkt immer, ich wäre jemand anders!«, meinte Almut. »Erst der Kjerk, danach ein Geist, jetzt ein Ritter. Wie wäre es, wenn ihr zur Abwechslung einfach mal denkt, es ist Almut? Falls ihr übrigens gerade wild um die Flammen tanzen und dabei Indianergeheul ausstoßen wolltet oder so, lasst euch nicht stören«, fügte sie hinzu und wärmte ihre Hände. »Ich sehe gerne zu.«

»Jetzt halt mal die Luft an!«, zischte ich. »Unsere Sachen sind nass, deshalb hängen sie da auf den Stöcken.«

»Ach so«, sagte Almut. »Ich dachte, ihr bratet sie zum Abendessen.«

Dann sah sie Joern an. Joern blickte zu Boden und ich begriff, dass es ihm furchtbar peinlich war, nackt vor Almut in der Gegend herumzustehen.

»Was haben sie mit dir angestellt?«, fragte Almut und plötzlich grinste sie nicht mehr. »Bist du in deiner Schwarzen Stadt in eine Prügelei geraten?«

»In eine Demonstration«, sagten Joern und ich im Chor.

Almut schüttelte den Kopf.

»Was immer das ist«, sagte sie, »ich hoffe, du gehst nie, nie wieder zurück in diese Schwarze Stadt.«

Joern nickte stumm und murmelte etwas von »Kleider wieder trocken«. Während wir uns anzogen, kramte Almut in Ostwinds Satteltaschen und beförderte ein paar Kartoffeln hervor, die wir statt der Kleider auf die Stöcke steckten. Und dann saßen wir zu dritt am Feuer und warteten darauf, dass die Kartoffeln gar wurden. Flop rannte zwischen uns hin und her und war ganz aufgeregt, als müsste noch etwas passieren. Doch zunächst passierte nichts. Nur Almut redete sehr, sehr viel.

»Auf dem Norderhof sind alle endgültig verrückt geworden«, begann sie. »Ihr hättet es sehen sollen. Als Johann das Gewehr entsichert hat, hat Frentje sich an seinen Arm gehängt, damit er nicht schießt. Und Johann hat Frentje angeschrien und Olaf hat Johann angeschrien, dass er seine Frau nicht anschreien soll, und Flint hat mich angeschrien, weil er nicht wollte, dass ich hinauslaufe. Aber ich habe mich losgerissen und Tom kam auch angerannt und hat geschrien und überhaupt haben alle geschrien, alle außer dem armen Tök, der nur auf der Erde lag und mit den Ohren zuckte. Und dann kam ein Auto auf den Hof gefahren und alle haben aufgehört, zu schreien, und das war Doktor Bartens. Flint hat gesagt, er wusste, dass Doktor Bartens kommt, er hatte es nur vergessen. Und Doktor Bartens wollte wissen, was los ist, und da haben alle wieder angefangen durcheinanderzureden und dann …« Sie holte tief Luft. »Dann hat Doktor Bartens sich neben Tök gekniet und die Wunde untersucht und Johann hat sich nicht getraut, ihn daran zu hindern. Und Doktor Bartens meinte, es wäre wahrscheinlich bloß eine Fleischwunde, und er hat Tök auf die Arme genommen und sein Mantel wurde ganz blutig. Und dann hat er ihn ins Gutshaus getragen und hat auf dem Küchentisch – das müsst ihr euch mal vorstellen! – die Wunde gespült und genäht. Und alle standen darum herum und Flint ist ganz grün geworden im Gesicht. Die anderen übrigens auch. Bloß ich nicht«, sagte sie stolz. »Also habe ich Doktor Bartens geholfen. Ich habe Tök festgehalten und Wasser geholt und alles und vielleicht werde ich später auch mal ein Doktor, aber nur für Hunde.«

»Also hat er Tök nicht erschossen«, sagte Joern erleichtert.

Flop bellte zustimmend.

»Aber wir haben einen Schuss gehört!«, entgegnete ich.

»Ja«, sagte Almut, »das war, als Johann in die Luft geschossen hat, aus lauter Verwirrung, weil auch noch Doktor Bartens ankam. Es ist aber keinem was passiert dabei.«

»Ein Glück«, sagte Joern. »Manchmal denke ich fast, dass es in eurer Welt noch gefährlicher ist als bei uns, wenn alle dauernd mit Gewehren rumrennen und mit Pfeil und Bogen und wenn es solche Dinge gibt wie Stromschnellen und Felsen, die Boote zerschlagen.«

Da wollte Almut natürlich sofort wissen, was er mit den Felsen meinte. Joern erzählte es ihr und ich ärgerte mich, denn Joern war *mein* Freund und es ging Almut gar nichts an, was für Abenteuer wir erlebten.

»Hm«, sagte sie nachdenklich und schälte eine Kartoffel, »ein weißes Band? Ein Netz im Fluss? Hm … hm.«

Es dämmerte schon zwischen den Bäumen und ich konnte ihr Gesicht nicht sehen. Bestimmt tat sie bloß so schlau.

»Ich wette«, sagte ich, »du hast keine Ahnung, was du meinst mit deinem Hm-hm. Oder kannst du mir erklären, wie alles zusammenhängt?«

»Nein«, sagte Almut. »Aber es ist doch komisch, dass Flop so plötzlich hier aufgetaucht ist. Ihr seid ordentlich den Fluss entlanggesaust mit eurem Boot, oder? Ziemlich schnell und ziemlich weit. Könnte es nicht sein, dass jemand Flop gefunden und hergebracht hat?«

Als sie das sagte, trat jemand aus dem Wald in den Kreis des Feuers. Wie ein Schauspieler, der auf seinen Einsatz gewartet hat. Es hatte nicht im Gebüsch geraschelt, der Fremde hatte sich lautlos genähert. Er war groß, so groß wie Flint, und er trug eine schimmernd weiße Rüstung mit einem breiten Gürtel, in dem ein Schwert steckte. Seine Augen konnten wir hinter dem Visier nicht erkennen, es waren nur zwei schwarze Schatten dort. Doch ich spürte, wie er uns musterte, einen nach dem anderen. Wir saßen da wie die Salzsäulen, stumm und erschrocken. Nur Flop wedelte begeistert mit dem Schwanz und kläffte einmal ganz kurz.

Da sah der Fremde auch ihn an und legte den Finger an den Mund.

»Sie sind der Weiße Ritter«, flüsterte ich schließlich und dann sprach ich die Worte des Briefes, die sich so tief in meinem Kopf eingegraben hatten, dass ich sie nie mehr vergessen würde.

»Der durch die Wälder zieht, bei Tag und bei Nacht. Der kommt, wenn keiner ihn sieht, und geht, wohin niemand ihm folgen kann. Der um einen Tropfen Blut bitten wird: Blut vom Herrn des Waldes, in dem er jagt. Nur so kann er den Wald befreien.«

»Der nicht bleibt und nicht zurückkehrt«, sagte Joern. »Der nicht fragt und nicht antwortet, nicht liebt und nicht hasst.«

Der Weiße Ritter neigte den Kopf. Nein, er fragte nicht und antwortete nicht. Er verneigte sich nur und streckte die Hand aus, und zwischen den Fingern seines weißen Lederhandschuhs hielt er einen zweiten Brief.

Die Einsamkeit des Weißen Ritters

Wir sahen uns an und Joern nickte mir kaum merklich zu. Da streckte ich ebenfalls die Hand aus, um den Brief des Weißen Ritters entgegenzunehmen.

Meine Hände schwitzten, als ich ihn öffnete, und gleichzeitig war es, als müssten meine Finger zittern vor Kälte. In dem blütenweißen Umschlag war wieder nur ein einziges blütenweißes Stück Papier. Diesmal war es handbeschrieben, in einer schnörkeligen, altmodischen Schrift, ganz so, wie man es von einem echten Ritter erwartet. Ich dachte, der Weiße Ritter würde nun verschwinden, doch er blieb an unserem Feuer stehen, die Hände in den weißen Handschuhen hinter dem Rücken gefaltet, und schien zu warten.

»Lies ihn laut!«, flüsterte Almut.

Also las ich laut: »Einen Tropfen Blut vom Herrscher des Waldes, um mehr bittet der Weiße Ritter nicht. Aber den Herrscher des Waldes vermag er nicht zu bitten. Der Herrscher des Waldes ist erwachsen und kein Erwachsener glaubt an den Weißen Ritter. Man wird ihn auslachen und ihn fortjagen und kein Blutstropfen wird an der Spitze seines Schwertes glänzen und kein toter Kjerk wird im Morgengrauen auf einer Lichtung liegen. So muss der Weiße Ritter sich dem Herrscher des Waldes heimlich nähern, ungesehen und ungehört. Er wird den Hof des Herrschers nie betreten und doch wird er da sein. Er wird die Haustür nie öffnen und doch wird er eintreten. Der Herrscher des Waldes wird nicht wissen, dass er da gewesen und wieder fortgegangen ist. Er wird ihm die Hand auf die Schulter legen und der Herrscher wird in einen tiefen Schlaf versinken, gerade lang genug. Nur ein winziger Ritz auf seinem linken Handrücken wird davon zeugen, dass der Weiße Ritter da war. Und im Morgengrauen wird ein toter Kjerk auf einer Lichtung liegen und nie mehr wird anderes Blut fließen in diesem schönen Wald. Den Fremden mit dem Schwert wird keiner je wiedersehen. So ist es die Art des Weißen Ritters.«

Damit war ich am Ende der Seite angelangt und sah auf.

»Können Sie nicht mein Blut nehmen?«, fragte ich zaghaft. »Der Herr im Norderwald ist mein Vater und eines Tages werde ich selbst der Herr sein im Norderwald.«

Der Weiße Ritter schüttelte ganz sachte den Kopf.

Ich seufzte und drehte den Brief um. Auf der Rückseite standen nur wenige Sätze.

»Es gibt eine Tür«, las ich laut, »die dem Weißen Ritter geöffnet werden muss. Die Tür liegt im Keller des Gutshauses und man kann sie durch einen Gang vom Walde aus erreichen. Morgen wird der Weiße Ritter hinter dieser Tür stehen und warten, dass jemand von innen aufschließt. Lässt man ihn nicht ein, wird er fortgehen. Lässt man ihn ein, wird er den Herrscher des Waldes besuchen. Er muss es alleine tun, niemand darf ihn begleiten. Doch er weiß nicht, wo und um welche Stunde des Tages er ihn antreffen kann.«

Damit endete der Brief. Der Weiße Ritter verneigte sich wieder leicht. Konnte er nicht sprechen? Ich versuchte mir vorzustellen, was hinter dem Visier verborgen war. Vielleicht hatte der Weiße Ritter keinen Mund. Vielleicht war er überhaupt kein Mensch. Vielleicht war er beim Kampf mit einem Kjerk verstümmelt worden und nun, da sich alle vor ihm grausten, zog er allein durch die Wälder und erlegte die Wesen, denen er sein Schicksal verdankte. Wie einsam musste er sein! Wie unglücklich!

Ich wäre immer gern ein Ritter gewesen, aber so ein Ritter wollte ich nicht sein.

»Punkt zwei Uhr«, sagte ich. »Das ist nach dem Mittagessen. Da können wir unauffällig in den Keller schleichen und die Tür öffnen. Wo ist sie genau?«

Der Weiße Ritter schwieg.

»Woher soll er das denn wissen?«, flüsterte Almut. »Er kennt sie sicher nur von der anderen Seite!«

»Und woher weiß er dann, dass sie sich im Keller des Gutshauses befindet?«, fragte Joern.

»Schlüsselloch?«, vermutete Almut.

»Alte Pläne!«, sagte ich. »Sicher gibt es irgendwelche vergilbten Karten, auf denen so was verzeichnet ist.«

Der Weiße Ritter neigte zum dritten Mal den Kopf. War das ein Nicken gewesen?

»Vom Keller müssen Sie die Treppen hinauf und dann durchs Wohnzimmer gehen«, erklärte ich. »Danach durch die kleine Tür neben dem Klavier, die führt zum Turm, in dem mein Vater tagsüber arbeitet. Sein Arbeitszimmer ist ganz oben. Dort können Sie ihn alleine antreffen. Und es … es wird ihm wirklich nicht wehtun?«

Der Weiße Ritter schüttelte langsam den Kopf. Dann zog er eine Feder aus seinem Gürtel, die ich bisher nicht bemerkt hatte. Die Feder war nachtblau. Eine Feder des Kjerks. Ihr Ende war schräg angeschnitten und nun kniete der Weiße Ritter sich neben das Feuer und schrieb mit ihr eine Antwort in die Erde.

Nein, schrieb er. Keine Sorge. Ihr seid sehr tapfer. Der Herr des Waldes wird stolz sein auf euch.

Damit richtete er sich auf, steckte die Feder wieder in den Gürtel, verneigte sich ein letztes Mal und trat aus dem Kreis des Feuers ins Dunkel des Waldes. Trotz seiner Rüstung verschwand er so lautlos, wie er gekommen war.

Lange Zeit sagte niemand am Feuer etwas.

»Morgen«, flüsterte Almut schließlich, »morgen um zwei. Wird er da sein?«

»Und von wo wird er kommen?«, flüsterte Joern.

»Lasst uns zurück zum Norderhof gehen!«, sagte ich. »Wir müssen die Tür finden. Die Tür im Keller. Es bleibt nicht mehr viel Zeit bis morgen.«

Auf dem Rückweg kamen wir an der Lichtung vorbei, die vor so Langem mein Lieblingsplatz gewesen war. Sie würde es wieder werden, schwor ich mir, sobald der Kjerk nicht mehr sein Unwesen auf den Lichtungen dieses Waldes trieb.

Ich hielt Westwind an.

»Dort ist das Grab meiner Mutter«, sagte ich zu Joern. »Warte hier.«

Und ich saß ab und ging durchs hohe Gras zu der Linde hinüber. Sie wisperte im Wind mit ihren hellen Blättern wie ein Mensch und vielleicht war es meine Mutter, die da wisperte.

»Morgen«, flüsterte ich ihr zu. »Morgen wird alles gut. Wir werden den Weißen Ritter durch die Tür im Keller hereinlassen und er wird den Kjerk töten. Du wirst sehen, wie gut alles wird.«

Da neigte die Linde ihre Äste, als wollte sie mir etwas sagen, doch ich verstand sie nicht. Ich streckte die Hand aus, pflückte eines ihrer Blätter und steckte es in die Tasche meiner Jacke. Ich würde es dem Weißen Ritter mitgeben, wenn er auszog, um den Kjerk zu töten.

Wir ritten den Rest des Weges schweigend.

An diesem Abend saß Flint lange am Klavier und sang Lieder für uns, alte Küchenlieder, die die Mägde früher beim Abwasch gesungen hatten. Ihr wisst schon, solche Lieder, in denen sie sich dauernd aus Kummer ertränken, und alles ist so tieftragisch, dass kein Mensch es ernst nehmen kann. Almut und ich sangen den Refrain mit und wir lachten eine Menge, wie schon oft an solchen Abenden. Flop lag vor dem Kamin und die graue Katze schnurrte vom Regal her, wo sie sich zwischen den Büchern breitgemacht hatte. Draußen heulte der Wind ums Haus und drinnen war es gemütlich wie immer. Aber ich dachte die ganze Zeit an die Tür im Keller. Die Tür, durch die der Weiße Ritter kommen würde.

Wir hatten sie hinter dem Stapel Kisten gefunden, dort, wo auch der Bogen gewesen war. Dass ich die Tür nie zuvor bemerkt hatte! Lag hinter ihr nur der eine Gang oder war es ein ganzes System von Gängen? Einer geheimer als der andere?

Almut hatte beschlossen, heute Nacht bei uns zu schlafen. »Falls etwas Aufregendes passiert«, hatte sie gesagt.

»Von mir aus«, hatte ich geknurrt.

»Was passiert denn Aufregendes?«, wollte Flint wissen, als er uns schließlich ins Bett schickte.

»Oh, nichts«, sagten wir alle drei im Chor, wohl etwas zu schnell, um glaubhaft zu klingen.

Flint machte ein strenges Gesicht. »Falls ihr vorhabt, eine Nachtwanderung im Wald zu veranstalten«, sagte er, »muss ich euch sagen, dass die Haustür nachts jetzt abgeschlossen ist. Und wenn ihr aus dem Fenster klettert, werde ich euch eigenhändig in den Pferdestall sperren. Niemand, hört ihr, niemand geht mir nachts in den Norderwald.«

Wir nickten alle drei.

»Ein Glück«, flüsterte ich, als Flint gegangen war, »dass du jetzt immer hier wohnst, was, Joern? Ein Glück, dass du nie mehr nachts zurück durch den Wald musst, um über die Finsterbachbrücke zu gehen.«

»Ja«, sagte Joern zögernd. »Ein Glück.«

Da klopfte Flint noch einmal und wir erschraken. Doch er schob nur Tom zu uns herein, Almuts kleinen Bruder.

»Alle schlaft ihr dauernd hier!«, rief Tom weinerlich. »Alle habt ihr es immer lustig, nur ich darf nicht mitmachen! Ich schlafe heute auch hier! Mama und Papa haben es erlaubt!«

Wir hatten natürlich keine Lust auf einen fünfjährigen Bruder, aber Flint sagte, Tom würde sonst die ganze Nacht quengeln. So machten wir neben Joerns Matratze ein Bett für Tom, aus lauter Kissen und Decken. Flop kuschelte sich sofort mit ihm in dieses Nest. Wir wollten noch lange reden, am besten die ganze Nacht, über morgen und über den Weißen Ritter und über alles. Aber dann schliefen wir alle viel zu schnell. Es war ein langer Tag gewesen, voller Schüsse, Stromschnellen, Ringe und Briefe.

Als ich aufwachte, war es sehr dunkel. Ich setzte mich auf und lauschte in die Nacht. Neben mir atmeten Almut, Joern und Tom, und Flop schnarchte wieder leise. Doch da war noch ein Geräusch. Es kam von draußen.

Ich stand auf und trat ans Fenster und da sah ich etwas über den Hof schleichen. Es war so groß wie ein Bär und bewegte sich seltsam schwankend voran. Ab und zu lief ein Zittern durch die beiden großen Flügel auf seinem Rücken. Ob es damit eben erst gelandet war?

Ich kniete mich neben Joern und schüttelte ihn. »Joern!«, flüsterte ich. »Er ist hier! Hier, auf dem Hof!«

»Wer ist wo?«, fragte der kleine Tom hellwach.

Es dauerte, bis auch Joern und Almut wach genug waren, doch schließlich standen wir alle am Fenster und sahen hinunter in den Hof.

»Der Kjerk!«, flüsterte Almut und kaute aufgeregt auf einer Haarsträhne herum. »Ist er das?«

Wir nickten. Als hätte der Kjerk uns gehört, hob er den Kopf und sah uns an. Dann öffnete er das Raubtiermaul und schickte eine grellgelbe Flamme in den Nachthimmel. Tom versteckte sein Gesicht in meinem Schlafanzug-T-Shirt und begann zu heulen. Almut wich unwillkürlich vom Fenster zurück.

»Sei still, Tom«, zischte sie. »Wenn er dich hört, kommt er herauf.«

Das half. Tom schwieg.

»Was will er?«, flüsterte Almut. »Noch ein Lamm reißen?«

Der Kjerk spuckte eine zweite Flamme. Er war jetzt mit seinem schaukelnden Gang beinahe beim Pferdestall angekommen. Der Pferdestall war strohgedeckt.

»Nein«, sagte Joern plötzlich. »Er will kein Lamm reißen. Er wird den Stall anzünden.«

»Aber wozu?«, fragte ich ungläubig.

»Er tötet, um zu töten«, sagte Joern.

»Im Stall sind die Pferde«, sagte Almut.

»Macht, dass er weggeht, der Kjert!«, jammerte Tom. »Ich will ihn nicht mehr sehen! Er ist hässlich und böse! Er gehört nicht hierher!« Er fing schon wieder an zu heulen.

»Morgen wird es ihn nicht mehr geben«, sagte ich eindringlich und kniete mich vor Tom. »Hör zu, Tom. Morgen kommt ein Ritter, ein echter Ritter, der verjagt ihn. Weißt du, so ein Ritter mit Rüstung wie aus dem Bilderbuch, und …«

»Irgendwer hat mir von dem schon erzählt!«, sagte Tom stolz.

»Aber heute«, meinte Almut, »bevor dein Bilderbuchritter kommt, Lasse, müssen wir etwas tun! Sonst wird der Stall brennen und der ganze Norderhof wird brennen und von deinem Westwind bleibt nichts übrig als schwarzer Staub!«

»Kohlenstaub«, murmelte Joern.

Der Kjerk stand jetzt direkt vor dem Stall. Eine weitere helle Wolke aus tödlichem Feuer wirbelte durch die Luft.

»Der Bogen!«, sagte ich. »Wo ist der Bogen?«

»Hier«, antwortete Almut und nahm ihn von der Lehne meines Schreibtischstuhls. Doch sie gab ihn mir nicht, sie spannte ihn selbst. »Wo hast du die Pfeile?«

Ich sah mich um. Ich musste den Köcher unten an der Garderobe gelassen haben.

Joern ging zu meinem Schreibtisch und fischte einen gespitzten blauen Buntstift aus dem Durcheinander dort. Den gab er Almut. Sie legte ihn an und ich wollte ihr sagen, dass das nicht ging. Aber dazu blieb keine Zeit. Die gefiederte Brust des Kjerks berührte beinahe die Stallwand. Er legte den Kopf in den Nacken … Ich riss das Fenster auf und die kalte Nachtluft strömte herein. Gleichzeitig ließ Almut die Bogensehne los.

Nie ist ein Bleistift schneller durch die Nacht geflogen.

Er traf den Kjerk am Hals und der Kjerk fauchte und taumelte. Er fing sich wieder und Almut schickte ihm einen zweiten und dritten Stift hinterher. Es war ein Anblick, den ich nie vergessen werde: Der Kjerk floh vor dem Stifteha-gel, floh vom Hof, taumelte an Frentjes Haus vorbei mitten durch Olafs Salatbeete und verschwand im Schatten des Waldes.

Almut ließ sich keuchend auf den Stuhl fallen. Im Sternenlicht glitzerten die versilberten Enden an dem Bogen in ihren Händen.

»Du weißt es vermutlich nicht«, sagte ich feierlich, »aber dies ist der Bogen meiner Mutter. Wir haben ihn im Keller gefunden. Er hat uns gerettet.« Und ich dachte daran, wie ich mit der Linde gesprochen hatte. Vielleicht hatte sie mich wirklich warnen wollen.

Almut schnaubte. »Wir haben uns schön selbst gerettet!«, sagte sie verächtlich. »Statt hier nur ihre alten Sachen rumliegen zu lassen, sollte deine Mutter mal lieber selbst auftauchen, um uns zu helfen.«

»Du weißt genau, dass sie im Wald unter der Erde liegt!«, zischte ich ärgerlich.

»So?«, schnappte Almut und pustete gereizt ihre Haare beiseite, die schon wieder im Weg waren. »Weiß ich das?«

Joern schloss das Fenster. »Hört auf zu streiten«, sagte er. »Ich hasse es, wenn Leute streiten, die ich mag. Lasse? Was du auf jeden Fall in nächster Zeit tun solltest, ist, deinen Vorrat an Buntstiften zu erneuern. Es gibt jetzt nur noch Rosa und Lila. Alle anderen Farben hat Almut auf den Kjerk geschossen.«

Da lachte Almut und ich lachte auch und wir verschoben den Streit auf ein andermal.

Wir legten uns wieder in unsere Betten, aber wir konnten nicht mehr einschlafen.

»Kommt morgen echt ein echter Ritter?«, fragte Tom ungefähr fünfundzwanzigmal. »In echt?«

»Ich hoffe, dass er kommt«, antwortete ich ehrlich. »Er wird den Hof des Herrschers nie betreten und doch wird er da sein. Er wird die Haustür nie öffnen und doch wird er eintreten …«

Im Zimmer hing noch lange der Geruch nach dem Feuer, das der Kjerk gespuckt hatte. Ich fragte mich wieder, an was der Geruch mich erinnerte. Doch ich kam nicht darauf und schließlich schlief ich ein.

16

Wenn du diese Tür öffnest, kannst du sie nie wieder schließen

Am nächsten Tag verging die Zeit nur schleppend. Es war Samstag und Herr Marksen holte Unterricht nach. Ich sah zu, wie die Stunden sich über die Uhr im Klassenzimmer quälten, und auch Almut konnte nicht still sitzen. Joern lief mit Flop irgendwo in der Nähe des Hofes herum, wo er hoffentlich keinem Kjerk begegnete.

Als Herr Marksen uns endlich zum Essen schickte, war ich ganz nass geschwitzt vor Ungeduld.

»Lasse«, sagte Frentje streng und musterte mich. »Hast du Fieber? Muss ich dich ins Bett packen und über dich wachen wie über unseren guten Hütehund?«

Tök lag auf einer Decke in der Ecke, weil Doktor Bartens gesagt hatte, Frentje müsste aufpassen, damit er die Wunde nicht aufkratzte. Er wedelte matt mit dem Schwanz, als er mich sah, und seine alten Augen blickten erschöpft.

»Nein, nein«, sagte ich schnell zu Frentje. »Mir geht's prima.«

Das fehlte noch, dass sie mich ins Bett steckte und mich bewachte, wo ich doch um Punkt zwei Uhr dem Weißen Ritter eine gewisse geheime Tür öffnen musste!

»Heute geht es ihm an den Kragen, dem Kjerk«, flüsterte ich in Töks weiches Ohr. »Nie wieder wird jemand dir so wehtun, Tök, das verspreche ich dir.«

Und dann kam Joern mit Flop herein und wir sollten alle Salat und Klöße mit Soße essen, aber keiner außer Frentje aß etwas.

»Bei dem Salat muss ich an mein Salatbeet denken«, sagte Olaf unbehaglich. »Heute Morgen waren Spuren darin, riesengroße Vogelspuren. Hat jemand von euch die in die Erde gemalt?«

Wir schüttelten stumm die Köpfe. Die braune Soße auf meinem Teller sah aus wie altes Blut. Die Klöße glichen den Felsen zwischen den Stromschnellen im Fluss. Die weiße Sahne auf dem Nachtischkompott war weiß wie die Rüstung des Weißen Ritters. Ich schob meinen Teller weg.

»Ich geb es auf«, sagte Frentje schließlich und räumte kopfschüttelnd ab. »Ihr seid alle magenkrank. Geht und legt euch hin. Selbst Flint wollte sich heute kein Mittagessen in sein Büro heraufholen. Angeblich kriegt er nichts herunter, weil irgendwas in seiner Arbeit schiefläuft. Ist denn der ganze Norderhof verrückt geworden?«

Flint bekam auch nichts herunter? Das war allerdings interessant. Ich erinnerte mich daran, wie wir ihn hatten telefonieren hören. Gut, wenn es Probleme mit seiner Arbeit gab, war er wenigstens abgelenkt.

Ein Tropfen Blut, dachte ich. Der Weiße Ritter hatte geschrieben, Flint würde den winzigen Schnitt kaum spüren. Aber woher konnte er das so genau wissen?

»Lasse!«, flüsterte Almut und zog an meinem Ärmel. »Wir müssen los! Es ist zehn vor zwei.«

Da hatte ich es mit einem Mal sehr eilig. Ich rief Frentje zu, wir hätten drüben im Gutshaus ein neues Spiel, was ja beinahe stimmte. Kurz darauf rannten wir über den Hof und Frentje schüttelte nur den Kopf und murmelte wieder etwas davon, dass alle verrückt geworden wären. Ich hörte Tök bellen, schwach nur und leise, als wollte er uns etwas Wichtiges nachrufen, und danach hörte ich ein Winseln. Ich drehte mich um. Flop stand in der Mitte des Hofes und schien hin und her gerissen, ob er uns folgen oder bei Tök bleiben sollte. Er drehte sich auf dem Hof im Kreis und jaulte.

»Komisch«, sagte Joern. »Vielleicht sollten wir nicht gehen.«

»Ach was!«, meinte ich. »Frentje hat schon recht: Auf dem Norderhof sind alle verrückt geworden. Selbst die Hunde.«

Als wir bei der Tür des Gutshauses ankamen, drückte ich die Klinke so feierlich herunter wie bei einer Kirchentür. »Dies ist das letzte Mal«, sagte ich, »dass ich die große Tür öffne, während ein Kjerk in den Wäldern wohnt.«

Danach ging ich voraus in den Flur, während Flop noch immer auf dem Hof winselte, und sagte: »Dies ist das letzte Mal, dass wir den Flur betreten, während ein Kjerk in den Wäldern wohnt.« Und schließlich streckte ich die Hand nach der Kellertür aus. »Dies ist das letzte Mal«, verkündete ich, »dass wir die Kellertreppe hinuntergehen, während ein Kjerk ...«

»Kommt jetzt der Ritter?«, unterbrach mich Tom.

Ich fuhr herum. »Tom!«, flüsterte ich. »Was machst du denn hier?«

»Du kannst nicht mit«, sagte Almut bestimmt. »Geh nach Hause. Du bist viel zu klein.«

»Wenn ihr mich nicht mitnehmt, erzähl ich Mama, was ihr macht«, erklärte Tom, verschränkte die kurzen Arme und sah uns angriffslustig der Reihe nach an.

»Denk an letzte Nacht«, sagte Joern. »Vielleicht wird es gefährlich.«

»Ich hab keine Angst«, sagte Tom. »Und außerdem kommt doch heute der Ritter, nicht der Kjert. Den will ich sehen.«

»Aber wehe, du erzählst irgendwem irgendwas«, sagte Almut. »Dann wird der Weiße Ritter sehr böse und dann spießt er dich auf sein Schwert und nagelt dich damit an einen Baumstamm.« Almut hatte sehr gewalttätige Fantasien, das musste man zugeben.

Tom verzog das Gesicht, als wollte er heulen, doch dann nickte er nur und sagte: »Ich verrat keinem was. Ich versprech's.«

Ich holte eine Kerze und Streichhölzer aus der Tasche, denn das war doch passender für einen Ritter als normale Glühlampen. Deshalb machte ich das Deckenlicht nicht an. Stattdessen stiegen wir im flackernden Schein der Kerze die steile Kellertreppe hinunter. Flop war nicht mitgekommen und ein bisschen verstand ich seine Nervosität jetzt. Es war, als könnte man den Atem des Kjerks im Nacken spüren, als könnten wir ihn hinter uns keuchen hören und sein Feuer riechen. Als wüsste der Kjerk, dass wir unterwegs waren, um ihn auszulöschen, ein für alle Mal.

»Vielleicht schwebt er gerade jetzt auf seinen riesigen blauen Schwingen über dem Norderhof«, flüsterte ich. »Vielleicht spuckt er gerade jetzt seine gelben Flammen in den Himmel und überlegt, wie er den Hof doch noch anzünden und uns in die Fänge kriegen kann und wie unser Blut schmeckt.«

»Wir haben ihn nie fliegen sehen«, flüsterte Joern.

»Sicher wäre es ein großartiger Anblick«, sagte ich und hielt meine Kerze ein wenig höher, weil wir den Fuß der Treppe erreicht hatten.

»Nein«, sagte Joern. »Ich glaube, er kann gar nicht fliegen.«

Ich seufzte. »Wenn wir nur den Weißen Ritter fragen könnten!«, sagte ich. »Ich möchte ihn so vieles fragen! Woher der Kjerk gekommen ist. Und woher er selbst kommt. Und was unter seinem Visier steckt.«

»Das will ich lieber nicht wissen«, sagte Almut. »Sicher ist es fürchterlich und …«

»Da!«, rief Tom. »Ist er das?«

Für einen Moment erschrak ich, denn vor uns stand tatsächlich jemand in einer Ritterrüstung.

»Ach was«, sagte Joern, »das ist bloß eine leere Rüstung.«

Und da erkannte ich, dass er recht hatte. Es war die alte Rüstung, die ich ihm erst gestern gezeigt hatte. Im tanzenden Kerzenlicht sah es aus, als bewegte sie sich, als senkte die gepanzerte Brust sich auf und ab unter den Atemzügen eines Unbekannten. Doch im Kerzenlicht schien sich auch alles andere zu bewegen, die Regale, die Flaschen und Dosen, ja selbst die Wände bogen und dehnten sich und überall huschten Schatten umher. Schweigend tappten wir weiter durchs unheimliche Halbdunkel. Es dauerte eine Weile, bis wir die Stelle fanden, wo wir gestern Abend bei hellem Lampenlicht die Kisten vor der Tür weggerückt hatten. Ich sah auf die Uhr. Es war drei Minuten nach zwei.

»Lasse?«, sagte Joern. »Bist du sicher, dass es gut ist, die Tür zu öffnen?«

»Natürlich«, antwortete ich erstaunt.

Joern nahm meine Hand, die die Kerze hielt, und hob sie ein wenig höher, sodass ich sein Gesicht sehen konnte und er meins. Einen Moment lang blickten wir uns in die Augen.

»Wenn du diese Tür öffnest«, flüsterte Joern, »kannst du sie nie wieder schließen! Denk daran, dass alles zusammenhängt. Ich weiß nicht wie, aber …«

»Verschweigst du mir etwas?«, fragte ich misstrauisch. »Sollte ich etwas wissen, das ich nicht weiß?«

Er schien zu zögern.

»Nein«, sagte ich schnell, »nein, ich will es gar nicht wissen! Von mir aus hängt alles zusammen, aber *wie* es zusammenhängt, das werden wir erst herausfinden, wenn ich die Tür öffne.«

»Lasse …«, begann Joern noch einmal.

Ich legte den Finger auf die Lippen. Da ließ er meine Hand

los und ich hielt die Kerze ganz nahe an die Tür. Dann öffnete ich sie. Almut drängte sich dicht an Joerns Rücken und Tom umklammerte mein linkes Bein.

Das Licht der Kerze fiel in einen Gang, gerade hoch genug für einen erwachsenen Menschen, um darin zu stehen. Und in diesem Gang, direkt hinter der Tür, stand eine Gestalt in einer weißen Rüstung, im Gürtel ein Schwert mit weißem Griff. Unter dem weißen Visier jedoch war wieder nichts zu erkennen als Schwärze.

Der Weiße Ritter verneigte sich leicht und trat aus dem Gang in den Keller. Ich schloss die Tür hinter ihm. Von wegen, wenn ich sie einmal geöffnet hätte, ließe sie sich nie wieder schließen! Sie schloss ganz hervorragend. Aber vielleicht hatte Joern etwas anderes gemeint.

»Die Treppe hinauf bis ins Wohnzimmer, danach die kleine Holztür neben dem Klavier«, flüsterte ich, falls der Weiße Ritter es vergessen hatte. »Dort geht es in den Turm, in dem mein Vater arbeitet.«

Ein zweites Verneigen. Der Weiße Ritter streckte die Hand aus und zuerst verstand ich nicht. »Die Kerze!«, wisperte Almut. »Er möchte, dass du ihm die Kerze gibst.«

Also gab ich dem Weißen Ritter meine Kerze und er ging voran, durch die Kellerräume bis zurück zu der steilen Treppe. Tom klammerte sich noch immer an mein Bein, was das Gehen etwas beschwerlich machte. Almut und Joern waren weit vor mir.

Und dann geschah es. Genau am Fuß der Treppe. Der Weiße Ritter ließ die Kerze fallen und sie erlosch. Almut schrie auf vor Schreck und Tom begann nun doch zu heulen. Die Schritte des Weißen Ritters entfernten sich, die Treppe hinauf.

»Da oben links ist der Lichtschalter!«, rief ich ihm zu.

Gleich darauf öffnete er die Kellertür. Ich sah seinen Umriss durch den Spalt treten, bevor er sie wieder hinter sich schloss.

»Er hat den Lichtschalter vergessen«, sagte ich. »Vielleicht weiß ein Ritter nicht, was ein Lichtschalter ist? Schließlich kommt er aus einer Zeit, in der es nur Fackeln gab.«

Joern murmelte etwas, das wie »Unsinn« klang, und stürzte an mir vorbei. Ich hörte seine Schritte die Treppe hinaufrennen und dann flutete elektrisches Licht den Treppenaufgang. Einen Moment musste ich die Augen zusammenkneifen und erkannte gar nichts. Dann sah ich Joerns Gestalt am Ende der Treppe stehen.

»Der Ritter«, sagte Tom, »er ist weg! Das hat das Licht gemacht! Schade.«

Joern sagte nichts. Er rüttelte an der Kellertür.

»Sie ist abgeschlossen!«, rief er. »Von außen!«

Wir versuchten es alle gemeinsam, doch die Tür ließ sich nicht öffnen.

»Scheiße«, sagte Joern. »Unser Weißer Ritter. Er hat uns eingeschlossen.«

»Versehentlich«, fügte ich hinzu.

Doch Joern schüttelte den Kopf. »Da wäre ich mir nicht so sicher. Lasse, was ich dir vorhin sagen wollte: der Umschlag mit dem ersten Brief …«

»Es war Ruß darin«, sagte Almut. »Ruß aus Joerns Schwarzer Stadt.«

»Und?«, fragte ich. »Was bedeutet das?«

»Ich weiß es nicht«, antwortete Joern. »Ich weiß nur, dass wir schnell einen Weg aus diesem Keller finden müssen, um nachzusehen, was da oben geschieht. Womöglich hast du recht und der Ritter wollte uns gar nicht einschließen. Aber …« Er beendete den Satz nicht.

»Wo sind die Kellerfenster, Lasse?«, fragte Almut.

»An der Seite zum Hof«, sagte ich. »Sie sind so voll mit Spinnweben und Dreck, dass kein Licht durchfällt. Sie wurden nie gebraucht.«

»Jetzt brauchen wir sie«, sagte Joern entschlossen.

Ich führte die drei anderen zu den Räumen, die an der Hofseite des Kellers lagen. Die Fenster waren direkt unter der Kellerdecke eingelassen. Sie sahen nicht aus, als könnte man sie überhaupt öffnen. Wahrscheinlich waren die Beschläge seit Jahrzehnten festgerostet.

Da hörten wir auf einmal Flop bellen und Joern drehte den Kopf hin und her und lauschte. »Kommt!«, sagte er schließlich. »Hier lang.« Er rannte los, an Regalen und Schränken vorbei, blieb endlich stehen und zeigte keuchend nach oben. Von dort kam das Bellen, laut und deutlich. Das Fenster stand halb offen. Durch die Öffnung ragte Flops Kopf mit den schwarzen Schlappohren. Als er uns sah, bellte er noch lauter.

»Dahinauf!«, rief Joern. »Schnell!«

»Es ist viel zu hoch«, sagte ich.

»Stell dich hier an die Wand«, befahl Almut. »Wenn du Joern eine Räuberleiter machst, kann er auf deine Schultern steigen. Das ist die einzige Möglichkeit.«

Ich stellte mich an die Wand und Joern, mein Freund, kletterte auf meine Schultern. Ich spürte seine Füße und sicher würde ich dort hinterher blaue Flecke haben, aber wie lächerlich wären sie gegen die blauen Flecke, die Joern aus der Schwarzen Stadt mitgebracht hatte!

Flop hatte aufgehört zu bellen.

»Ich … ich hab den Rand des … des Fensters«, hörte ich Joern keuchen.

Das Gewicht auf meinen Schultern ließ nach und kurz darauf merkte ich, dass Joern über mir in der Luft hing. Er zog sich ganz hinauf, kauerte einen Moment in der Fensteröffnung und rang nach Luft.

»Jetzt will ich!«, rief Tom, doch Almut sah ihn streng an und sagte: »Du kletterst da nicht hoch. Du bist sowieso zu klein, selbst ich bin zu klein, um das Fenster zu erreichen. Joern wird uns die Kellertür schön von außen aufmachen.«

»Klar mach ich das«, sagte Joern. »Nur nicht sofort. Ihr müsst euch eine Weile gedulden. Denn zuerst werde ich zum Turm gehen und nachsehen, ob der Weiße Ritter wirklich mit Lasses Vater spricht.«

»Nimm meinen Bogen!«, rief ich und reichte ihn nach oben, zusammen mit zwei Pfeilen.

Joern lächelte. »Was soll ich denn damit?«, fragte er. »Ein bisschen auf die Stallwand schießen?«

»Denk an die Feuerleiter!«, rief Almut. »Außen am Turm! Das geht schneller!«

Da nickte Joern, winkte noch einmal und dann war die Fensteröffnung leer und Joern verschwunden.

Wir setzten uns auf eine Kiste und begannen zu frieren und zu warten.

»Und wenn er nicht wiederkommt?«, fragte Tom.

»Sei still«, zischte Almut.

Aber bei mir meldete sich wieder der Zweifel. »Vielleicht hat Tom recht«, flüsterte ich. »Vielleicht haben wir uns alle in Joern getäuscht. Was wissen wir schon über ihn? Nichts, gar nichts. Was, wenn er uns hier unten erfrieren lässt? Vielleicht …«

Weiter kam ich nicht, denn in diesem Moment gab Almut mir eine schallende Ohrfeige.

»Er kommt«, sagte sie bestimmt, »und holt uns hier raus. So über einen Freund zu denken! Nein, pfui, Lasse, schäm dich!«

17

Das Blut des Herrn vom Norderwald

Joern stand einen Moment auf dem Hof und sah sich um.

Die Feuerleiter. Der Turm winkte mit dunkelgrünen Efeuranken. Er schulterte Lasses Bogen, mit dem er ja doch nichts anfangen konnte, und rannte los.

Es waren nur ein paar Schritte. Efeu bedeckte den ganzen Turm, und hätte Joern nicht gewusst, dass dort eine Feuerleiter war, er hätte sie nicht gesehen. »Bleib«, befahl er Flop und Flop legte sich flach auf den Boden. Seine Ohren zuckten nervös und sein kleiner Körper zitterte vor Anspannung.

Joern begann die Feuerleiter hochzuklettern. Sie war sehr, sehr hoch. Der Turm zog sich über mehrere Stockwerke und Joern zwang sich, nicht hinunterzusehen. Während er höher und höher stieg, sagte er lautlos immer die gleichen Worte vor sich hin, wie ein Gebet: Er ist gut, der Weiße Ritter vom Wald. Er wollte uns nicht einschließen. Er ist gut, der Weiße Ritter vom Wald …

Doch als er beinahe oben war, merkte er, dass seine Lippen andere Worte formten: *Das Blut des Herrn vom Norderwald, das Blut des Herrn vom Norderwald.* Und er erschrak vor diesen Worten.

Die Feuerleiter endete an einer winzigen Plattform, gerade groß genug, um darauf zu stehen und sich am Geländer festzuhalten. Vor der Plattform befand sich ein Fenster im Turm, zusammengefügt aus Stücken von farbigem Glas. Vielleicht war es ein Bild. Doch Joern blieb keine Zeit, das Fenster zu bewundern. Er sah, dass die beiden Fensterflügel einen Spalt weit offen standen, hakte seinen Finger dazwischen und zog sie vorsichtig ein wenig weiter auf, um hindurchsehen zu können.

In der Mitte des Turmzimmers saß Lasses Vater Flint an einem großen Schreibtisch und starrte auf den Bildschirm eines Computers. Irgendwie erstaunlich, dachte Joern, dass es in dieser Welt Computer gab. Das Licht des Bildschirms malte eine unwirkliche Maske auf Flints Gesicht. Hinter ihm trat genau in diesem Moment jemand ein: lautlos, unbemerkt, seine Bewegungen langsam wie in Zeitlupe, gleitend und elegant. Der Weiße Ritter. Er schloss die Tür hinter sich, ohne ein Geräusch zu machen.

Jetzt!, dachte Joern. Jetzt wird er zu Flint an den Schreibtisch treten, wird ihm die Hand in seinem weißen Handschuh auf die Schulter legen und ein tiefer Schlaf wird über Flint fallen. Der Weiße Ritter wird Flints Handrücken mit seinem Schwert einritzen, nur ein wenig …

Der Weiße Ritter machte einen Schritt ins Zimmer hinein und griff langsam in eine Tasche an seinem Gürtel. Was er herauszog, war kein Schwert. Joern spürte, wie ihm schwindelig wurde, und klammerte sich am Geländer der Plattform fest.

Es war eine Pistole.

Der Weiße Ritter hob sie und zielte auf Flints Hinterkopf.

Nein!, dachte Joern. Das war alles falsch. Er wusste aus den Büchern der Leihbücherei, was richtig war. In die Hände eines Ritters gehörte ein Schwert, keine Pistole. Es war, als senkte sich ein Schleier aus schwarzem Ruß über das Bild vor Joern. Oder war es nur das glänzende Schwarz der Waffe, das sich in seinem Kopf ausbreitete?

Er musste etwas tun. Er musste Flint warnen. Er musste schreien. Doch würde der Weiße Ritter dann nicht auf ihn schießen?

Der Bogen, Joern, flüsterte Lasse lautlos in seinem Kopf. *Nimm meinen Bogen!*

Joern nahm ihn von der Schulter und legte einen der beiden Pfeile an. Es war natürlich Unsinn. Er würde nichts und niemanden damit treffen. Überhaupt konnte ein Pfeil dem Weißen Ritter nichts anhaben unter seinem Panzer. Aber dies war alles, was Joern tun konnte.

Er spannte die Bogensehne, wie Lasse es ihm so oft gezeigt hatte. Flint tippte etwas auf seiner Computertastatur. Der Weiße Ritter entsicherte die Pistole mit einem leisen Klicken, doch das Klicken der Tasten war lauter und so hörte Flint ihn nicht.

Dann löste sich die Kugel. Aber nein, nein, es war ein Pfeil, der sich zuerst löste! Joern hatte die Sehne zurückschnellen lassen. Der Pfeil schoss quer durch Flints Arbeitszimmer und blieb auf der anderen Seite einen ganzen Meter neben dem Weißen Ritter in der Tür stecken. Flint sah auf. Im gleichen Augenblick feuerte der Weiße Ritter seinen Schuss ab, doch da Flint den Kopf bewegt hatte, traf die Kugel ihr Ziel nicht. Sie schlug mit einem seltsam künstlichen Krachen in den Bildschirm ein.

Joern legte den zweiten Pfeil an, während Flint aufsprang und sich umdrehte. Er blickte direkt in den Lauf der Pistole, aber der Weiße Ritter zögerte einen Moment zu lang. Flint schlug ihm die Waffe aus der Hand und Joerns zweiter Pfeil landete in der Wand neben der Tür.

Der Weiße Ritter sah sich um, sah von Flint zu den Pfeilen und zurück, riss die Tür auf und floh. Flint blickte zum Fenster hinüber, als erwartete er einen Hagel aus weiteren Pfeilen. Aber es waren keine Pfeile mehr da und überhaupt wollte Joern ja auch nicht Flint treffen.

Er stieß das Fenster ganz auf.

»Joern!«, rief Flint. »Was …?«

Joern wollte sagen: »Wir müssen ihm hinterher«, und: »Das ist der Weiße Ritter, aber er ist vielleicht kein Ritter«, und hundert andere Dinge, doch er bekam nichts von alldem heraus. Stattdessen kletterte er durch das Fenster herein und sackte auf dem Boden zusammen wie ein Stück Stoff.

Flint kniete sich neben ihn. »Was ist passiert?«, fragte er. »Woher wusstest du …? Wo ist Lasse?«

»Im Keller«, flüsterte Joern. »Und Almut auch und Tom.«

»Komm«, sagte Flint und zog ihn auf die Beine. Und

Joern dachte, er könnte nicht rennen, doch dann konnte er doch. Gemeinsam hetzten sie die Wendeltreppe hinunter zum Keller.

Der Schlüssel zur Kellertür lag mitten im Flur, der Weiße Ritter hatte ihn einfach fortgeworfen. Lasse und Almut sahen ziemlich blass aus, als Joern und Flint sie befreiten, und Tom heulte hemmungslos und schrie nach seiner Mutter. Frentje rannte aber sowieso schon über den Hof, mit beiden Armen winkend.

»Hier war eben ein Fremder!«, rief sie schon von Weitem. »Er ist auf einem schwarzen Pferd weggeritten! Ich habe ihn gar nicht kommen sehen, aber er ist die Straße entlanggaloppiert, als wären die wilden Heerscharen ihm auf den Fersen!«

Doktor Bartens, Johann, Olaf und Herr Marksen kamen jetzt auch angelaufen und alle redeten durcheinander. Flint meinte, man müsse dem Fremden nach, und Doktor Bartens meinte, ein Pferd ließe sich mit seinem Auto allemal einholen, aber kurz darauf stellte er fest, dass zwei seiner Reifen zerstochen waren. Bei dem Wagen, den Flint und Johann benutzten, war es nicht anders. Der Weiße Ritter hatte gründliche Arbeit geleistet.

Da rannte Flint zum Stall hinüber, um seinen schwarzen Hengst Nordwind zu holen, das schnellste Pferd im ganzen Wald. Auf Nordwind würde er den Fremden mühelos einholen, egal wie viel Vorsprung er hatte. Doch als Flint aus dem Stall kam, führte er Westwind am Zügel.

»Auf dem schnellsten Pferd vom Norderwald kann ich

den Fremden nicht einholen«, sagte er bitter. »Denn das schnellste Pferd vom Norderwald, das reitet er selbst.«

Frentje schlug ihre Hände vors Gesicht und rief: »Und ich habe Nordwind mit dem anderen Mann auf dem Rücken nicht erkannt! Wie soll man das auch ahnen …« Sie brach ab, denn Westwind und Südwind rasten bereits im Galopp die lange, gerade Straße entlang, mit Johann und Flint auf ihren Rücken. Johann hatte sein Gewehr geschultert. Diesmal jedoch ging er nicht auf die Jagd nach einem Kjerk.

18

Gefangen in einem Märchen

An diesem Nachmittag heulte der Wind um den Norderhof, als wäre plötzlich der Herbst gekommen. Wir saßen in der großen Küche des Gutshauses und warteten darauf, dass Flint und Johann zurückkehrten. Olaf hatte die Tür im Keller verriegelt. Denn man wusste nie, sagte er, was da noch alles hereinkam. Frentje hatte Tee für alle gekocht. Selbst Herr Marksen saß bei uns, zusammen mit seiner Frau und ihrem Baby Elly. Frentje und Frau Marksen strickten und Herr Marksen und Doktor Bartens unterhielten sich darüber, wie sie die Reifen der beiden Autos am besten flicken konnten, und das Baby Elly redete mit sich selbst. Aus unserem Plattenspieler tönte freundliche alte Musik, doch den Wind hörten wir trotzdem und jedes Mal, wenn er im Kamin heulte, zuckten wir alle zusammen. Keiner wollte alleine sein an einem Nachmittag, an dem im Turm des Norderhofs auf einen Menschen geschossen worden war.

Auf meinen Vater.

Ich trank meinen Tee und stellte mir vor, wie mein Vater und mein Pferd durch den Wald jagten, auf den Spuren eines Mörders. Würden sie ihn einholen? Und wenn sie ihn einholten, was würde geschehen?

»Joern«, flüsterte ich, »ich habe Angst. Und ich begreife noch immer gar nichts. Wer ist der Weiße Ritter?«

»Ich weiß es nicht«, flüsterte Joern. »Ich weiß nur, was in dem Brief stand. Er zieht durch die Wälder, bei Tag und bei Nacht. Er kommt, wenn keiner ihn sieht, und geht, wohin niemand ihm folgen kann. Er bleibt nicht und kehrt nicht zurück. Er liebt nicht und hasst nicht.«

»Meinen Vater muss er hassen«, sagte ich. »Sonst hätte er ihn doch nicht töten wollen, oder? Warum hasst er ihn so sehr?«

»Der Kjerk«, sagte Joern, »tötet, um zu töten.«

»Ja«, sagte ich, »aber nicht der Weiße Ritter. Nicht er! Er hat uns zweimal das Leben gerettet. Und er war so einsam, Joern. So unglücklich. Ich habe es gespürt.«

»Heute Nacht«, sagte Olaf grimmig, »werden wir alle Türen abschließen auf dem Norderhof. Niemand soll die Außenlichter löschen. Und wir Männer werden nicht schlafen. Das Böse ist hier, und wo das Böse ist, muss jemand Wache halten.«

»Wir haben es hereingelassen«, sagte Almut. »Wir haben den Weißen Ritter hereingelassen.«

»Ach was!«, sagte Frentje sehr bestimmt. »Das war nicht eure Schuld. Auf die romantische Geschichte mit dem Brief und allem wäre ich sicher auch hereingefallen.«

Wir hatten ihnen alles erzählt, mehrere Male, und wir hatten beinahe nichts verschwiegen – nur die Sache mit den Ringen. Denn in den Ringen steckte je ein Stück Nachtspat und jeder wusste, woher der Nachtspat kam. Gerade jetzt war ein denkbar schlechter Zeitpunkt, den anderen zu sagen, woher Joern wirklich kam. Es reichte aus, dass Frentje und Almut Bescheid wussten.

Schließlich hörten wir die Pferde auf dem Hof schnauben und gleich darauf standen Flint und Johann in der Küche. Alle sprangen auf und machten erwartungsvolle Gesichter, doch Flint und Johann schüttelten die Köpfe.

»Nichts«, sagte Johann. »Keine Spur von Nordwind. Das Tor am Ende der Straße stand offen. Der Fremde ist fort. Nur ein Moped haben wir gefunden, verborgen im Gestrüpp neben dem Stall. Ein Moped ohne Kennzeichen. Keiner kann sagen, woher der Fremde genau kam. Da draußen gibt es eine Menge Orte. Hunderte. Tausende.«

Joern zog den Briefumschlag aus der Tasche und legte ihn auf den Tisch und alle beugten sich über den Stempel auf der Briefmarke.

»Dieser Stempel ist nicht nur verschmiert, ich wette, er ist auch gefälscht«, sagte Johann. »Kam der Brief mit der normalen Post?«

»Ja«, sagte ich.

»Nein«, sagte Joern.

Ich sah ihn verwundert an.

»Der Postbote fuhr ein Moped, Lasse«, sagte Joern leise. »Und er hatte verdammt dicke Brillengläser.«

»Und den Schal bis über die Nase gezogen«, sagte ich. Da begriff ich. Der Postbote war kein Postbote gewesen. Er und der Weiße Ritter waren ein und dieselbe Person.

Alle redeten plötzlich wieder einmal durcheinander, berichteten Flint und Johann, was wir erzählt hatten, rätselten und vermuteten wie Hobbydetektive in einem schlechten Film und schließlich räusperte sich Flint. Er hatte bis jetzt geschwiegen.

»Joern«, sagte er.

Alle verstummten.

»Ja?«, fragte Joern und ich hörte die Angst in seiner Stimme. Er war der Einzige, der nicht hierher gehörte. Seit seiner Ankunft waren all diese Dinge geschehen. Dachte Flint, Joern hätte etwas mit dem Weißen Ritter zu tun?

»Ich wollte mich bei dir bedanken«, fuhr mein Vater fort und drückte Joerns Hand wie die eines erwachsenen Mannes. »Dafür, dass du mein Leben gerettet hast. An mir vorbei auf die Tür zu schießen war genau das Richtige. Ohne dich hätte ich mich nicht umgedreht. Und ich hätte jetzt eine Kugel tief in meinem Kopf stecken.«

»Ich … habe nicht auf die Tür geschossen«, sagte Joern verlegen. »Ich habe auf den Weißen Ritter geschossen. Nur habe ich ihn nicht getroffen. Ich bin nicht sehr gut im Treffen von Dingen.«

Flint lächelte. »Das erinnert mich an jemanden.«

»An meine Mutter!«, platzte ich heraus und er nickte. »Genau, an Lasses Mutter. Ich hätte nicht gedacht, dass ihr Bogen einmal helfen würde, mir das Leben zu retten.«

Da sagten alle, wie wunderbar Joern das gemacht hätte, und wie stolz war ich auf meinen Freund! Meinen Freund, der die Feuerleiter hochgeklettert war und mit meinem Bogen geschossen hatte. Meinen Freund, der meinen Vater gewarnt und den Weißen Ritter verjagt hatte.

»Aber jetzt haben wir genug geredet«, meinte Flint. »Jetzt ist es Zeit, nachzusehen, was sich hinter der versteckten Tür im Keller verbirgt. Johann, kommst du mit?«

»Wir kommen auch mit!«, riefen Almut und ich gleichzeitig.

»Auf keinen Fall«, sagte Flint.

»Auf jeden Fall«, sagte ich. »Möglicherweise muss man dir wieder das eine oder andere Leben retten. Und wer soll das tun, wenn wir nicht dabei sind?«

Flint knurrte nur. Dann drückte er mich ganz kurz an sich und sagte nur noch: »Zieht Jacken an. Es wird kalt sein dort unten, was immer *dort unten* bedeutet.«

Hinter uns hörten wir Frentje murmeln, sie würde Abendessen für alle kochen, während wir uns im Keller erschießen ließen, und als wir die Kellertür öffneten, drang als Letztes Toms Protestgebrüll aus der Küche. Er wollte natürlich ebenfalls mit, doch er hatte keine Chance. Frentje hielt ihn fest.

Diesmal knipsten wir alle Lichter im Keller an. Die Ritterrüstung sah uns aus ihrem hohlen Visier so augenlos und geheimnisvoll an wie immer. Als Flint das Visier zurückklappte, gab es im Inneren nichts als Spinnweben. Beinahe enttäuschte mich das.

Kurz darauf entriegelte Johann die geheimnisvolle Tür und wir betraten hinter ihm den Gang. Er und Flint trugen starke Taschenlampen, aber trotzdem war mir unbehaglich zumute.

»Was ist, wenn er zurückkommt und plötzlich vor uns steht?«, flüsterte ich.

»Der ist weit weg«, sagte Flint. »Mörder sind feige Hunde. Ich frage mich eher, ob er allein gekommen ist. Die meisten feigen Hunde kommen nicht allein.«

Eine Weile gingen wir stumm den Gang entlang, weiter und weiter. Wir mussten den Norderhof längst verlassen haben und uns unter dem Wald befinden. Ich schauerte bei dem Gedanken daran, dass der Kjerk vielleicht gerade jetzt über uns seine grellgelben Flammen in den Himmel spuckte oder seine riesigen Krallen an einem Baumstamm wetzte. Sicher gefiel ihm der wilde Wind, der da oben in den Ästen heulte.

»Wegen dieser alten Rüstung im Keller«, sagte Flint nach einer Weile und in seiner Stimme schwang ein Lächeln mit, »habe ich den Weißen Ritter erfunden.«

»Du hast ihn erfunden?«, fragte ich, etwas lauter als geplant. Meine Stimme hallte von den Wänden des Ganges wider und ich erschrak.

»Ja«, antwortete Flint. »Hast du das schon vergessen? Ich habe dir von ihm erzählt, als du klein warst. Nur er kann den Kjerk besiegen. Er ist stumm und niemand hat je sein Gesicht gesehen. Er ist der einsamste Mann, den es gibt, und er zieht durch die Wälder, um den Menschen zu helfen …

Neulich habe ich Tom davon erzählt, aber er konnte sich den Namen Kjerk nicht merken.«

Ich versuchte meine Gedanken zu ordnen. Da fragte Joern etwas Komisches.

»Wann?«, fragte er.

»Wann ich Tom die Geschichte erzählt habe?« Flint überlegte. »Es war kurz bevor der Kjerk im Norderwald auftauchte.«

»Wo?«, fragte Joern. »Ich meine: Wo haben Sie ihm das erzählt?«

»Wir saßen auf der Bank am Rand der Pferdekoppel«, antwortete Flint. »Dort, wo man den Wald im Rücken hat und die Sonne im Gesicht. Was bedeuten all diese Fragen, Joern?«

»Jemand«, sagte Joern, »hat der Geschichte zugehört. Jemand ist der Weiße Ritter geworden, weil es den Weißen Ritter schon gab. In der Geschichte. Es war alles viel zu einfach.«

Flint schien einen Moment zu zögern. »Lasse«, sagte er dann, »du hast einen klugen Freund. Aber sage mir, kluger Freund, warum hast du Lasse die Tür im Keller öffnen lassen? Hattest du keinen Verdacht?«

»Ja«, sagte Joern. »Nein. Doch. Ich habe sie ihn öffnen lassen, weil hier alles so anders ist. Hier kann ich nicht entscheiden, was Sinn ergibt und was nicht. Was ein Märchen ist und was nicht. Es ist nicht wie in meiner Welt.«

Ich biss mir auf die Zunge. Wenn er jetzt nur nichts von

der Schwarzen Stadt sagte, mein dummer kluger Freund! Wenn er jetzt nur nicht alles vermasselte!

»Märchen sind nie wahr«, sagte Flint bestimmt. »Nicht hier und nirgendwo sonst. Alles Schöne ist nur Schein. Die Wirklichkeit ist immer hart und kalt und grausam. Merk dir das, Joern. Merk es dir ein für alle Mal.«

Ich spürte, dass es nicht Joern war, zu dem er diese Worte sagte. Und sie waren auch nicht für mich oder Johann bestimmt. Flint hatte die Worte zu sich selbst gesagt. Als hätte ihn die harte, grausame Wirklichkeit nach langer, langer Zeit wieder eingeholt.

Aber was war die Wirklichkeit? Was verschwieg mein Vater mir?

Den Rest des Weges über schwiegen wir und schließlich fiel das Licht von Johanns Taschenlampe auf eine weitere Tür. Er öffnete sie und die Angeln quietschten wie ein verwundetes Tier. Ich dachte wieder an den Kjerk und daran, wie ich auf ihn geschossen hatte. Johanns Lampe erleuchtete etwas, das einer Höhle glich. Wir gingen hinein, vorsichtig um uns spähend, doch es gab hier nichts als Geröll und modrige alte Blätter. Am Ende der Höhle erreichten wir einen weiteren, kurzen Gang und danach noch eine Höhle. Diese Höhle kannte ich. Vor nicht allzu langer Zeit hatte ich mich hinter Joern an ihren Wänden entlanggetastet, in vollkommener Dunkelheit und mit dem Keuchen des Kjerks in den Ohren.

»Das ist *seine* Höhle!«, flüsterte ich. »Die Höhle des Kjerks! Hierher hat er sich zurückgezogen, als ich ihn mit meinem Pfeil getroffen hatte, so wie wir es euch erzählt haben!«

»Es gibt zwei Ausgänge mit gemauerten Treppen«, sagte Joern. »Die Höhle muss früher als Bunker benutzt worden sein.«

Wir leuchteten in alle Ecken und Winkel der Höhle, liefen alle Gänge ab, die wir finden konnten – und diesmal waren es nicht mehr Hunderte von Gabelungen, sondern nur noch drei. Die meisten Gänge endeten blind. Vom Kjerk jedoch fehlte jede Spur. Wir zeigten Flint und Johann die Stelle, wo ich in dem trockenen Bachbett ausgerutscht war, und dort fanden wir drei nachtblaue Federn.

»Er war hier«, flüsterte ich. »Das ist der Beweis. Wir haben es uns nicht eingebildet.«

»Er war hier, ja«, sagte Joern. »Aber es ist, als hätte er den Wald zusammen mit dem Weißen Ritter verlassen.«

»Glaubst du«, fragte ich verwirrt, »der Weiße Ritter hat den Kjerk mitgebracht? Und wieso wollte er Flint töten?«

Darauf wusste keiner eine Antwort. Wir kletterten die nächste Treppe hinauf ans Tageslicht, das bereits dämmerig wurde. Der Wind hatte begonnen, sich zu einem richtigen Sturm auszuwachsen. Die Bäume bogen sich, als wiegten sie sich in einem Tanz. Ihre Stämme knackten und trockene Blätter wirbelten knisternd um uns auf.

»Das wird eine Nacht, in der man gut daran tut, im Haus zu bleiben«, sagte Flint und nahm meine Hand.

Doch ich zog meine Hand weg.

»Ich bin schon zwölf«, sagte ich. »Mich braucht man nicht mehr an der Hand zu nehmen. Ich bin alt genug, alleine durch einen Sturm zu gehen, und außerdem bin ich alt genug für die Wahrheit. Meine Mutter hätte mir die Wahrheit gesagt. Wenn der Sturm vorüber ist, werde ich zu der Linde gehen und wer weiß, vielleicht spricht sie mit mir.«

Ich sagte das nur, damit Flint mir endlich selbst erzählte, was ich wissen musste. Aber er schwieg. Und die Linde überlebte die Nacht nicht und meine Mutter sagte mir auf ganz eigene Weise die Wahrheit. Doch zuerst geschah etwas ganz anderes.

Wir merkten erst beim Zubettgehen, dass Flop fehlte.

»Ich dachte, er hätte sich irgendwo in der Küche verkrochen«, sagte Joern kläglich. »Und Frentje dachte, er wäre bei uns, und nun ist er nirgendwo und was machen wir jetzt?«

Ich trat ans Fenster und sah hinaus in den Sturm. »Da draußen finden wir ihn nicht«, sagte ich. »Nicht, wenn er in den Wald gelaufen ist.« Und als ich Joerns unglückliches Gesicht sah, fügte ich schnell hinzu: »Er kommt wieder, Joern. Morgen früh sitzt er vor der Tür und jault und hat Hunger, wetten?«

»Und der Kjerk?«, fragte Joern. »Was, wenn er doch noch da ist? Wenn er genauso im Norderwald lauert wie zuvor und wenn er Flop …« Er sprach nicht weiter. Plötzlich hörte er sich gar nicht mehr klug an, mein Freund, sondern nur noch verzweifelt.

»Ich muss raus!«, rief er und griff nach seiner alten grauen Jacke. »Ich muss raus in den Wald und ihn suchen!«

»Das wirst du schön bleiben lassen«, sagte ich entschlossen. »Ich lasse meinen einzigen Freund nicht allein in einen Wald gehen, in dem vielleicht ein Kjerk herumläuft und vielleicht ein Mörder und wer weiß was noch alles.«

»An meinem ersten Abend hier«, sagte Joern, »da hast du mich gehen lassen!«

»Ja«, sagte ich. »Dumm von mir.«

Ich nahm ihm die Jacke sachte aus der Hand und setzte mich zu ihm aufs Bett.

»Alle Türen sind verschlossen«, sagte ich. »Du *kannst* gar nicht hinaus.«

»Ich bin ein Gefangener«, sagte Joern bitter. »Ein Gefangener in einem Märchen. Manchmal merke ich, wie wenig ich hierher gehöre.«

»Natürlich gehörst du hierher!«, rief ich. »Du bist mein Freund!«

»Aber einen Freund«, sagte Joern bitter, »darf man nicht einsperren.«

Dann drehte er sich zur Wand und schwieg. Ich schlüpfte zurück in mein Bett und tat so, als wäre ich im nächsten Moment eingeschlafen. Doch in Wirklichkeit lag ich wach und lauschte Joerns Atemzügen. Sie waren unregelmäßig und abgehackt.

Er schlief nicht.

Da lag er, mein Freund aus der Schwarzen Stadt. Mein kluger, vernünftiger Freund, der lächelte, weil ich romantische Worte liebte wie Finsterbach und Todesschlucht. Da lag er und weinte und wollte nicht, dass ich es wusste.

Sie vermissen dich

Am nächsten Morgen wachte ich von einem merkwürdigen Geräusch auf. Es dauerte eine Weile, bis mir klar wurde, dass es das Geräusch von Schlüsseln war. Flint öffnete alle Türen, die er am Abend zuvor abgeschlossen hatte: die vordere Haustür, die Hintertür, die beiden Seitentüren – das alte Gutshaus hatte eine Menge Türen. Früher hatten wohl auch eine Menge Leute darin gewohnt. Manchmal fand ich es schade, dass es nun so viele leere Zimmer besaß.

Aber an diesem Morgen dachte ich nicht an die leeren Zimmer. Ich dachte daran, dass auf dem Norderhof noch nie einer seine Türen abgeschlossen hatte, und ich fragte mich, ob es nun bis in alle Ewigkeit so sein würde. Es war ein schrecklicher Gedanke.

»Joern?«, flüsterte ich. »Schließen sie in der Schwarzen Stadt ihre Türen ab?«

»Ja, und sie legen Riegel und Ketten vor«, antwortete Joern, »und sie haben Gucklöcher in den Türen, um nachzusehen, wer draußen ist, wenn es klingelt. Niemand traut dem anderen. Seht nur zu, dass euch die Schwarze Stadt nicht hereinkommt hier in den Norderwald.«

»Wie meinst du das – hereinkommt?«, fragte ich.

Doch Joern antwortete nicht, denn in diesem Augenblick bellte unten jemand laut und aufgeregt.

»Siehst du«, sagte ich und war sehr erleichtert. »Er ist zurückgekommen.«

»Flop!«, rief Joern, warf die Decke zurück und zog hastig seine Kleider an. Trotzdem sah ich, dass die blauen Flecke blasser geworden waren. Wenn er noch ein wenig bliebe, hier bei uns auf dem Norderhof, dann würden sie ganz verschwinden und irgendwann würde auch die Schwarze Stadt aus seiner Erinnerung verschwinden. Er würde sie einfach vergessen, dachte ich: die Gucklöcher in den Türen, den Kohlenstaub, das Bergwerk, die Fabrik und den Großen, der all das besaß und den alle so hassten. Die enge Wohnung würde er vergessen und seine großen Brüder, die sich ständig stritten.

Als ich in die Küche kam, saß Joern auf dem Fußboden und streichelte seinen Hund. Flop sah dreckig und erschöpft aus. Flint rührte in einem Topf voll Kakao, der auf dem Herd vor sich hin blubberte. Der Sturm war vorübergezogen und draußen breitete sich zaghaft das goldene Sonnenlicht aus.

»Ein Glück«, sagte ich und ließ mich auf die Küchenbank fallen. »Damit ist alles wieder in Ordnung, oder?«

Da sah Joern zu mir auf und sein Gesicht war sehr ernst. Erst jetzt bemerkte ich, dass er etwas in der Hand hielt. Einen Brief. Joern setzte sich neben mich und flüsterte mir zu: »Flop hat ihn mitgebracht. Er war zu Hause bei meiner

Familie. Die Sache gestern muss ihn so erschreckt haben, dass er den ganzen Weg zurück in die Schwarze Stadt gelaufen ist. Hier, lies!«

Da kam Flint mit dem Kakaotopf herüber an den Tisch. Schnell reichte ich ihm die Zeitung.

»Du liest doch so gerne beim Frühstück«, sagte ich.

Flint runzelte die Stirn. »Sonst sagst du immer, du findest das blöd.«

»Heute nicht«, sagte ich großzügig. »Lies ruhig. Wir lesen auch ein bisschen.«

Ich wartete, bis Flint kopfschüttelnd hinter der Zeitung verschwunden war. Dann nahm ich selbst ein Stück Zeitung zur Tarnung und entfaltete dahinter Joerns Brief. Die krakelige Schrift darauf war mit einem Kugelschreiber geschrieben und an manchen Stellen verschmiert.

Lieber Joern, stand da.

Wir hoffen alle, es geht dir gut. Sicher ist es da, wo du bist, besser als hier.

Mama wollte dich suchen, aber Onnar hat gesagt, sie soll nicht, weil, du hast ja Flop mitgenommen, also bist du wirklich abgehaun. Onnar meint, wenn dir was passiert wär, wär Flop gleich zu uns gekommen. Heut Nacht hab ich ihn vor der Tür gefunden, als ich nach Hause gekommen bin. Ich schick ihn mit dem Brief zurück, weil er dich als Einziger finden kann und damit du weißt, was hier so los ist.

Im Bergwerk und in der Fabrik haben sie noch drei Tage lang gestreikt. Die Chefs haben jeden Tag gesagt, der Große weigert sich, mit den Leuten zu reden. Aber der Große war überhaupt nicht da. Pöhlke hat sich aufgeführt und Reden darüber gehalten, wie er allen helfen wird. Niemand hat zugehört.

An diesem Abend haben sie Onnar verhaftet. Sie haben in unserem Kellerstück zwischen den Kartoffeln und den Bierflaschen eine Kiste Nachtspat gefunden. Richtig große Stücke, ungeschliffen. Im Bergwerk ist vor einer Weile Nachtspat weggekommen. Onnar hat nichts gesagt. Er war sehr blass. Ich glaub, er hatte Angst.

Mit den Edelsteinen hätten wir verdammt noch mal ne Menge Sachen kaufen können. Vielleicht sogar wegziehn. Ich hab gesagt, es war dumm, die Kiste im Keller aufzubewahren. Onnar hat mich bloß angesehn, so wie er es manchmal macht. Dann hat er Mama umarmt und uns auf die Schultern geklopft und ist mit den Polizisten mit.

Danach haben viele aufgehört zu streiken und sind zur Nachtschicht ins Bergwerk. Wir wissen nicht, was jetzt passiert.

Mama schläft. Sie hat die halbe Nacht geweint. Joern, wir wissen nicht, wo du bist, aber bitte schreib ihr einen Brief. Du kannst auch einen Brief für Onnar dazutun. Flop kann uns die bringen.

Wir vermissen dich.

Dario.

Ich faltete den Brief wieder zusammen und schob ihn Joern zu. Er nahm einen Stift vom Fensterbrett und schrieb auf den Rand des Blattes: *Ich habe immer gedacht, die vier D können mich nicht leiden.*

Jetzt weißt du, dass es nicht wahr ist, schrieb ich zurück. *Sie vermissen dich.*

Joern nickte und kraulte Flop, der sich neben ihm auf der Küchenbank zusammengerollt hatte und fest eingeschlafen war. Auf der Fensterbank lag die graue Katze, beobachtete uns mit einem Auge und wusste mal wieder alles.

Du musst die Sache mit dem Kjerk hier alleine zu Ende bringen, schrieb Joern und darunter, ganz klein: *Ich werde zurückgehen.*

Da wusste ich, dass ich mich getäuscht hatte. Er würde die Schwarze Stadt nie vergessen, nicht den Kohlenstaub und nicht die enge Wohnung und nicht seine Familie. Und plötzlich wurde mir bewusst, wie sehr ich wollte, dass er sie alle vergaß. Ich wollte, dass er nur noch für mich da war. Ich wollte meinen Freund mit keinem teilen, nicht einmal mit seiner Mutter. Und ich wusste, dass das nicht richtig war.

»Einen Freund kann man nicht einsperren«, sagte ich laut. »Niemanden, den man wirklich mag, kann man einsperren.«

Flint ließ seine Zeitung sinken. Er sah mich durch seine Brillengläser hinweg an und seine Augen wirkten seltsam glasig. »Wie wahr«, sagte er. »Wo steht das?«

»Äh, hier irgendwo«, sagte ich und faltete schnell die Zeitung zusammen. »Ich glaube, wir müssen los. Wir wollten Frentje bei irgendwas helfen, oder?«

Aber Joern würde Frentje bei gar nichts mehr helfen. Wir würden uns wieder etwas ausdenken müssen, einen Grund, warum der Sohn von Frentjes Cousine, der so lange hatte bleiben wollen, plötzlich fort war. Joern würde zurückgehen, durch den Norderwald, durch das Loch in der Mauer, über die Finsterbachbrücke, über die Todesschlucht. Zurück in die Schwarze Stadt, wo er hingehörte.

Ich musste die Sache mit dem Kjerk alleine zu Ende bringen. Er hatte recht.

Erst als ich ihm auf dem Hof zum Abschied stumm die Hand schüttelte, begriff ich, was mit Flints Augen nicht richtig gewesen war. Vorhin, als er gesagt hatte, es wäre wahr, dass man niemanden einsperren kann, den man wirklich mag.

In Flints Augen hatten Tränen gestanden.

SCHWARZ

20

Die Antwort der Linde

Lasse«, sagte Herr Marksen am nächsten Tag, »bitte sag mir, wann die Zeit kommt, in der du wieder aufpassen kannst.«

Ich zuckte mit den Schultern und spielte mit meinem Stift.

»Vielleicht solltest du deinen Freund Joern mal zur Schule mitbringen«, meinte Herr Marksen. »Womöglich funktioniert es dann besser, als wenn du dauernd an all die Abenteuer denken musst, die ihr *nach* der Schule erlebt.«

Da sah ich ihn an. »Mein Freund ist fort«, sagte ich laut und deutlich, »und er kommt nicht wieder. Es gibt keine Abenteuer mehr. Seine Mutter ist plötzlich krank geworden, er hat einen Brief bekommen und er ist gestern nach Hause gefahren. Der Postbote hat ihn gleich mitgenommen.«

»Ich habe den Postboten gar nicht gesehen!«, rief Tom.

»Und sind Joerns Eltern nicht im Urlaub in Afrika?«, fragte Herr Marksen.

»Seine Mutter war so krank, dass sie zurückgekommen sind«, erklärte ich düster. »Vielleicht stirbt sie, so wie meine Mutter.«

Da traute sich niemand mehr weiterzufragen und ich versuchte den Rest des Vormittags zu rechnen und zu lesen, aber man kann sich ja denken, dass es nicht klappte.

Nach der Schule zog Almut mich am Ärmel. »Wo ist er hin?«, flüsterte sie. »Was ist passiert? Versteckt er sich irgendwo?«

»Quatsch«, wisperte ich. »Er ist wirklich zu Hause. Sie haben seinen Bruder eingesperrt und alles ist so schrecklich. Ich glaube, sie brauchen ihn dort.«

»Er hat mir nicht mal Auf Wiedersehen gesagt«, murmelte Almut.

»Ja, das liegt daran«, sagte ich, »dass du ihn nicht wiedersehen wirst. Er kommt nicht zurück. Er gehört in die Schwarze Stadt.«

Da schüttelte Almut ihr wildes Haar und blitzte mich aus ihren braunen Augen an. »Natürlich sehe ich ihn wieder«, sagte sie. »Sobald wir die Sache mit dem Kjerk hier erledigt haben. Und wenn ich den ganzen Weg in die Schwarze Stadt ohne dich gehen muss.«

»Du spinnst«, sagte ich. »Erklär mir mal, was du in der Schwarzen Stadt willst!«

»Joern helfen«, antwortete Almut. »Er hat uns geholfen, also helfen wir ihm. Da gibt's nichts zu erklären.«

Ihre Worte nagten beim Mittagessen in meinem Kopf wie Holzwürmer. Ich bekam fast nichts herunter, doch keiner merkte es, weil Doktor Bartens noch immer da war, und Doktor Bartens aß für zwei.

»Seht nur zu, dass ihr herausbekommt, was vor sich geht auf dem Norderhof«, sagte er. »Man kann ja kaum noch ruhig schlafen. Ein Glück, dass die Reifen wieder heil sind.«

»Ja, es war eine ziemliche Arbeit, sie zu flicken«, knurrte Olaf. »Mit Gemüse kenn ich mich aus und mit Erde, aber Erde eignet sich so schlecht zum Flicken von Reifen ...«

Doktor Bartens lachte. Bevor er aufbrach, sah er noch einmal nach Tök, der auf einer Decke auf dem Fußboden lag. Tök wedelte mit dem Schwanz, aber ich fand, dass er traurig aussah. Bestimmt vermisste er den kleinen schwarzen Ball, der sonst um ihn herumsprang.

»Tök wird schon wieder«, sagte Doktor Bartens. »Frentje, sieh zu, dass du die Wunde schön sauber hältst. Wenn ich das nächste Mal vorbeikomme, ist er sicher ganz der Alte. Dann kann ich den Faden aus der Naht ziehen.«

»Ich frage mich schon seit einer Weile«, murmelte Olaf nachdenklich, »wie das mit dieser Wunde eigentlich ist. Irgendwo habe ich mal gelesen, Bisswunden dürfte man gar nicht nähen.«

»Es war keine Bisswunde«, sagte Doktor Bartens erstaunt. »Dazu ist sie viel zu glatt.«

»Keine Bisswunde?«, fragte ich.

»Doch«, sagte Almut und schauderte. »Es war eben ein Tier mit sehr, sehr scharfen Reißzähnen.«

Doktor Bartens schüttelte den Kopf. »Nein«, sagte er bestimmt, ehe er sich umdrehte und zu seinem Auto ging. »Es war ein sehr, sehr scharfes Messer.«

Ich wollte ihm nachrennen, ihn fragen, wie er sich da so sicher sein konnte. Aber in diesem Moment drängte sich Johann an Doktor Bartens vorbei und kam in die Küche gestampft. Er legte eine Säge auf den Tisch und atmete tief durch.

»Jetzt gibt es keine Linde mehr auf der Lichtung«, sagte er. »Und das ist gut so. Man muss vergessen.«

Frentje gab ihm einen Teller mit Kartoffeln, doch ich starrte ihn nur entsetzt an.

»Was hast du mit der Linde gemacht, Johann?«, fragte ich. »Du … du hast sie doch nicht einfach abgesägt?«

Ich merkte, dass Tränen in meinen Augen standen, ähnlich wie die Tränen in Flints Augen an diesem Morgen.

Johann legte die Gabel beiseite und sah mich ernst an. »Nein, Lasse«, sagte er. »Ich habe sie nicht einfach abgesägt. Der Sturm hat sie kurz über dem Boden abgeknickt. Flint hat es heute Vormittag bemerkt und mich gebeten, sie abzusägen, damit sie nicht so tot und traurig auf der Lichtung stehen muss. Jetzt gibt es nur noch einen schönen kleinen Baumstumpf, wo einmal die Linde stand. Man kann gerade eine Flasche Saft darauf abstellen.«

Er griff in seine Tasche und legte etwas auf den Tisch.

»Das«, sagte er, »habe ich übrigens bei den Ställen gefunden. Es ist verdammt scharf. Weiß jemand, wem es gehört?«

Ich beugte mich vor. Es war das Messer mit dem dunkelblauen Griff. Joern musste es verloren haben. Oder er hatte es dagelassen, weil es ihm nicht gehörte.

»Es ist Flints Messer«, sagte ich. »Eines aus seiner Sammlung, die im Turm hängt.«

Wir hatten es umsonst geliehen, dachte ich. Joern hatte es nie benutzt. Wie sinnlos doch unsere Pläne gewesen waren! Wir hatten so viel erlebt, wir hatten geglaubt, wir könnten den Wald vor dem Kjerk retten, aber letztendlich hatten wir einen Mörder ins Haus geführt. Und nun gab es nicht einmal mehr die Linde, der ich all dies erzählen konnte.

»Du hättest sie nicht absägen dürfen«, murmelte ich.

»Sei nicht traurig, Lasse«, flüsterte Frentje und legte einen Arm um mich. »Deine Mutter würde sich sicher freuen, wenn sie wüsste, dass man nun eine Flasche Saft auf der Linde abstellen kann.«

Aber wen sollte ich nun um Rat fragen, wenn ich nicht mehr weiterwusste? Einen toten Baumstumpf? Eine blöde Saftflasche?

»Und was heißt überhaupt *würde?*«, brummte ich. »Glaubst du, sie fliegt irgendwo als Engel herum? Ich bin zwölf und mit zwölf glaubt kein Mensch mehr an Engel! Sie ist nicht mehr da, sie ist tot, tot, mausetot, und nun ist auch die Linde tot und die Lämmer sind tot und alles, alles in diesem verdammten Wald ist tot!«

Ich sprang auf und rannte aus der Küche, rannte hinaus auf den Hof und verschloss meine Ohren für Frentjes Rufe. Sollte sie rufen. Sollten sie alle rufen, bis sie schwarz wurden: schwarz wie die Schwarze Stadt, wo Joern jetzt war.

Ich holte meinen Westwind aus dem Stall und ließ ihn in den Wald galoppieren. Dabei stellte ich mir vor, hinter mir säße mein Freund Joern und wir wären zusammen unterwegs, um ein Abenteuer zu erleben: um das Rätsel des Weißen Ritters zu lösen, um den Norderhof vor dem Bösen zu retten, um eine neue Schlucht mit einem wunderbaren Namen zu entdecken oder neue Wasserfälle zu besiegen. Um endlich den Kjerk zu finden.

Doch die Wirklichkeit war, dass ich den Kjerk ganz allein finden musste, und keiner würde mir helfen, weil die Erwachsenen nichts verstanden und Almut auch nicht.

Ich galoppierte ohne Ziel durch den Wald, vorbei an jungen Bäumen und Ästen, geknickt vom Sturm. Es sah scheußlich aus, böse und gemein. Hatte es früher schon solche Stürme gegeben in unserem Wald? Oder war auch der Sturm mit dem Kjerk in den Wald gekommen?

Ich merkte erst, wohin ich geritten war, als Westwind stehen blieb und fragend schnaubte. Vor uns fiel der Waldboden steil ab. Neben uns hatte der Sturm die Asche einer erkalteten Feuerstelle verteilt. Ich glitt von Westwinds Rücken und streichelte seinen samtigen braunen Hals.

»Ja, hier waren wir erst vor Kurzem«, flüsterte ich in sein Ohr. »Hier hat uns der Weiße Ritter den zweiten Brief gegeben. Erinnerst du dich?«

Wir betrachteten gemeinsam den Fluss, der schäumend und gurgelnd unter uns vorbeirauschte. Ein wenig flussabwärts konnte man den Wasserfall sehen, vor dem uns der Weiße Ritter gerettet hatte. Ich suchte das Wasser mit den Augen nach dem Volleyballnetz ab, doch es war in der Gischt nicht zu entdecken. Auch das weiße Band des Ritters war verschwunden. Dann sah ich, dass dort, wo das Netz im Gebüsch befestigt gewesen war, nur noch Fetzen hingen. Hatte der Sturm es zerrissen?

»Nein, mein Westwind«, flüsterte ich und er zuckte aufmerksam mit den Ohren. »Jemand hat es zerschnitten. Mit einem sehr scharfen Messer.«

In meinem Kopf wirbelten die Gedanken durcheinander. Doktor Bartens' Worte, Johanns Worte, Frentjes Worte, Joerns Worte – es war wie ein Puzzlespiel, bei dem man nicht wusste, wie das Bild am Ende aussehen würde. Ich brauchte einen Ort, um die Teile in Ruhe zu ordnen. Und so kletterte ich wieder auf Westwinds Rücken und ließ mich von ihm flussaufwärts tragen zu meiner liebsten Lichtung, auf der keine Linde mehr stand.

Das hohe Gras wisperte uns entgegen, als wir über die Wiese gingen. Ein Kaninchen floh vor unseren Schritten und die Bäume neigten ihre grünen Kronen, um uns zu grüßen. In der Mitte der Lichtung jedoch stand einsam der kleine Baumstumpf, der gerade groß genug war, um eine Saftflasche darauf abzustellen.

»Bist du da?«, flüsterte ich. »Bist du noch da, obwohl es die Linde nicht mehr gibt?«

Ich lauschte, als würde ich tatsächlich eine Antwort von meiner Mutter erwarten, aber natürlich bekam ich keine.

»Man muss vergessen«, sagte ich laut. Und: »Wen man wirklich mag, den darf man nicht einsperren.« Und dann erinnerte ich mich an Almuts Worte und ich schrie den toten Baumstamm an: »Statt hier ihre alten Sachen rumliegen zu lassen, sollte meine Mutter mal lieber selbst auftauchen, um mir zu helfen!«

Ja, zum ersten Mal war ich wütend auf meine dumme tote Mutter. Ich trat gegen den Stamm, bis meine Füße wehtaten, und schrie ihr alles entgegen, was mir einfiel. Danach ging ich zum Fluss, um meine Hände in sein kaltes Wasser zu tauchen. Vielleicht kühlte das die Wut ab.

Doch als ich ins Wasser sah, vergaß ich die Wut, denn zwischen den Ästen der Trauerweiden hing etwas, das dort nicht hingehörte. Sie hatten es mit ihren Armen ergriffen und es nicht vorbeigelassen. Hätten an diesem Ufer keine Weiden gestanden, dann wäre das, was dort im Fluss lag, wohl die Stromschnellen entlanggeschwommen und den Wasserfall hinuntergespült worden. Und schließlich hätte der Fluss es aus dem Norderwald hinausgetragen, weit, weit fort.

Zuerst erschrak ich. Das verhedderte Etwas war bedeckt mit nachtblauen Federn. Mein Herz schlug rascher, ich duckte mich ins Gras und wagte kaum zu atmen. Doch der Kjerk im Fluss bewegte sich nicht. Nicht einen einzigen Zentimeter. Er lag ganz still. Nur die Strömung schaukelte seinen großen Körper sachte hin und her.

»Er ist tot!«, flüsterte ich. »Westwind, er ist tot!«

Dann beugte ich mich langsam vor und griff in die blauen Federn. Noch immer rührte sich der Kjerk nicht. Ich zog an ihm, zog und zog. Er war ordentlich schwer, denn sein Gefieder hatte sich voll Wasser gesogen. Ich dachte, allein könnte ich es nie schaffen, ihn an Land zu ziehen, aber schließlich gelang es mir, Zentimeter für Zentimeter. Westwind beäugte mich die ganze Zeit über misstrauisch und tänzelte nervös auf der Stelle. »Er ist tot«, sagte ich noch einmal lauter. Und dann stellte ich mich mitten auf die Lichtung, neben den Stamm der Linde, legte die Hände an den Mund und schrie es hinaus in den Wald, damit alle Lebewesen darin es hören konnten: »Der Kjerk ist tot!«

Es war die froheste frohe Botschaft, die ich mir denken konnte. Ich musste es Flint sagen! Almut! Johann! Überhaupt allen!

Ich kniete mich vor den großen toten Körper und betrachtete ihn genauer. Und plötzlich kam er mir seltsam vor. Seltsam formlos. Seltsam flach. Ich drehte seinen Kopf zu mir und sah, dass der tote Körper keine Augen mehr hatte. Dort, wo Augen hätten sein sollen, waren nur Löcher. Ich schüttelte mich. Hatte jemand seine Augen herausgeschnitten? Wer?

Ich hob die Flügel an, die wir niemals hatten fliegen sehen. Sie waren steif und ließen sich nicht biegen. Schließlich drehte ich den ganzen Federhaufen um und da entdeckte ich, dass eine Wunde in dem Körper klaffte: ein langer, gerader Schnitt. Aber die Wunde war keine Wunde. An ihren Rändern gab es kein Blut, kein Fleisch. Stattdessen waren dort Ösen in die Haut gestanzt, die einst ein Band zum Zuziehen geführt hatten. Und die Haut selbst war keine Haut. Es war federnbesetzter Stoff.

Verwirrt griff ich in den Bauch des Kjerks und griff ins Leere. Er war hohl innen. Der ganze mächtige Körper bestand aus nichts als einer Hülle.

Nein, der Kjerk war nicht tot.

Er hatte nie gelebt.

Flint hatte recht gehabt: Es gab keine Kjerks. Er hatte sie erfunden, genau wie den Weißen Ritter. Jemand hatte in der Verkleidung des Kjerks gesteckt. Vielleicht derselbe, der für uns den Weißen Ritter gespielt hatte. Das Ganze war eine gigantische Theateraufführung gewesen und wir ihr Publikum. Ein durch und durch dummes Publikum. Kein Tier hatte die Lämmer gerissen, sondern ein Mensch. Ein Mensch hatte Westwind verletzt und auch Tök. Mit dem gleichen scharfen Messer.

Vielleicht war es am Ende gar das Messer mit dem nachtblauen Griff gewesen. Ob Joern es verloren hatte und jemand anders hatte es gefunden? Oder war Joern ein Teil des Theaterstücks gewesen, hergeschickt, um mich zu täuschen? Und wer war noch in diese wahnsinnige Geschichte verstrickt?

Wie stand es zum Beispiel um Johann, der beinahe seinen eigenen Hund erschossen hätte? War Johann der Kjerk gewesen?

Mir wurde schwindelig. Ich kniete mich vor den toten Stamm der Linde ins Gras und legte meine Hand auf die Schnittstelle. »Sag mir die Wahrheit!«, wisperte ich. »Sag mir alles! Ich muss es wissen!«

Und da sprach die Linde zu mir. Zum ersten und einzigen Mal sprach sie zu mir. Nicht mit Worten. Mit ihrem toten Holz. Sie zeigte mir etwas, das sie mir nie hätte zeigen können, wäre sie noch am Leben gewesen. Als ich die

Hand von der glatten Schnittstelle nahm, sah ich die Jahresringe des jungen Baumes. Alle hatten mir immer wieder erzählt, wie Flint diese Linde als Keimling in die Erde gesteckt hatte. Es gab sogar ein altes schwarz-weißes Foto davon, in irgendeinem Album: Flint im schwarzen Anzug, den Keimling behutsam zwischen den Fingern, als wäre es meine Mutter selbst, die er in den Armen hielt. Ich hatte das Bild nie länger ansehen wollen, es war so unendlich traurig. Vor zwölf Jahren war das Foto entstanden. Vor zwölf Jahren war ich geboren worden. Also musste auch die Linde zwölf Ringe haben. Doch etwas stimmte nicht. Man sah auf einen Blick, dass diese Linde mehr Ringe besaß als zwölf. Ich begann zu zählen und kam auf *zweiundzwanzig*.

»Westwind«, flüsterte ich. »Das ... das ist unmöglich!«

Ich war zwölf Jahre alt, aber meine Mutter lag seit zweiundzwanzig Jahren hier unter der Erde.

Und auf einmal war ich mir sicher, dass alle auf dem Norderhof es wussten. Alle außer mir.

»Niemand ist der, der er ist«, sagte ich leise zu meinem Pferd. »Der Weiße Ritter ist nicht der Weiße Ritter, der Kjerk ist nicht der Kjerk. Und meine Mutter ist nicht meine Mutter. Vielleicht bin ich gar nicht ich. Vielleicht ist jemand ganz anderer Lasse Windström. Vielleicht gibt es überhaupt keinen Lasse Windström. Aber wer bin ich dann?«

Onnars Lächeln

Als Joern in seiner Straße ankam, schlugen die Uhren der Schwarzen Stadt zwölf. Als wollten sie sagen: Es ist höchste Zeit, dass du zurückkehrst.

Es kam ihm vor, als wäre er hundert Jahre fort gewesen, und doch waren es nicht mehr gewesen als ein paar Tage. Nie waren die rußigen Straßen enger gewesen und die Häuserwände höher, nie war ihm der Himmel weiter entfernt vorgekommen. In der Ferne hörte er die Sirenen, die er so gut kannte, und seine Lippen murmelten ganz von selbst: Lass es nicht Onnar sein, lass es nicht Mama sein. Dann hielt er sich die Ohren zu, um die Sirenen nicht mehr hören zu müssen.

Alles in ihm sträubte sich dagegen, in die richtige Straße einzubiegen. Den richtigen Klingelknopf zu drücken. Alles in ihm wollte umkehren, den ganzen Weg zurückgehen. Fliehen.

»Ich bin ein verdammter Feigling«, sagte Joern zu Flop und drückte den Klingelknopf.

»Ja?«, fragte Mama durch die Sprechanlage. »Wer ist da?«

Joern schluckte. »Ich bin es«, sagte er. »Ich bin es, Joern.«

Es war eine Weile still am anderen Ende der Leitung. »Joern«, sagte Mama dann. Sie drückte den Summer und Joern rannte alle vier Stockwerke hinauf, noch schneller als Flop.

Mama stand oben in der offenen Wohnungstür. Sie umarmte ihn lange. Sie roch nach Eintopf und Wäsche und Putzmittel und billiger Seife. »Er ist wieder da!«, rief sie nach hinten in die Wohnung und kurz darauf war Joern umringt von den vier D. Flop konnte sich nicht entscheiden, an wem er zuerst hochspringen sollte, er jaulte vor Aufregung und drehte sich im Kreis und Joern erhielt eine Menge freundlicher Knüffe.

»Du hast den Brief bekommen«, sagte Dario.

»Gut, dass du wieder hier bist«, sagte Dirk.

»Ich habe gleich gesagt, er kommt zurück«, sagte Dennis.

»Wir sind nämlich eine Familie«, sagte Damian. »Vergiss das nie wieder.«

»Nein«, sagte Joern. »Das vergesse ich nie wieder.«

Und dann kochte Mama Kaffee und sie setzten sich um den zu kleinen Küchentisch und erzählten alle zugleich. Der Streik war vorüber. Niemand wusste, wann Onnar wieder aus dem Gefängnis käme. Die Arbeiter hatten aufgegeben. An diesem Morgen waren sie alle wieder in die Stollen hinabgestiegen und alle Frauen waren wieder in der Fabrik erschienen.

»Aber Mama haben sie nach Hause geschickt«, meinte Damian bitter. »Sie haben gesagt, sie bräuchten sie nicht mehr.«

Mama nickte. »Es ist wegen Onnar. Sie brauchen keine Frauen, deren Söhne stehlen. Ich kann das schon verstehen.«

»Verstehen!«, schnaubte Damian und ließ seine Faust auf die Tischplatte niedersausen, dass der Kaffee aus allen Tassen schwappte. Joern zuckte zusammen. Kaum war er zurück, gab es schon wieder Streit und Geschrei. »Versuch doch nicht immer, alles und jeden zu verstehen! Onnar hat nur genommen, was ihm zustand. Was uns zustand! So ist es doch!«

»Eines Tages geht es den Chefs dort an den Kragen!«, rief Dirk. »Eines Tages kriegen sie, was sie verdienen! Vor allem der Große, der im Geld schwimmt, das wir so hart erarbeiten. Wenn er sich nur mal blicken ließe!«

»Wir finden ihn schon«, sagte Dario.

»Und dann«, sagte Dirk und fuhr sich mit der Hand über den Hals. »Eines Tages, wenn er nichts ahnt …«

»Seid still!«, rief Mama und stand auf, um den verschütteten Kaffee aufzuwischen. »Seid alle still! Ich will solche Dinge nicht hören in dieser Wohnung. Ihr kennt den Großen nicht mal. Ihr wisst nichts über ihn.«

»Wir wissen genug«, sagte Damian, kippte den Rest seines Kaffees hinunter und verließ die Küche schnaubend wie ein wütender Stier.

»Wir lassen nicht zu, dass sie dich einfach rausschmeißen!«, rief Dario. »Wir lassen nicht zu, dass sie unserer Mutter wehtun!« Er ging ebenfalls und Dirk und Dennis folgten.

»Mama«, sagte Joern und nahm ihre Hand. Es war eine sehr kalte, blasse Hand. Man sah die blauen Adern darauf, als wäre die Haut aus Glas, zerbrechlich, verletzlich.

»Du hast gesagt, sie wissen nichts über den Großen. Weißt du denn etwas?«

Sie wandte ihm ihr Gesicht zu und lächelte traurig. »Nein«, sagte sie. »Keiner kennt ihn. Womöglich kennt er sich nicht einmal selbst.« Dann machte sie eine Handbewegung, als wollte sie das Thema wegwischen. »Joern, Onnar wartet auf dich. Geh ihn besuchen. Jetzt. Du weißt, wo das Gefängnis ist.«

»Kommst du nicht mit?«

Sie schüttelte den Kopf. »Es ist besser, wenn ihr alleine miteinander sprecht. Du bist der Einzige, der Onnar vielleicht verstehen kann. Selbst Holm, der heute früh bei ihm war, schien ratlos zu sein. Und ich habe lange aufgehört, ihn zu verstehen.«

Mama hatte recht. Onnar hatte auf Joern gewartet.

Joern sah es an seinem Lächeln, als sie ihn hereinführten. Zwischen ihnen in dem von Kunstlicht erfüllten Raum war eine Glasscheibe, aber Onnars Lächeln drang durch das Glas wie Sonnenschein, warm und golden. Joern musste an das Licht auf dem Norderhof denken und zum ersten Mal wurde ihm bewusst, wie gut Onnar doch auf den Norderhof gepasst hätte.

Der uniformierte Mann auf dem Stuhl in der Ecke warf einen bedeutungsvollen Blick auf seine Uhr.

»Hör zu«, sagte Onnar. »Wir haben nicht viel Zeit. Wirst du mir glauben?«

»Ich glaube dir«, sagte Joern.

»Ich habe den Nachtspat nicht gestohlen«, sagte Onnar. »Ich war es nicht.«

»Natürlich nicht«, sagte Joern erstaunt. »Das weiß ich.«

Da lächelte Onnar wieder. »Die anderen denken, ich habe es getan«, sagte er. »Selbst Mama denkt es. Und die vier D finden es sogar richtig.«

»Wer war es?«, fragte Joern.

Onnar formte ein Wort mit den Lippen, sodass der uniformierte Mann es nicht sehen konnte: PÖHLKE.

»Ich bin mir natürlich nicht hundert Prozent sicher«, sagte Onnar. »Aber ich denke, er war es. Er oder seine Leute. Um mich loszuwerden. Es gibt einen Prozess. Sie werden mir beweisen, dass ich es gewesen bin.«

»Können wir dich nicht irgendwie hier rausholen?«

»Ihr könntet die Kaution bezahlen«, sagte Onnar und lachte trocken. »Nur, so eine hohe Summe kriegt ihr euer Leben lang nicht zusammen.«

»Ich lasse mir was einfallen«, sagte Joern. »Ich verspreche es dir. Onnar ...«

Er wollte ihm vom Norderhof erzählen. Vom goldenen Licht. Von Lasse. Vom Rätsel um den Weißen Ritter.

»Ja?«, fragte Onnar.

»Ach, nichts«, sagte Joern. Es war zu kompliziert. Er konnte Onnar nichts erklären, was er selbst nicht verstand.

»Geh zur Schule«, sagte Onnar. »Gleich morgen. Wenn

sie mich verurteilen, werde ich eine Weile hier sein, und wenn ich wieder rauskomme, will ich sehen, was du in der Zwischenzeit alles gelernt hast. Du wirst mal was Besseres.«

Joern nickte. Dabei wollte er den Kopf schütteln. Etwas Besseres als Onnar konnte man nicht werden. Niemand war mutiger und tapferer. Er senkte seinen Blick. Unten im Glas zwischen ihnen entdeckte er ein Loch, vielleicht, damit man etwas hindurchschieben konnte. Joern tastete nach Onnars Hand. Onnar drückte Joerns Hand so fest, dass es beinahe wehtat.

»Die Zeit ist um«, sagte der uniformierte Mann.

Und so trat Joern wenig später alleine hinaus ins Tageslicht. Flop hatte neben den Fahrradständern auf ihn gewartet, mit zuckenden Ohren und eingezogenem Schwanz. Joern schloss sein Rad auf und dachte, dass sie auf dem Norderhof sicher keine Räder abschlossen. Er befestigte das Schloss an der Sattelstange und wollte einen Fussel von seinem Ärmel pusten. Doch dann hielt er inne und betrachtete den Fussel genauer. Er war blau. Nachtblau. Eine winzige blaue Flaumfeder.

Der Rest des Tages war schwarz wie die Stadt. Es war ein Montag, Joern ging in die Schule und erfand lahme Lügen darüber, wie er krank gewesen war und deshalb gefehlt hatte. Er merkte, dass niemand ihm glaubte, aber es war ihm egal. Nachmittags half er Mama stumm, Wäsche zu bügeln und zu falten. Er wischte Staub, wo kein Staub war, und ordnete die Tassen in den Schränken, obwohl sie bereits ordentlich nebeneinanderstanden. Auf dem Grunde seiner Gedanken lag wie auf dem Grunde eines Flusses voller Stromschnellen ein goldener Ring. Ein Ring, den man verkaufen konnte, wenn man Geld brauchte. Geld für eine Kaution.

Schließlich trat Joern an das Fenster in seiner winzigen Schlafkammer und sah durch den Nachtspat hinaus. Aber diesmal war es keine Erleichterung, hindurchzublicken. Die Welt erschien ihm zu bunt, zu schnörkelig – ein Bild, dem man seine Fröhlichkeit nicht abnahm.

»Was nützt es«, flüsterte er, »durch den Nachtspat zu sehen? Es ändert nichts an der Wirklichkeit. Das muss man schon selber tun.«

Er lauschte seinen eigenen Worten lange nach. Es war, als hätte er Onnar sprechen hören.

Schließlich nahm Joern den Ring zwischen Daumen und Zeigefinger und drückte mit aller Kraft gegen den Stein. Der Stein gab nach. Er fiel aus seiner goldenen Fassung auf den Boden und Joern hob ihn auf. Den Ring würde er behalten. Irgendwann würde er herausfinden, wer I & D waren.

»Aber du, du wirst dich verwandeln«, sagte Joern zu dem Edelstein in seiner Hand. »Du wirst zu Geld werden. Ich will dich nicht haben, damit du die Welt schöner machst. Ab jetzt gucke ich mir die verdammte Welt so an, wie sie ist.«

Schon morgen, dachte Joern, würde er mit Onnar in der Küche sitzen und ihn ein paar Dinge fragen. Zuerst, woher eine gewisse blaue Flaumfeder kam.

22

Nichts ist, wie es scheint

Ich rannte die Treppe im Turm hinauf, ohne ein einziges Mal stehen zu bleiben. Flint saß vor seinem Computer, als ich hineinstürzte. Im Bildschirm des Computers klaffte das Loch und irgendwo in seinen Eingeweiden steckte die Kugel des Weißen Ritters.

Flint drehte sich um und sah mich an.

»Ich fürchte, man kann ihn nicht reparieren«, murmelte er. »Ich werde den alten aus dem Keller …«

»Wer bin ich?«, sagte ich und blieb mitten im Raum stehen. »Wer war meine Mutter? Wer bist du?«

Flint schüttelte sich wie ein Hund, der gerade aus dem Wasser kommt. »Wie bitte?«

»Ich sage dir, wo der Kjerk ist«, erklärte ich, »ich habe ihn gefunden. Aber dafür will ich endlich die Wahrheit wissen.«

»Der Kjerk?« Flint nahm seine Brille ab und putzte sie, obwohl sie nicht beschlagen war.

»Das, was wir für den Kjerk hielten.« Ich holte tief Luft. »Es war eine dumme Idee, Johann die Linde absägen zu lassen«, sagte ich dann. »Ich habe die Ringe gezählt. Es sind über zwanzig.«

»Ja«, sagte Flint verwirrt. »Das kann gut sein.«

»Was?«, rief ich. »Es kann gut sein, dass ihr meine Mutter begraben habt, bevor ich überhaupt geboren wurde?«

»Wieso?«, fragte Flint. »Die Linde war ein junger Baum, als ich sie gesetzt habe. Vermutlich war sie einfach schon zehn Jahre alt.«

»Du hast sie als Keimling gesetzt«, sagte ich. »Es gibt ein Foto davon.«

»Ich habe sie nicht als Keimling gesetzt«, entgegnete Flint. »Und es gibt kein Foto von der Beerdigung. Wieso sollte jemand ein Foto von einer Beerdigung machen?«

»Es ist in einem der alten Alben«, beharrte ich.

Flint griff in eine Schublade, zog sie auf und holte einen Stapel Fotoalben heraus. Er blätterte darin herum und ich sah über seine Schulter: Es waren alles Bilder von mir. Ich auf Westwind, ich am Lagerfeuer, ich mit der grauen Katze auf dem Sofa, ich auf Flints Schultern, ich als winziges Bündel in Flints Armen ... Wie glücklich er aussah, als er mich hielt. Warum gab es eigentlich nirgends Bilder von meiner Mutter? Ich hatte noch nie ein Bild von ihr gesehen und das war doch seltsam, nicht wahr?

»Das rote Album hier!«, sagte ich. »Das ist es. Das, wo ich noch ganz klein bin. Blätter zum Anfang!«

Flint blätterte und danach blätterte ich selbst, doch da war kein Foto von einer Beerdigung. Kein unendlich trauriges Foto von meinem Vater in einem schwarzen Anzug mit einem Lindenkeimling in der Hand. Ich wusste nicht genau, wann ich das Album zum letzten Mal angesehen hatte. Es war lange her, Jahre wahrscheinlich.

Hatte ich mir das Foto von der Beerdigung nur eingebildet?

Flint lächelte von seinem Stuhl zu mir auf, hilflos.

»Du lügst doch«, sagte ich leise. »Ihr lügt doch alle. Nichts hier ist, wie es scheint. Das angeblich verminte Gebiet hinter der Mauer war nur der Anfang der Lügen.«

Und ich drehte mich um, um das Arbeitszimmer meines Vaters zu verlassen. In der Tür steckte noch immer der Pfeil.

»Lasse!«, sagte Flint. »Warte!«

»Nein«, sagte ich. »Der Kjerk liegt übrigens auf der Lichtung. Wo irgendeine Person begraben ist, die ich nicht kenne. Geh ihn selber holen.«

Damit rannte ich die Wendeltreppe hinunter, noch schneller, als ich sie hinaufgerannt war.

Danach saß ich lange in meinem Zimmer und sah aus dem Fenster über das Stalldach hinweg ins grüne Gewirr des Waldes. Manchmal flogen weiße Tauben an meinem Fenster vorbei und einmal sah ich in der Ferne ein Reh auftauchen. Ich wartete darauf, dass mein Vater kam, mich um Verzeihung bat und mir alles erklärte. Doch mein Vater kam nicht. Nur die graue Katze strich mir um die Beine und sprang aufs Fensterbrett.

»Was siehst du da unten?«, flüsterte ich.

»Mau«, sagte die Katze und gähnte.

Ich folgte ihrem Blick. Dort unten bewegte sich etwas zwischen den Ästen. Es war eine kleine Gestalt mit einem Bogen und sie übte hinter der Stallwand schießen. Joern!, dachte ich für einen Moment. Er ist zurückgekommen! Aber natürlich war es nicht Joern. Es war Almut. Sie hatte meinen Bogen genommen und ich überlegte, ob ich wütend werden sollte.

Da fiel mir wieder ein, was Almut über den Bogen gesagt hatte. »Statt hier ihre alten Sachen rumliegen zu lassen, sollte deine Mutter mal lieber selbst wieder auftauchen!«

Almut wusste etwas, das ich nicht wusste.

»Danke«, sagte ich zu der allwissenden Katze. »Danke für den Tipp!«

Unten im Hof lag der Kjerk, der kein Kjerk war. Johann, Flint, Olaf und Herr Marksen knieten daneben und untersuchten ihn. Johann war der Einzige, der aufsah, als ich über den Hof ging. Er winkte mir mit einer Hand. In der anderen hielt er das Messer mit dem blauen Griff, ich sah es genau. Er war dabei, die falsche Haut des Kjerks aufzuschlitzen. Die Sonne blitzte auf der Messerklinge. Ich winkte Johann nicht zurück.

Als ich den Stall umrundete, spannte Almut gerade den Bogen meiner Mutter und zielte auf die Scheibe an der Wand.

»Ich weiß alles«, sagte ich und trat neben sie. »Meine Mutter ist gestorben, bevor ich geboren wurde. Sie ist gar nicht meine Mutter. Und du wusstest es die ganze Zeit!«

Almut ließ den Pfeil los und er landete genau in der Mitte der Zielscheibe. Es war wie eine Antwort. Ich hatte ins Schwarze getroffen.

»Ich muss wissen, wer ich bin!«, sagte ich eindringlich.

Almut drehte sich zu mir um. »Ich sollte es eigentlich nie erfahren«, sagte sie. »Aber Frentje hat sich mal verplappert. Also hat sie mir den Rest auch erzählt. Vielleicht ist es besser, wenn ich es für mich behalte.«

Da packte ich sie an den Schultern und drückte sie mit aller Kraft gegen die Stallwand.

»Sag es mir!«, zischte ich. »Jetzt sofort. Und wehe, du lügst!«

Almut wand sich. »Lass mich los!«, keuchte sie. »Ich schreie!«

»Das wirst du nicht tun«, sagte ich und grub meine Finger tiefer in ihre Schultern. »Denn du möchtest sicher alles darüber hören, wie ich den Kjerk gefunden habe.«

Bei Almut wirkte diese Methode.

»Deine Mutter«, sagte sie leise, »ist nicht tot. Nur wer du bist, das musst du schon selbst herausfinden. Dabei kann dir keiner helfen.«

Ich ließ sie los. »Wie bitte?«

Sie massierte ihre Schultern. »Wetten, das werden lauter blaue Flecke wie bei Joern«, sagte sie. »Du bist adoptiert, Lasse. Flint hat dich vor zwölf Jahren adoptiert, als winzig kleines Baby. Aber er hat dich großgezogen und alles. Ich meine, es ist doch egal, ob du nun mit ihm verwandt bist oder nicht!«

»Woher … woher hatte er mich?«, fragte ich. Die Luft schien dünn geworden zu sein und die Stallwand schwankte.

»Aus einem Krankenhaus«, sagte Almut. »Frentje hat

gesagt, du wärst sehr klein und schwach gewesen und du brauchtest jemanden, der sich die ganze Zeit um dich kümmert. Das hat er getan. Das Krankenhaus war in der Schwarzen Stadt. Als Frentje es mir erzählt hat, wusste ich noch nicht, was die Schwarze Stadt ist, und ich habe mich jedes Mal gegruselt, wenn ich an diesen Namen dachte.«

»Und wer«, fragte ich langsam, »liegt auf der Lichtung begraben?«

»Ich weiß es nicht«, sagte Almut. »Hey, bleib ruhig, Lasse. Du brauchst gar nicht wieder deine spitzen Finger in meine Schultern zu bohren! Ich hab wirklich keine Ahnung!«

Ich holte den Ring aus der Tasche und gab ihn ihr und sie drehte ihn behutsam in ihren Fingern.

»Wir haben ihn am Grund des Baches gefunden«, sagte ich. »I & D. Was bedeutet I & D?«

Almut sah eine Weile durch den Nachtspat und wunderte sich. »Keine Ahnung«, sagte sie schließlich. »Ich würde sagen, es ist ein Ehering und das sind die Anfangsbuchstaben der Leute, die geheiratet haben.«

»Auf dem ganzen Norderhof gibt es niemanden, dessen Name mit I anfängt oder mit D«, sagte ich. »Der Ring muss aus der Schwarzen Stadt kommen.« Und plötzlich war mir klar, was ich tun würde. Ich schluckte. »Almut«, sagte ich, »du kannst den Bogen behalten. Für eine Weile. Ich werde in die Schwarze Stadt gehen. Ich muss herausfinden, wer ich bin. Vielleicht hat es etwas mit allem zu tun – mit dem Weißen Ritter und dem Kjerk. Ich muss mit Joern sprechen. Und ich muss ihm helfen. So wie du gesagt hast.«

»Ich komme mit«, sagte Almut entschlossen.

»Nein«, sagte ich genauso entschlossen. »Jemand muss hierbleiben und die Augen offen halten. Jemand, der mutig genug ist, nach der Wahrheit zu fragen.«

»Na gut«, antwortete Almut. »Ein Weilchen bleibe ich hier. Aber sobald ich mehr herausgefunden habe, komme ich nach. Warte nur, Lasse. Wenn ihr ein Abenteuer erlebt in der Schwarzen Stadt, dann werdet ihr das nicht ohne mich tun. Ich finde euch schon.«

Da seufzte ich, weil sie vermutlich recht hatte. Ehe ich jedoch ging, setzten wir uns mit dem Rücken an die sonnenwarme Stallwand und ich berichtete, wie ich den Kjerk gefunden hatte. Dabei sog ich alle Wärme der Sonne in mich auf, denn bald würde ich dort sein, wo es kalt war und hässlich.

»Wie willst du ihn finden?«, fragte Almut am Ende. »Unseren Freund?«

»*Meinen* Freund«, verbesserte ich. »Ich finde ihn schon.«

23

Der kälteste Ort, die winzigste Wohnung

Ich schrieb Flint keinen Abschiedsbrief. Almut würde ihm das Nötigste erklären. Ich nahm auch nichts mit.

Ich wanderte von der Rückwand des Stalles aus los, in den Wald hinein, und es tat mir weh, dass ich keinem außer Almut Auf Wiedersehen gesagt hatte: Frentje nicht und Olaf nicht und Flint nicht. Nicht einmal meinem treuen Westwind. Aber es ging nicht anders.

Zu Fuß war es verdammt weit bis zur Mauer. Ich kroch durch das Loch und sah tief unten den Finsterbach dahinrauschen, viel reißender und tödlicher als mein Fluss mit den Stromschnellen. Seine Felsen blitzten mich an wie Zähne und das Maul der Todesschlucht grinste mir entgegen. Die Brücke, die wir aus den Fichtenstämmen gebaut hatten, erschien mir mit einem Mal unglaublich lang. Wie hatte Joern nur den Mut aufgebracht, darüberzugehen? Zögernd stellte ich einen Fuß darauf. Was, wenn die Stämme unter mir wegrollten? Und wenn ich ausrutschte und stürzte? Die schwarze Tiefe zog meinen Blick an, wollte mich aufsaugen und nicht wieder hergeben. Und ich erinnerte mich, dass ich schon immer Angst gehabt hatte vor der Höhe. Deshalb war ich damals nicht mit Almut zusammen auf die Feuerleiter am Turm geklettert, um Flint zu erschrecken. Aber jetzt gab es keinen anderen Weg. Ich musste über die Brücke gehen, um zu meinem Freund zu gelangen.

So zwang ich mich, geradeaus zu sehen, und setzte langsam einen Fuß vor den anderen.

»Nur nicht in die Todesschlucht hinabsehen«, sagte ich vor mich hin. »Nur nicht hinuntersehen und alles ist in Ordnung …«

Es half. Ich kam heil drüben an, die Stämme rollten nicht beiseite und der Rachen der Todesschlucht musste hungrig bleiben. Ich hörte den Finsterbach hinter mir ärgerlich raunen und zischen. Sollte er zischen. Ich drehte mich nicht nach ihm um. Er war die Grenze zwischen zwei Welten: einer schönen und einer hässlichen, einer guten und einer bösen. Aber eine gute Welt voller Lügen ist keine gute Welt.

Ich ging den Pfad entlang durch die kränklichen Fichten, auf die Schwarze Stadt zu.

Mein Freund wartete auf mich.

Erst als ich die Schwarze Stadt betrat, wurde mir bewusst, dass ich nicht einmal Joerns Nachnamen kannte. Ich wusste nichts, keine Straße, keine Hausnummer, gar nichts. Und es gab hier so unendlich viele Häuser, so unendlich viele Straßen!

Ich kannte das alles nur aus Filmen; nicht einmal aus den Nachrichten, denn wir hatten kein Fernsehen. Viel später verstand ich, weshalb. Das Schlimmste und Hässlichste auf der ganzen Welt sind die Nachrichten im Fernsehen, denn ihre gräulichen Bilder sind wirklich, kein Film. Flint hatte nicht gewollt, dass ich diese Bilder sah.

Nun aber stand ich verloren zwischen den hohen Blöcken. Der Himmel war so weit weg, dass es schien, als hätte jemand ihn gestohlen. Wie laut es war! Wie kalt! Wie eilig die Menschen es hatten! Da war kein einziges Pferd in den Straßen zu sehen, kein einziger Baum. Keine Vögel, keine Bäche, keine Seen. Nichts in der Schwarzen Stadt atmete – alles, was es gab, war aus Stein und aus Metall. Ich wusste nicht einmal, ob die Menschen atmeten. Vielleicht taten sie nur so.

Innerhalb von Minuten hatte ich mich verlaufen und ich wäre sicher ewig durch die Schwarze Stadt geirrt, wenn nicht jemand mich gefunden hätte. Er fand mich, als die Sonne hinter der ewigen Glocke aus Kohlenstaub zu sinken begann, und das war der glücklichste Zufall, den ich je erlebt habe.

Ich war mitten auf einem Gehsteig stehen geblieben. Mir war schwindelig von all der Hektik ringsum. Da sprang auf einmal etwas an mir hoch. Ich erschrak fürchterlich. Das Etwas bellte laut. Es war schwarz und hatte große flatternde Ohren. Und da kniete ich mich hin und streichelte die Ohren und konnte mich gar nicht genug freuen.

»Flop!«, rief ich. »Wo kommst du her? Wie hast du mich gefunden?«

»Lasse?«, rief jemand. »Lasse!«

Gleich darauf stand Joern vor mir. Er musterte mich von

oben bis unten und schüttelte den Kopf. »Entweder bist du's wirklich«, sagte er, »oder du hast einen perfekten Doppelgänger.«

»Ich weiß nicht, ob ich es bin«, antwortete ich kläglich. »Ich weiß überhaupt nicht mehr, wer ich bin. Mein Nachname ist jedenfalls nicht Windström. Vielleicht heiße ich nicht mal Lasse, sondern ganz anders.«

Und dann erzählte ich ihm von der Linde und der toten Haut des Kjerks und er erzählte mir von seiner Mutter, die keine Arbeit mehr hatte, und von dem Nachtspat, den er verkaufen wollte, um Onnar bis zur Verhandlung aus dem Gefängnis zu holen.

Da nahm ich den goldenen Ring vom Grund des Flusses aus meiner Tasche und drückte behutsam den Stein heraus. »Wir verkaufen sie zusammen«, sagte ich. »Dann reicht es auf jeden Fall.«

»Danke, Lasse«, sagte Joern.

Mehr brauchte nicht gesagt zu werden.

Kurze Zeit später schloss Joern die Tür eines Wohnblocks auf und ich folgte ihm und Flop vier Treppen hinauf. Vor der Wohnungstür mit dem Namensschild »Nilow« blieb Joern stehen und lauschte. Drinnen schrien sich Leute an.

»Oh nein«, sagte Joern. »Sie streiten schon wieder. Zum Glück hören sie gewöhnlich damit auf, wenn das Essen fertig ist. Komm mit, Lasse. Wir gehen so lange aufs Dach. Ich zeige dir die Schwarze Stadt von oben.«

Wir stiegen noch vier Stockwerke höher und kletterten

dann eine Leiter hinauf, an deren Ende Joern eine Luke öffnete. Flop folgte ihm ins Freie. Ich schluckte. Nach der Sache mit dem Finsterbach war mir nicht danach, auf ein Dach zu klettern. Aber wenn selbst ein Hund es konnte …

Joern half mir hoch und das Dach war nicht einmal flach, sondern schräg. Eine Metallleiter reichte von der Luke bis zum Dachfirst.

Dorthin führte mich Joern und schließlich saßen wir rittlings neben einem großen Schornstein auf dem First wie auf einem Pferd. Flop machte es sich zwischen uns bequem. Er musste ein unglaublich schwindelfreier Hund sein.

»Guck sie dir bloß gut an, die Schwarze Stadt«, sagte Joern. »Damit du weißt, ob du hier wirklich bleiben willst.«

»Ich … bin nicht ganz … schwindelfrei«, stotterte ich etwas kläglich.

»Doch«, sagte Joern fest. »Das bist du. Denn du bist mit mir hier und ich bin schwindelfrei. Das färbt ab.«

Er legte seine Hände auf meine Schultern und ich lugte vorsichtig nach unten. Ein Teppich aus kalten Lichtern breitete sich unter uns aus. Die Sonne war jetzt ganz hinter dem Horizont versunken und hatte nur einen schmierigen Streifen Licht hinterlassen, der die Dächer blutrot färbte. Ich schauderte und mein Herz wurde kalt wie die weißen Lichter dort unten. Aber schwindelig war mir nicht mehr. Joern hatte recht: Jetzt, wo ich mit ihm gemeinsam in die Tiefe sah, war es nicht mehr schlimm.

»Ich muss dir noch etwas erzählen«, begann ich. »Johann

hat das Messer gefunden, das mit dem blauen Griff … Joern, ich weiß nicht mehr, wem und was ich glauben soll. Johann zum Beispiel oder selbst dir …«

Es war schrecklich, über meinen Verdacht zu sprechen – dass genau dieses Messer die Lämmer getötet und Tök verwundet hatte, aber ich musste darüber reden, sonst hätte es mich von innen zerfressen. Wenn Joern wirklich in die Sache verstrickt war, dachte ich, konnte er mich jetzt ganz einfach vom Dach in die Tiefe stoßen. Und das sollte er dann auch tun. Denn wenn mein Freund nicht mein Freund war, wollte ich nicht mehr leben.

Aber Joern schüttelte nur den Kopf, als ich mit meiner Erklärung am Ende war.

»Dummer alter Lasse«, sagte er freundlich. »Du hast eine wichtige Sache vergessen! Wäre dies ein Detektivroman, hätte jeder Leser es längst gemerkt: Die Lämmer sind getötet worden, *bevor* du das Messer von der Wand im Turm genommen hast.«

Er hatte recht.

»Ich Idiot«, sagte ich erleichtert.

»Es kann natürlich trotzdem jeder gewesen sein«, fügte Joern hinzu. »Messer gibt es genug auf der Welt. Nimm dich in Acht! Vielleicht bin ich ein verkleideter Lämmermörder.«

Da musste ich plötzlich lachen, so unsinnig klang das. Nein, Joern war kein Mörder. Joern war mein Freund, sonst nichts.

»Ich muss dir auch noch etwas erzählen, das ich nicht

gern erzähle«, meinte er »Als ich heute von dem Besuch im Gefängnis kam, fand ich auf meinem Ärmel das hier.«

Er holte eine winzige Feder hervor. Es war zu dunkel, um ihre Farbe zu erkennen. Doch ich wusste, dass sie blau war. Dunkelblau. Nachtblau. Kjerkblau.

»Du glaubst doch nicht, dass Onnar …?«, flüsterte ich, kaum hörbar. »Dein Bruder?«

»Ich *will* es nicht glauben«, antwortete Joern. »Aber wir müssen die Wahrheit herausfinden. Und dazu müssen wir Onnar freikaufen.«

Als wir wieder vor der Wohnungstür im vierten Stock standen, gab es dahinter ein ziemliches Stimmengewirr, aber niemand schrie mehr.

»Siehst du«, sagte Joern. »Wenn das Essen fertig ist, hören sie auf.«

Und dann betraten wir die winzigste Wohnung, die ich je gesehen habe. Sie war so winzig, dass das Stimmengewirr kaum Platz darin zu haben schien. Und die Besitzer der Stimmen schon gar nicht.

Joern führte mich in eine Küche, die wir auf dem Norderhof gerade so als Abstellraum hätten durchgehen lassen, und alle am Tisch sahen auf. Es waren fünf Männer – zwei davon eher Jungen – und eine Frau. Joerns Mutter. Sie musste einmal sehr schön gewesen sein, aber über die Jahre hatte die Schönheit sich verbraucht und war dem Ausdruck großer Erschöpfung gewichen. Ich hätte die Zeit gern zurückdreht, nur für einen Augenblick, um zu sehen, wie hübsch sie damals ausgesehen hatte. Aber die Zeit ist eine Einbahnstraße.

»Das ist Lasse«, sagte Joern. »Mein Freund.«

»Setz dich zu uns«, sagte seine Mutter und lächelte mir zu.

Joerns Brüder riefen: »Einen Stuhl!«

Es entstand eine Menge Gewusel, bis sie schließlich noch einen Stuhl gefunden hatten. Nun war die Küche so voll, dass man sich kaum mehr bewegen konnte.

»Das ist Damian«, sagte Joern und zeigte auf einen der Männer, »und das Dario und Dirk und Dennis und das …«

»Ich bin Holm«, sagte der letzte Mann am Tisch. »Ich gehöre nicht zur Familie, also brauchst du dir den Namen nicht zu merken.«

Aber Holm war der einzige Name, den ich mir merken konnte. Die anderen klangen alle gleich und die vier Brüder sahen auch alle gleich aus oder beinahe gleich.

»Holm ist übergeschnappt«, erklärte Joerns Mutter und zeigte auf den Tisch. »Er hat uns diesen Riesenschinken mitgebracht.« Sie sah Holm an und lächelte wieder. »Es ist ja nicht so, dass wir auf der Stelle verhungern, nur weil ich meinen Job los bin.«

Holm grinste verlegen. Ich mochte ihn sofort.

Einer der vier D säbelte eine Scheibe Schinken und eine Scheibe Brot für mich ab und zwinkerte mir zu.

»Lasse, äh, bleibt eine Weile«, sagte Joern. »Wir kennen uns aus der Schule. Er ist der Sohn der Cousine von meiner Lehrerin. Meine Lehrerin hat leider gerade keinen Platz zu Hause, da hat sie mich gefragt, ob Lasse nicht bei uns schlafen könnte. Weil Lasse und ich uns ja so gut verstehen. Seine Eltern mussten für eine Weile verreisen …«

»Nach Afrika«, fügte ich hinzu.

Alle schwiegen und starrten uns verwirrt an.

»Auf einen Esser mehr oder weniger kommt es wohl auch nicht mehr an«, sagte Joerns Mutter endlich und lächelte mich an.

Alle nickten.

»Braucht ihr eigentlich noch etwas?«, fragte Holm. »Ich meine, ich will mich nicht aufdrängen, aber als ich Onnar gestern Morgen besucht habe, war er sehr besorgt um euch alle.«

Die vier D schnaubten.

»Als könnten wir nicht auf uns selber aufpassen«, sagte einer von ihnen.

Und ein anderer: »Wir kommen schon klar. Wir arbeiten schließlich auch.«

»Manchmal«, fügte ein Dritter hinzu.

»Wenn es Jobs gibt«, sagte der Vierte. »Onnar will immer, dass wir Jüngeren zur Schule gehen, Dennis und ich und Joern, aber das ist Unsinn.«

»Ihr solltet gehen«, sagte Holm. »Onnar hat recht.«

Da schlug einer der vier D so kräftig mit der Faust auf den Tisch, dass alle Brotbretter in die Luft hüpften, und ich hörte, wie Joern tief durchatmete. Dann nahm er das Schinkenmesser vom Tisch und legte es still in eine Schublade, während um uns schon wieder alle brüllten.

»Onnar ist ein Idiot!«, sagte einer der vier D schließlich etwas leiser. »Er meint es gut, aber er ist und bleibt ein Idiot. Er will alles ändern, ohne jemandem wehzutun. Änderungen tun immer weh. Es geht nicht anders.«

Holm wiegte nachdenklich den Kopf. »Onnar ist kein Idiot«, sagte er. »Nur ein Starrkopf. Und sein Stolz wird ihn noch mal diesen Kopf kosten. Pöhlke hat angeboten, die Kaution zu bezahlen und ihm einen Anwalt zu besorgen. Aber Onnar hat sich geweigert, überhaupt nur mit Pöhlke zu reden. Also hat Pöhlke mich gebeten, mit ihm zu sprechen.«

»Dich?«, fragte Joern ungläubig. »Er ist Onnars Feind und du redest mit ihm?«

»Er ist nicht Onnars Feind«, sagte Holm. »Der Große, dem das Bergwerk gehört, ist Onnars Feind. Okay, Onnar hasst Pöhlke, weil er nicht hart genug mit dem Großen verhandelt hat. Okay, Pöhlke ist feige. Aber er ist auf unserer Seite. Er will, dass alles besser wird, genau wie Onnar. Er hat gesagt, er würde das Geld für die Kaution nicht mal zurückhaben wollen.«

Joern griff in seine Hosentasche und legte die beiden Stücke Nachtspat auf den Tisch.

»Pöhlke braucht uns gar kein Geld zu geben«, sagte er. »Wir werden die Kaution selbst bezahlen. Morgen ist Onnar frei.«

Alle starrten die schillernden Steine an wie UFOs, die eben auf dem Küchentisch gelandet waren.

»Wo habt ihr die her?«, fragte Joerns Mutter misstrauisch.

»Gefunden«, antwortete Joern, und das war keine Lüge. »Hinter der Fabrik.« Na gut, das *war* eine Lüge.

»Joern, Joern«, murmelte seine Mutter und schüttelte den Kopf. »Selbst wenn wir dir das glauben, wird niemand anders es tun. Seht euch bloß vor.«

»Ich wüsste, an wen wir die Steine verkaufen könnten«, sagte einer der vier D. »Heute Morgen hat mich einer gefragt, ob wir noch mehr Nachtspat im Keller versteckt hätten. Er hat mir einen guten Preis dafür geboten.«

Joerns Mutter schüttelte nur stumm den Kopf und begann die Brotbretter abzuräumen.

An diesem Abend sagte keiner mehr viel. In der Luft lag zwischen dem Geruch nach trocknender Wäsche und nach Holms Schinken eine zitternde Spannung. Die beiden Edelsteine auf dem Tisch schienen nervös zu flackern.

Ich durfte auf einer Matratze neben Joerns Bett schlafen, in dem kleinsten Zimmer, das es auf der Welt geben konnte. Wir mussten die Tür offen lassen, damit die Matratze überhaupt hineinpasste.

»Morgen«, flüsterte Joern, als wir unter unseren Decken lagen, »morgen finden wir tausend Dinge heraus.«

Mitten in der Nacht wachte ich auf, weil ich Durst hatte. Zuerst wusste ich nicht, wo ich war, doch dann erinnerte ich mich. Ich ging in die Küche, um etwas Wasser zu trinken, und dabei musste ich mich durch einen Wald aus Wäscheständern kämpfen. Auf dem Sofa im Wohnzimmer schlief Joerns Mutter und aus dem Schlafzimmer drang das Schnarchen der vier D. Die Wohnung roch nach Schinken und Waschmittel und viel zu vielen Menschen. Ich wünschte mir, ich könnte ein Fenster öffnen und die Luft des Norderwaldes tief einatmen, doch der Norderwald war weit, weit weg. Noch weiter, als ich in dieser Nacht dachte.

In der Küche lag Flop auf dem Boden eingerollt und schnarchte sein winziges Hundeschnarchen. Ich bückte mich, um ihn zu streicheln, und da fand ich etwas unter dem Tisch. Es war ein kleiner heller Gegenstand, den Flop zerkaut hatte. Ich hob ihn auf und ging zum Fenster, wo die Helligkeit der schlaflosen Stadt hereindrang.

In ihrem künstlichen Licht betrachtete ich, was auf meiner Hand lag.

Es war ein Stück weißes Seidenband.

»Der Weiße Ritter«, flüsterte ich in die Nacht und ein Schauer lief mir über den Rücken bis in die Zehenspitzen hinunter. »Er war hier. Hier, in dieser Wohnung.«

Fünf vor zwölf

Der nächste Tag war ein Feiertag, was uns vor der Diskussion bewahrte, wer zur Schule ging und wer nicht. Joern lieh mir seine Zahnbürste und ich putzte mir im engsten aller Bäder die Zähne. Es war so eng, dass man Angst bekam, das eigene Spiegelbild könnte nicht in den Spiegel passen.

»Sie haben uns ausschlafen lassen«, sagte Joern. »Es ist verdammt spät.«

»Spät?«, fragte ich. »Ich dachte, es wäre verdammt früh. Es dämmert doch erst.«

Da lachte Joern. »Wenn du darauf wartest, dass das goldene Licht vom Norderwald heraufzieht, damit der Tag anfangen kann«, sagte er, »dann kannst du lange warten. In der Schwarzen Stadt wird es nicht sonniger.«

»Zeit wird es trotzdem, dass der Tag anfängt«, sagte ich. »Denn heute finde ich heraus, wer ich bin. Ich werde zum Krankenhaus gehen und fragen. Sicher haben sie Bücher, in denen drinsteht, welche Kinder in welchem Jahr geboren oder adoptiert wurden. Ich möchte wirklich meine Mutter finden. Vielleicht sehnt sie sich nach mir.«

»Das glaube ich nicht«, sagte Joern. »Sonst hätte sie

dich wohl nicht weggegeben. Aber ich weiß einen, der sich nach dir sehnt. Jetzt schon, obwohl du erst eine Nacht weg bist.«

»Flint?« Ich schnaubte. »Flint ist ein Lügner.« Es tat weh, das zu sagen, auch wenn es stimmte. »Er hat ein Geheimnis«, sagte ich. »Und ich bin mir sicher, der Schlüssel dazu liegt hier in der Schwarzen Stadt.«

»Große Worte«, sagte Joern und lächelte. »Ehe du irgendwelche Schlüssel findest, musst du mir aber helfen, etwas anderes zu tun. Du musst mir helfen, Onnar nach Hause zu holen.«

Als wir in die Küche kamen, saßen die vier D am Tisch und sahen uns entgegen.

»Mama besucht eine Freundin«, sagte Damian. »Und das ist auch besser so. Wir haben etwas zu besprechen.«

Wir setzten uns und ich kam mir beinahe erwachsen vor: Wir waren Teil einer Runde aus Männern, die etwas zu besprechen hatten.

»Ich habe telefoniert«, sagte Damian. »Mit denen, die nach dem Nachtspat gefragt haben. Was sie bieten, reicht für die Kaution. Onnar wird nächste Nacht zu Hause schlafen. Um zwölf sind wir im stillgelegten Stollen verabredet.«

»Mit wem?«, fragte Joern. Ich hörte das Misstrauen in seiner Stimme.

»Wer sie sind, geht uns nichts an«, sagte Dirk. »Sie bezahlen den Preis, den wir haben wollen, das reicht.«

»Und nun brauchen wir nur noch die Steine«, meinte Damian. »Joern? Gib sie mir.«

»Das könnte dir so gefallen«, sagte Joern. »Wir kommen mit und sehen uns diese Leute erst mal an. Dann überlegen wir uns gründlich, ob wir ihnen die Steine geben, nicht wahr, Lasse?«

Ich zog schnell den Kopf ein, ehe Damians Faust auf die Tischplatte niedersauste.

»Ihr seid viel zu klein, um mitzukommen!«, rief er. »Ihr habt nichts in einem stillgelegten Stollen zu suchen, wo sich Leute treffen, denen man im Dunkeln lieber nicht begegnen möchte!«

»Wir haben die Steine nicht gestohlen«, antwortete Joern ruhig. »Wir brauchen eure zwielichtigen Käufer nicht. Wir können ganz einfach zum nächsten Juwelier gehen …«

»Nicht gestohlen!«, rief Dario. »Und an welchem wunderbaren Ort habt ihr sie gefunden?«

»Hinter der untersten Schublade der Kommode im Flur«, sagte Joern.

»Am Grunde eines Baches«, sagte ich.

Die vier D sahen sich an und prusteten los.

Und da begriff ich. »Joern«, sagte ich. »Niemand wird uns glauben! Es ist besser, wir tun, was sie sagen.«

Da hieb Joern mit der Faust auf den Tisch und ich zuckte zusammen, denn das hatte ich von ihm nicht erwartet.

»Wie ich diese Stadt hasse!«, sagte er. »Gehen wir.«

Damian nahm Dirk auf den Gepäckträger, Dario nahm Dennis mit und Joern mich. Flop lief mit hängender Zunge hinter uns her. So fuhren wir durch die Schwarze Stadt mit ihren Ampeln und Autos und tausend Häusern hindurch, von denen mir schwindelig wurde. Doch nun war ich nicht mehr allein, wir waren zu sechst und ich fühlte mich nicht mehr so hilflos. Ich sah mir Joerns Brüder an, die vor uns herfuhren, und fragte mich, ob einer von ihnen der Weiße Ritter war. Ich konnte es mir nicht vorstellen. Sie waren vielleicht nicht die besten Brüder, die man haben konnte, und sie schrien herum und hieben mit Fäusten auf Tische, aber sie hatten mich in ihre winzige Wohnung aufgenommen und keiner hatte gefragt, wie lange ich bleiben würde.

Die Straße führte jetzt bergan. Ich hörte bereits das Bohren und Hämmern aus den Stollen. Vor ihren Eingängen erhob sich bedrohlich wie ein geducktes Raubtier die Fabrik. Es war, als beobachtete sie uns aus hundert kalten, lauernden Augen, aber natürlich waren es nur ganz gewöhnliche Fenster. Der Feiertag schien nicht für alle zu gelten, denn auch aus der Fabrik drang Maschinenlärm. Nur am östlichen Rand des Bergwerks war es still. Fast zu still. Dorthin lenkten die vier D und Joern ihre Räder. Der alte Stollen klaffte als schwarzes Loch im Berg, unheimlicher noch als die Augen der Fabrik.

Die vier D schlossen die Fahrräder mit einer großen Kette zusammen und Damian sah auf die Uhr. »Fünf vor zwölf«, sagte er und irgendwie klang das, als wäre es um zwölf Uhr zu spät für etwas, das wir vorher noch tun konnten. Umkehren vielleicht. Nach Hause fahren. Den toten Stollen nie betreten.

»Komm, Lasse«, sagte Joern. »Es ist alles in Ordnung. Es wird nur dunkel sein dort drin, sonst nichts. Außerdem ist der Wind hier draußen zu kalt zum Warten.«

Ich folgte ihm zögernd ins Innere des Stollens. Damian leuchtete mit einer Taschenlampe die Wände ab und ich dachte an Flint und den Gang vom Keller zur Höhle des Kjerks. Hier waren die Wände weiter voneinander entfernt. Auf dem Boden lagen Zigarettenkippen und Müll. Etwas raschelte und quietschte dazwischen und ich erschrak, doch es war bloß eine Ratte, die ein winziges, nacktes Rattenjunges vor unseren tödlichen Stiefeln in Sicherheit brachte. Wir gingen nur so weit, dass der kalte Wind uns nicht mehr erreichte, dann lehnten wir uns an die Wand und warteten.

Damian und Dirk rauchten. Ich versuchte, etwas in der Dunkelheit zu erkennen, und da blinkte plötzlich ein rotes Licht über mir, das gleich wieder erlosch.

Ehe ich Joern von dem roten Blinken erzählen konnte, tauchten drei dunkle Schatten im hellen Eingang des Stollens auf wie Scherenschnitte von Menschen und ich vergaß das Rot. Damian machte die Taschenlampe aus. Schritte hallten, die Schatten kamen näher und verschmolzen mit der Dunkelheit des Stollens. Ich griff nach Joerns Arm.

»Stell dir vor«, flüsterte ich, so leise ich konnte, »wenn der Stollen eine Verbindung zur Höhle des Kjerks hat und wenn der Weiße Ritter von hier gekommen ist … Vielleicht ist er ganz nahe, vielleicht ist er einer von denen dort.«

»Psssst«, machte Joern und dann sagte jemand vor uns: »Hallo?«

»Was soll das?«, fragte eine andere Stimme. »Ihr braucht nicht Verstecken mit uns zu spielen, wir wollen nur den Nachtspat. Habt ihr ihn?«

»Habt ihr das Geld?«, fragte Damian zurück.

»Natürlich«, antwortete eine dritte Stimme. »Aber gehen wir zur Sicherheit noch ein wenig weiter in den Stollen hinein. Bis um die erste Biegung.«

Joern zog mich mit sich und wir folgten den Schritten tiefer in den Berg, wo es noch dunkler war. Ein paarmal stolperte ich über meine eigenen Füße und dann blendete mich ein grelles weißes Licht. Ich blinzelte. Vor uns sah ich drei fremde Männer. Sie wirkten auf mich weder böse noch gut, weder wie Freunde noch wie Feinde.

»Hier«, sagte einer der Fremden.

Er holte ein Bündel Geldscheine aus der Tasche und zählte sie laut. Es war genau die Summe, die wir brauchten.

»Die Steine!«, sagte der Mann. Es klang wie ein Befehl.

Da streckte Joern die Faust aus und einen Moment lang dachte ich, er wollte seinem Gegenüber ins Gesicht schlagen.

Doch er stoppte seine Faust genau unter der Nase des Mannes, drehte sie um und öffnete sie. Auf seiner Handfläche lagen die beiden kleinen Stücke Nachtspat. Joern bewegte die Hand ein wenig und die Steine glitzerten und gleißten im weißen Licht in allen Farben, die es geben konnte.

Der Mann nahm die Steine an sich und reichte Joern das Bündel Scheine. Dann hielt er die Steine vor seine Augen. Ein Lächeln breitete sich über sein Gesicht. »Wie hübsch«, sagte er. »Wirklich hübsch. Man möchte sie beinahe für sich behalten, damit die Welt schöner wird.«

Joern steckte die Geldscheine ein. Dreckige, abgegriffene Scheine, die man tausendmal vor die Augen halten konnte, ohne dass die Welt davon schöner wurde.

Aber als Joern sich zu uns umdrehte, leuchteten seine Augen viel heller als das hellste Stück Nachtspat. »Jetzt holen wir Onnar nach Hause«, sagte er.

Und das, dachte ich, war wohl tausendmal schöner als jede Welt, egal wie viele Farben sie hatte.

In diesem Moment erlosch die weiße Lampe und die Schritte der drei Männer entfernten sich. Einen Augenblick lang glaubte ich wieder, das winzige rote Licht über uns zu sehen, irgendwo unter der Decke des Stollens. Ich starrte angestrengt in die Dunkelheit.

»Joern?«, fragte ich. Doch Joern stand nicht mehr neben mir. Er war schon mit den anderen losgegangen, in Richtung Tageslicht. Da rannte ich ihnen nach und vergaß das rote Licht zum zweiten Mal, ich Idiot.

Ich hatte mir ein Gefängnis immer vorgestellt wie eine Burg, mit mächtigen Mauern aus Steinquadern und einem eisernen Tor, oben von scharfen Spitzen abgesichert. Doch das Gefängnis in der Schwarzen Stadt war ein quadratischer, moderner Klotz und daran stand nicht Gefängnis, sondern Justizvollzugsanstalt. Nur die Mauer zum Hof war höher als normale Mauern. Statt geschmiedeter Eisenspitzen wucherte unromantischer Stacheldraht auf ihr.

Drinnen roch es nach Desinfektionsmittel und Duftspendern. Jemand nahm unser Geld durch eine gläserne Drehscheibe entgegen, ließ es durch eine Maschine zählen und wollte, dass wir endlos viele Formulare ausfüllten. Ich merkte, wie Joern neben mir immer ungeduldiger wurde.

»Wenn nur nicht im letzten Moment etwas schiefgeht«, flüsterte er.

Schließlich führte man uns in einen Warteraum und dort saß ein junger Mann mit einem kleinen Koffer.

»Hey«, sagte er. Mehr nicht.

Eine Sekunde lang blieben wir alle verlegen in der Tür stehen.

Ich hatte gedacht, Onnar würde aussehen wie Joern, nur älter. Aber das tat er nicht. Joern und die vier D hatten alle braunes Haar und mehr oder weniger moosgrüne Augen. Onnars Haar war blond, beinahe weiß, und seine Augen hatten die Farbe des Flusses an Sonnentagen. Er sah uns entgegen und lächelte und sein Lächeln war warm wie das goldene Licht des Norderhofs.

Das Erste, was ich dachte, war, wie gut er dort hingepasst hätte. Ich konnte vor mir sehen, wie er mit Tom am Flussufer saß und Forellen angelte, wie er die Frühjahrslämmer mit der Flasche fütterte oder wie er mit Flint am Kamin saß und Schach spielte, während es draußen regnete.

»Gehen wir?«, fragte Onnar, ohne mit dem Lächeln aufzuhören. »Oder wollt ihr hier stehen und mich anstarren, bis sie es sich anders überlegen und mich doch hierbehalten?«

Draußen blinzelte Onnar ins rußige Tageslicht und atmete tief durch. Dann schlenderten wir durch die Straßen der Schwarzen Stadt nach Hause. Wir schoben die Räder und Flop sprang uns um die Beine. Etwas von Onnars goldenem Lächeln hatte auf uns alle abgefärbt.

»Und wer bist eigentlich du?«, fragte Onnar mich. »Ein Freund von Joern?«

»Ja«, sagte Joern. »Lasse wohnt jetzt bei uns. Für eine Weile. Er ist der Sohn der Cousine meiner Lehrerin, seine Eltern sind verreist und …«

»Ich denke«, sagte Onnar ernst, »wir müssen mal ein paar Worte allein miteinander reden, wir drei.«

»Das müssen wir«, sagte Joern. Er sah sich nach den vier D um. Sie waren etwas hinter uns zurückgefallen und in eine wilde Diskussion vertieft.

»Onnar«, sagte Joern leise und holte eine kleine blaue Flaumfeder aus der Tasche. »Kennst du die?«

»Hm«, sagte Onnar. »So eine war neulich an meinem Pullover.«

»Ja«, sagte Joern, »und nachdem ich dich besucht habe, war sie an meinem Pullover. Nur – woher stammt sie?«

»Keine Ahnung«, antwortete Onnar. Es klang so ehrlich. Ich wollte ihm glauben. Alles in mir wollte ihm glauben. Aber ich war mir nicht sicher.

»Jetzt bin ich dran mit Fragen«, sagte Onnar. »Ich wette, Mama hat nicht den Mut gehabt. Wo warst du, Joern?«

»An einem Ort«, antwortete Joern, »wo einer, der blaue Federn trug, nur tötete, um zu töten.«

Onnars Lächeln versiegte und ein Schatten legte sich über sein Gesicht. Ich konnte nicht sagen, ob es Verwirrung war oder Angst.

»Wir sind da«, murmelte er und schloss die Haustür auf.

An diesem Tag dachte ich wirklich, die Wohnung müsste platzen. Damian hatte alle angerufen und das kleine Wohnzimmer war vollgestopft mit Leuten, die Onnar auf die Schulter klopfen wollten. Seine Mutter umarmte ihn lange. Eine Menge Freunde hatten Bier mitgebracht, stießen mit den Flaschen an und redeten durcheinander.

»Ihr tut gerade so, als wäre ich jahrelang fort gewesen«, sagte Onnar. »Dabei waren es bloß zwei Tage. Die Jahre kommen erst. Die Verhandlung ist am Donnerstag, dann entscheiden die hohen Herren über mich.«

»Bis dahin haben wir Zeit zu beweisen, dass jemand anders die Kiste mit dem Nachtspat in unseren Keller gestellt hat«, sagte Joern.

»Hört mal her!«, rief Onnar schließlich und endlich wurde es leiser. »Ich weiß immer noch nicht, woher die Kaution stammt! Habt ihr alle zusammengelegt oder wie habt ihr das angestellt?«

»Was hätten wir denn zusammenlegen sollen?«, fragte einer der Männer und alle lachten. »Unsere leeren Geldbörsen? Unsere unbezahlten Gasrechnungen?«

»Wir waren es«, sagte ich zaghaft. »Joern und ich.«

»Wir haben etwas gefunden«, erklärte Joern.

Ich sah, wie der Schatten auf Onnars Gesicht sich vertiefte. »Gefunden?«, wiederholte er.

»Zwei kleine Steine«, sagte Joern. »Zwei Stücke Nachtspat. Wir haben sie verkauft. Heute Morgen. An ein paar Leute, die uns im stillgelegten Stollen treffen wollten.«

Auf Onnars Gesicht braute sich ein Gewitter zusammen.

»Ihr Dummköpfe!«, sagte er dann. Er schrie nicht, so wie seine Brüder. Er sprach ganz leise. »Ihr Esel! Wann werdet ihr es lernen? Im stillgelegten Stollen! Nachtspat, den ihr gefunden habt! Wo denn gefunden? In unserem Keller?«

Es war jetzt ganz still in der Wohnung.

»Ich wünschte«, sagte Onnar, »ich könnte alles rückgängig machen. Aber sie werden uns die Steine nicht zurückgeben, nicht für alles Geld der Welt.« Er bahnte sich einen Weg durchs Gedränge.

»Bleib hier, Onnar!«, riefen ein paar Leute. »Wo willst du hin?«

An der Wohnungstür blieb Onnar stehen. »Ich muss allein sein«, sagte er. »Ich muss nachdenken. Feiert ihr ohne mich weiter.«

»Nichts kann man dir recht machen!«, schrie Damian wütend.

»Ohne uns würdest du auf ewig in einer Zelle sitzen und verfaulen!«, schrie Dennis.

»Ich wünschte, das würde ich«, antwortete Onnar. »Geklauten Nachtspat zu verkaufen! Ihr seid auf dem besten Wege, genauso zu werden wie euer Vater!«

»Es ist auch dein Vater!«, rief Joern.

Onnar war schon mit einem Fuß im Treppenhaus, doch nun drehte er sich noch einmal um und sah Joern an. Seine wasserklaren Augen blickten unbeschreiblich traurig.

»Nein«, sagte er leise. »Nein, Joern, das ist er nicht.«

Durchs Flurfenster sahen wir, wie Onnar unten aus der Haustür trat. Dort kam gerade jemand die Straße entlang, und als er Onnar erreichte, sah ich, dass es Holm war. Onnar sprach ein paar Worte mit ihm, dann gingen sie zusammen weg. Hinter uns in der Küche brüllten die vier D noch immer herum und ein paar andere Männer versuchten sie zu beruhigen. Mehr Bierflaschen wurden geöffnet.

»Lass uns gehen«, sagte Joern. »Onnar hat recht. Hier kann man nicht nachdenken.«

»Wohin gehen wir?«, fragte ich auf der Treppe.

»Ich dachte, du wolltest zum Krankenhaus?«, fragte Joern. »Um herauszufinden, wer du bist?«

»Ja«, sagte ich. »Schon. Aber jetzt bin ich mir langsam auch nicht mehr sicher, wer Onnar ist. Sollten wir nicht deine Mutter fragen?«

Joern warf mir einen Blick zu. »Glaubst du, sie würde die Wahrheit sagen?«, fragte er zurück. »Hast du je einen Erwachsenen getroffen, der die Wahrheit gesagt hat?«

Nun könnte ich euch erzählen, wie wir den Rest des Tages damit zubrachten, durch endlose Korridore zu wandern und mit Leuten zu reden, die uns keine Auskunft geben wollten. Aber das wäre sehr langweilig. Tatsache ist, dass wir nichts herausfanden, absolut gar nichts. Erst sagten alle, sie dürften gar nicht nachgucken, und als sie schließlich nachguckten, gab es nirgendwo einen Lasse Windström.

»Natürlich nicht!«, rief ich. »Ich wurde ja auch adoptiert! Vielleicht hieß ich vorher ganz anders! Sehen Sie doch nach, welches Kind von einem Herrn Windström adoptiert wurde!«

»Über einen Herrn Windström steht hier nichts«, sagte die Oberschwester schnippisch und glättete ihr perfekt glattes Haar. »Von einem Herrn Windström habe ich noch nie gehört. Auf Wiedersehen.«

Und da begriff ich, dass mein Vater nicht nur nicht mein Vater war. Vermutlich hieß er außerhalb des Norderwalds nicht einmal Flint Windström. Er hatte all seine Spuren gründlich verwischt.

Warum fragen Kinder so viel?

Zwei Tage«, sagte Flint. »Es sind jetzt schon fast zwei Tage.«

Er und Almut saßen auf der Bank neben der Weide, wo Tom vor so langer Zeit eine Geschichte gehört hatte. Lauschte auch jetzt jemand hinter ihnen im Dickicht des Waldrandes, unsichtbar, verborgen?

Die Schafe hatten ihre Köpfe unbekümmert über die Wiese gebeugt und ein paar wollige weiße Lämmer hüpften zwischen ihnen herum. Ein violetter Nachmittag lag über dem Norderwald, leise und friedlich. Kein Kjerk würde diesen Frieden mehr stören. Dennoch war nichts, wie es sein sollte.

»Er kommt schon wieder«, sagte Almut.

»Du weißt, wo er ist«, sagte Flint. Es war keine Frage. Es war eine Feststellung.

»Du hast ihn belogen«, sagte Almut. »Wer liegt auf der Lichtung begraben, Flint?«

Flint schüttelte den Kopf. »Frag nicht so viel. Warum fragen Kinder so viel? Sind die Dinge nicht gut, so wie sie sind?« Er machte eine Bewegung, die alles einschloss: die Lämmer auf der Koppel, den Stall, den Norderhof, den Wald.

»Wenn du die Wahrheit wissen willst«, sagte er. »Ehe ich das Gutshaus gekauft habe und die Häuser vom Norderhof, war alles verfallen hier. Ruinen. Ich habe sie wiederaufgebaut. Ich habe den Wald umzäunt, damit das Böse nicht hereinkommt. Und ich habe euch hergeholt: deine Eltern und Johann und den Lehrer Marksen mit seiner Frau – und alle waren glücklich hier. Nicht wahr?«

»Ja«, sagte Almut. »Aber man kann nicht sein Leben lang herumlaufen und glücklich sein. Es geht einfach nicht. Verstehst du?«

»Nein«, sagte Flint.

Almut stand auf. »Das dachte ich mir.« Sie ging ein paar Schritte von Flint weg, doch dann drehte sie sich noch einmal um. »Er ist in der Schwarzen Stadt«, sagte sie. »Bei seinem Freund Joern. Wo genau, weiß ich nicht. Ich weiß nicht einmal Joerns Nachnamen. Du kannst ihn nicht finden, wenn er dich nicht lässt.«

»In der Schwarzen Stadt?«, rief Flint. »Ihr wisst davon?«

»Natürlich«, sagte Almut. »Es war klar, dass wir sie eines Tages entdecken würden, oder? Da ist ein Loch in der Mauer. Und es gibt eine Brücke über den Finsterbach. Joern und Lasse haben sie gebaut.«

Flint sprang auf. »Ich *muss* ihn finden. Die Schwarze Stadt ist gefährlich, Almut! Ihr denkt, ihr wisst alles! Ihr habt ja keine Ahnung! Die Schwarze Stadt ist ein Raubtier. Sie frisst alle, die sich nicht in ihr auskennen. Damals, als Kind, habe ich mich nur fortgewünscht von dort.«

»Also kommst du auch aus der Schwarzen Stadt«, sagte Almut. »Irgendwie habe ich mir das gedacht.«

Flint fühlte sich wieder wie ein kleiner Junge, als er kurz darauf durch das Loch in der Mauer kroch.

Almut hatte recht gehabt.

Es gab eine Brücke über den Finsterbach.

Der Finsterbach. Flint lächelte. Schon er hatte ihn als Kind gefürchtet. Wie oft hatte er an seinem Ufer gestanden, zu der alten Mauer hinübergesehen und gewünscht, er könnte sie überwinden! Damals hatte es kein Loch gegeben.

Er hatte nur gewusst, dass ein Wald hinter der Mauer lag. Ein riesiger grüner Wald ohne rußige Straßen und ohne ewige, künstliche Lichter. Später, viel später, als er ihn betreten hatte, war der Wald noch viel schöner gewesen, als er ihn sich vorgestellt hatte. Er war von der anderen Seite über die Straße in den Wald gelangt, außen herum, und es war sofort klar gewesen, dass er den Wald kaufen würde. Den ganzen Wald, samt der Mauer.

In der Schwarzen Stadt hatten sie nichts davon erfahren. Sie hatten gedacht, er wäre weggegangen, weit weg. Sie hatten Flints Schildern geglaubt: VORSICHT! MILITÄRISCHES SPERRGEBIET!

Fünfundzwanzig Jahre lang war keiner von ihnen darauf gekommen, außen um den Wald herumzufahren. Dabei war das Tor in den Wald leicht zu finden. Und jetzt, nach fünfundzwanzig Jahren, hatte einer es gefunden. Einer mit genug Hass im Herzen, um Flint zu töten. Einer, der wiederkommen würde. Schon heute Nacht konnte seine Kugel ihr Ziel finden: Flints Herz.

Ihm blieb nicht viel Zeit. Ja: Er musste Lasse finden.

Die Straßen waren breiter geworden. Die Häuser, die Menschenmengen – alles war noch größer und noch lauter und noch schwärzer, als Flint es in Erinnerung hatte. Er hatte es in den letzten Jahren vermieden herzukommen. Er hatte telefoniert, das war ausreichend gewesen.

Wo sollte er nach Lasse suchen? Er ließ sich ziellos durch die Straßen treiben, den Hut tief ins Gesicht gezogen, den Kragen hochgeschlagen. Niemand brauchte ihn zu erkennen. Immer wieder waren da Jungen auf der Straße, die aussahen wie Lasse, doch wenn er sie erreichte, musste er feststellen, dass er sich getäuscht hatte. Er hätte die Polizei einschalten sollen. Vielleicht würde er es noch tun. Je nachdem, ob sein Plan es zuließ.

Die Dämmerung kam, die kalten Lichter in der Schwarzen Stadt gingen an und Flint fror. Er sah an dem Gebäude hoch, vor das ihn seine Füße getragen hatten, und merkte, dass er es kannte. Es war das Krankenhaus, in dem er Lasse vor zwölf Jahren abgeholt hatte.

»Du warst so klein«, flüsterte er, als könnte Lasse ihn hören. »So winzig klein und schwach und krank und sie sagten, vielleicht brächte ich dich nicht durch die ersten beiden Jahre. Wenn sie dich jetzt sehen könnten, wie du durch die Wälder reitest und durch die Flüsse schwimmst!

Wie du auf eigene Faust losgehst, um herauszufinden, wer du bist …« Und in diesem Moment begriff Flint, dass dies der beste Ort war, an dem er seinen Sohn suchen konnte. Genau hierher würde Lasse kommen, um mehr über sich selbst herauszufinden.

Er rannte die Stufen des Krankenhauses hinauf, als gelte es sein Leben, verlief sich in den Korridoren, hörte den eigenen Atem in seinen Lungen pfeifen. Schließlich fand er die Säuglingsstation. Er gab der Oberschwester seinen richtigen Namen und sie zwang sich zu einem künstlichen Lächeln. Hasste auch sie ihn? Hassten sie ihn hier alle?

»Was kann ich für Sie tun?«

»Sie erinnern sich, dass ich ein Kind adoptiert habe, das hier bei Ihnen geboren wurde? Vor zwölf Jahren?«

»Es ist lange her, aber ich erinnere mich.«

»Der Junge heißt Lasse. Ich bin auf der Suche nach ihm. Er ist seit zwei Tagen verschwunden.«

»Er ist weggelaufen?«

Wieder sah er den Hass hinter ihrem Lächeln. Das Misstrauen. Und er wusste, was sie dachte: Natürlich ist der Junge weggelaufen. Jeder würde von so einem Vater weglaufen. Hatte sie am Ende recht?

»Er ist ungefähr so groß«, sagte Flint und deutete mit der Hand an seine Schulter. »Braune Haare, grüne Augen, grün wie Moos – vielleicht hat er versucht, etwas herauszufinden?« Er schob einen Schein unter die Papiere auf ihrem Tisch, unauffällig, dezent. Es war ein großer Schein.

»Ist er hier gewesen?«

Die Oberschwester strich über ihr perfekt glattes Haar. Sie rührte den Schein nicht an.

»Nein«, sagte sie. »Hier war niemand.«

Willkommen zu Hause

Als wir zurück in die winzige Wohnung kamen, stapelten sich im Flur Kisten voll leerer Bierflaschen. Die Wut vom Nachmittag war verraucht. Die vier D saßen am Küchentisch und teilten sich das allerletzte Bier.

»Ja, betrinkt euch nur ruhig«, sagte Onnar. »Trinkt euch glücklich und vergesst alles. Trinken ist wie Nachtspat.«

Damian hob die Faust.

»Oh nein!«, sagte ich. »Fangt nicht schon wieder an.« Es rutschte mir einfach so heraus.

Da ließ Damian die Faust sinken und Onnar schwieg. Alle begannen still Kartoffeln in sich hineinzuschaufeln. Joerns Mutter lächelte mir zu.

»Kannst du hexen, Lasse?«, flüsterte sie.

»Ich glaube«, flüsterte ich zurück, »sie waren nur überrascht, dass einer ihnen etwas sagt, der so viel jünger ist. Da, wo ich herkomme, kann man immer alles sagen, auch wenn man jünger ist.«

»Wo kommst du denn her?«, fragte sie und da erzählte ich von den grünen Weiden, auf denen die Lämmer umhersprangen, und vom Wispern der Bäume im Wald und davon, wie man im Winter Schlittschuh laufen konnte auf den zugefrorenen Seen und auf dem Fluss. Und alle lauschten und schwiegen. Es gab keinen Streit, den ganzen Abend nicht. Ich glaube, sie dachten, ich erzählte ihnen Märchen.

Nur Joerns Mutter sagte schließlich: »Mir ist, als hätte mir jemand schon einmal von einem solchen Ort erzählt, vor langer, langer Zeit. Aber es war ein trauriger Ort, weil ein Zaun und ein reißender Fluss ihn von der Außenwelt trennten.«

»Oh, aber da, wo Lasse herkommt, gibt es eine Brücke«, erklärte Joern schnell.

»Ein Glück«, sagte seine Mutter.

Und in dieser Nacht, auf der Matratze neben Joerns Bett, träumte ich davon, die Brücke wäre groß und breit und aus stabilen Balken, mit einem weißen Geländer. Joern, ich und Joerns Mutter gingen gemeinsam hinüber und Onnar stand auf der anderen Seite und lächelte sein goldenes Lächeln. Neben ihm stand Flint. Sie warteten auf uns. Es war ein wunderschöner Traum.

Wir wachten alle davon auf, dass es an der Tür klingelte.

Kurz darauf klingelte es noch einmal. Mindestens eine Minute lang.

»Joern?«, fragte ich, noch halb im Traum. »Wie spät ist es?«

»Spät«, murmelte Joern. »Früh. Nacht. Keine Zeit für Besuch.«

Es klingelte zum dritten Mal. Im Flur ging das Licht an. Verschlafene Stimmen drangen zu uns in die Kammer.

Als es zum vierten Mal klingelte, hörte es nicht wieder auf. Ich verhedderte mich beim Anziehen in meinem Pullover und versuchte vergeblich, wach zu werden. Etwas war passiert.

Joern und ich kamen gleichzeitig in die Küche. Dort war die Sprechanlage und nun drückte Damian auf den Knopf.

»Onnar«, sagte eine knisternde Stimme. »Onnar.«

Aber es war nicht Onnar. Es war jemand, der Onnar sprechen wollte.

»Was wollen Sie von Onnar?«, fragte Damian. »Wer sind Sie?«

Die Sprechanlage knisterte wieder. »Er soll runterkommen«, sagte die Stimme. »Sofort. Es ist wichtig.«

»Wo ist Onnar?«, flüsterte ich.

Joern zuckte mit den Schultern. Onnar war der Einzige, der nicht in der Küche aufgetaucht war. »Ich hoffe, weit weg«, flüsterte Joern.

»Es wäre besser für alle, wenn er runterkäme«, sagte die Stimme. Jetzt war sie deutlicher.

»Pöhlke!«, sagte Damian. »Verschwinden Sie. Sie haben hier nichts zu suchen. Wir sind sechs Brüder, wissen Sie, und wir haben zwölf Fäuste.«

Da schob jemand Damian beiseite: Onnar. Er war *nicht* weit weg.

»Warten Sie!«, rief er in die Sprechanlage. »Ich bin auf dem Weg.«

Dann legte er den Hörer auf und stand einen Moment ganz still da, als müsste er sich konzentrieren.

»Was … was will er?«, flüsterte seine Mutter.

Onnar nahm sie in die Arme und sie sah auf einmal sehr klein aus.

»Ich weiß es nicht«, sagte er. »Ich bin gleich wieder da.«

Damit schnappte er sich seine Jacke und schlüpfte durch die Haustür, beinahe lautlos.

»Komm!«, sagte Joern.

Kurz darauf rannte ich hinter ihm die vier Stockwerke hinab, Onnars Schritten nach. Keiner der vier D folgte uns.

Draußen kickte ein kalter Wind leere Tüten vor sich her. Die Straße lag wie tot im eisigen Laternenlicht. Vor uns stand eine gedrungene Gestalt in einem halblangen Mantel und polierten Schuhen. Pöhlke. Er ging vor uns her bis zur nächsten Straßenecke. Dort holte er etwas aus der Tasche und hielt es in die Höhe. Es war die Hülle einer DVD.

»Onnar«, sagte Pöhlke kopfschüttelnd. »Ich kann doch nicht mein Leben lang auf dich aufpassen! Was wäre passiert, wenn ich diesen Film nicht an mich genommen hätte, ehe jemand anders ihn zu Gesicht bekommen konnte?«

»Was für ein Film ist das?«, fragte Onnar.

»Er stammt aus einer der Überwachungskameras im Bergwerk«, sagte Pöhlke. »Und man kann darauf sehr deutlich sehen, wie deine Brüder im stillgelegten Stollen zwei schöne Steine aus dem Bergwerk verkaufen. Erstklassiger geschliffener Nachtspat. Die Summe, die der Käufer ihnen vorzählt, entspricht genau deiner Kaution. Ich habe mir den Film zufällig angesehen.«

»*Zufällig*«, sagte Onnar. »Und die Überwachungskamera hing zufällig zur richtigen Zeit im stillgelegten Stollen, wo es sonst keine Kameras gibt. Und zufällig stand eine Kiste Nachtspat in unserem Keller, wo ich sie nicht hingestellt habe.«

»Wenn dieser Film in die Hände der Polizei gerät«, sagte Pöhlke, »sieht es schlecht aus für dich, Onnar. Der Gerichtstermin ist nächsten Donnerstag. Ich gebe dir bis dahin Zeit.«

»Was wollen Sie? Geld?«

Pöhlke lachte. »Nein. Ich will, dass du dich aus meinen Verhandlungen mit dem Großen heraushältst. Ich will dich nie mehr im Bergwerk sehen. Und auch nie mehr in der Fabrik. Das ist alles. Ein faires Angebot, findest du nicht?«

Onnar drehte sich zu uns um. »Geht nach Hause«, sagte er leise. »Ich muss allein mit diesem Herrn hier sprechen.«

»Nein«, sagte Joern fest. »Vergiss es.«

Und dann machte er einen Satz und griff nach der DVD-Hülle. Eine Sekunde lang hielt er sie in den Händen. Da machte noch jemand einen Satz, einen Satz aus dem Dunkel eines Hauseingangs, und packte Joern. Pöhlke war nicht allein gekommen.

Ich stürzte vorwärts, um Joern zu helfen, doch ein weiterer Schatten hielt mich fest. Ich trat um mich und versuchte freizukommen – vergeblich. Der Mann war viel stärker als ich. Am stärksten jedoch war meine Furcht. Was hatten sie mit uns vor?

»Onnar!«, schrie ich. Oder hatte Joern geschrien? Der Name schien die ganze Nacht auszufüllen. Onnar sprang nach vorne. Ich weiß nicht genau, was dann geschah. Wir stürzten alle zu Boden, ich spürte schmerzhaft den kalten, feuchten Asphalt unter mir und ich sah Onnar kämpfen wie eine Raubkatze. Er kämpfte für uns. Für sich alleine hätte er nie gekämpft, aber für uns tat er es, denn er hatte Angst um uns. Unsere Gegner waren zu zweit, es war ein unfairer Kampf. Irgendwann rollte ich zur Seite und fand mich im Rinnstein wieder. Neben mir lag Joern, keuchend und außer Atem. Sekunden später war das Blaulicht da und ein Polizeiauto hielt in der Nähe.

Als ich mich aufrichtete, hatten die beiden Männer Onnar losgelassen. Er rappelte sich auf, die beiden anderen jedoch blieben auf dem Boden liegen. Die Türen eines Polizeiautos wurden geöffnet und kurze, abgehackte Fragen wurden gestellt. Ich hörte Pöhlke antworten.

»Er hat sie angegriffen«, sagte er. »Wie ein Wahnsinniger, sehen Sie selbst … Sie wissen, wer das ist, heute erst haben seine Brüder die Kaution bezahlt …«

Ich wollte schreien: Das ist nicht wahr! Er hat sie nicht angegriffen! Nichts ist wahr! Und ich spürte, dass auch Joern gern geschrien hätte.

Doch ehe einer von uns den Mund öffnen konnte, hatten die Polizisten Onnar bereits in ihr Auto geschubst. Die beiden Männer und Pöhlke stiegen ebenfalls ein. Die Türen schlugen zu, das Motorengeräusch entfernte sich.

Die Straße war leer. Leer bis auf Joern und mich.

Wir stützten uns gegenseitig, als wir zurück nach Hause wankten. Alles an mir tat weh.

»Joern«, flüsterte ich und lehnte mich gegen die Haustür. »Er war es nicht.«

»Was?«, flüsterte Joern. »Wer?«

»Der Kjerk. Onnar kann es nicht sein. Er hatte nicht einmal eine Waffe.«

»Und wir sind schuld daran, dass sie ihn mitgenommen haben«, sagte Joern bitter. »Dieses Mal kann niemand ihn freikaufen.«

In jener Nacht, als ich zerschlagen und zerschunden auf meiner Matratze lag, dachte ich, dass es nun nicht mehr schlimmer kommen könnte. Aber ich hatte keine Ahnung.

Es kam schlimmer. Noch viel schlimmer.

Am nächsten Morgen stand Holm sehr früh vor der Tür. Er war blass wie ein Stück Papier. »Sie haben uns in die Fabrik gerufen«, sagte er. »Alle Frauen von den Maschinen und alle Männer vom Bergwerk.«

»Ich arbeite nicht mehr in der Fabrik«, sagte Joerns Mutter. Ihr Haar hing aufgelöst um ihr Gesicht wie Seetang und es war klar, dass sie nicht geschlafen hatte.

»Trotzdem«, sagte Holm. »Kommt mit. Alle. Irgendetwas ist passiert.«

Wir trotteten den Weg entlang bis zur Fabrik, als schliefen wir noch. Ich wollte gar nicht wissen, was geschehen war. Die Fabrik ging mich nichts an. Aber Joern ging sie etwas an und deshalb kam ich mit.

Der Parkplatz vor der Fabrik war voller Menschen. Ganz vorne stand ein Podest mit einer kleinen Treppe. Dahinter, an der Außenwand der Fabrik, hing etwas Großes, Viereckiges, verhüllt von einem Stück Stoff. Und jetzt stieg jemand auf das Podest und sprach in ein Mikro.

»Gut, dass ihr alle gekommen seid«, sagte er. Es war Pöhlke.

Zuerst dachte ich, das alles hätte etwas mit Onnar zu tun und mit unserem Handel im stillgelegten Stollen, aber dann kam es ganz anders.

»Die Leitung der Fabrik hat entschieden, dass ich zu euch sprechen soll«, fuhr Pöhlke fort, nachdem es ruhig geworden war auf dem Platz. »Weil ich schon immer für euch da war. Schon immer für euch gekämpft habe. Als Chef eurer Gewerkschaft.«

Er erwartete wohl, dass die Leute klatschten, doch niemand klatschte. Einige Leute murrten sogar laut.

»Heute Morgen ist hier ein Telegramm eingegangen«, sagte Pöhlke. »Und damit haben wir eine wichtige Information erhalten.« Er räusperte sich. »Der Große ist tot.«

Zuerst lief ein verwundertes Raunen durch die Reihen der Frauen und Männer um uns, doch dann brachen sie in offenes Jubelgeschrei aus. Sie mussten ihn wirklich sehr gehasst haben.

»Nein«, sagte Holm leise neben mir. »Das … das kann nicht sein.«

»Den genauen Zeitpunkt seines Todes wissen wir nicht«, sagte Pöhlke. »Die Beerdigung findet am Mittwoch um fünf Uhr auf dem neuen Friedhof statt. Ich hoffe, ihr werdet zahlreich erscheinen. Die Fabrik und das Bergwerk gehen laut Testament des Großen an meinen Sohn, Pöhlke junior, da er zurzeit der tüchtigste Arbeiter ist.«

Pöhlke junior kletterte neben seinem Vater auf das Podest und wieder lief ein Raunen durch die Reihen. Ich dachte, dass ich noch nie einen Menschen mit so einem nichtssagenden Gesicht gesehen hatte. Pöhlke junior öffnete den Mund, um etwas zu sagen. Aber offenbar fiel ihm nichts ein. Er wirkte nicht besonders schlau. Ehrlich gesagt wirkte er besonders dumm. Sein Vater scheuchte ihn schnell wieder vom Podest herunter.

»Unser neuer Chef«, fuhr Pöhlke senior fort, »wird nun vor einem Bild des Großen einen Kranz niederlegen. Damit erweisen wir ihm unsere letzte Ehre und läuten gleichzeitig eine neue Zeit ein. Eine Zeit voller Verbesserungen und Änderungen! Der neue Chef lebe hoch!«

»Hoch!«, riefen die Arbeiter und schwenkten alles, was sie fanden. Hüte, Halstücher und Handtaschen. »Hoch, hoch, hoch!«

Nur Joern und seine Familie stimmten nicht in den Chor mit ein und Holms Lippen formten stumm immer wieder das Wort »nein«.

Pöhlke junior hob einen großen dunklen Blätterkranz mit

einem hässlichen goldenen Spruchband über seinen Kopf. »Wir danken … dem ehe… ehemaligen … Besitzer der … des Bergwerks«, sagte er stockend ins Mikro. »Dem Großen, Herrn F. Hagen. Möge Herr … Herr Hagen in Frieden …«

Der Rest ging in noch mehr Jubelgeschrei unter. Pöhlke senior zog an einer Schnur und das Stück Stoff glitt herab. Darunter kam ein Bild zum Vorschein. Ein überdimensionales Foto.

Es war schwarz-weiß und unscharf. Aber ich erkannte das Gesicht sofort.

»Hagen?«, flüsterte ich. Niemand hörte mich. »F. Hagen?«

Vielleicht hatte derjenige auf dem Foto hier ja wirklich F Punkt Hagen geheißen.

Im Norderwald hatte er einen anderen Namen gehabt.

Flint Windström.

Mein Vater.

Das Foto verschwamm vor meinen Augen. Die Menschenmenge verschwamm. Ich sah nichts mehr. Dann spürte ich, dass mich jemand in den Arm nahm.

»Lasse«, sagte Joerns Mutter. »Lasse?«

»Mein Vater«, flüsterte ich zwischen den Tränen, die mich zu ersticken drohten, »mein Vater ist tot. Mein Vater ist nicht mein Vater. Und ich werde meine Mutter niemals finden.«

Joerns Mutter machte einen Schritt zurück und musterte mich aufmerksam. Seltsam, doch auch in ihren Augen schienen Tränen zu stehen.

»Bist du der Junge«, fragte Joerns Mutter langsam, »den der Große damals adoptiert hat?«

Ich nickte und weinte und weinte und nickte. Es war, als müsste ich mich komplett in Wasser verwandeln. Irgendwo war Joern. Ich spürte seine Hand auf meinem Arm und hörte ihn leise und hektisch Dinge erklären. Er erzählte seiner Mutter, wo ich wirklich hergekommen war. Die Wahrheit, ohne Cousin und Afrikareise.

»Deinen Vater kann niemand ersetzen«, flüsterte Joerns Mutter schließlich und hielt mich ganz fest. »Aber deine Mutter, die brauchst du nicht mehr zu suchen.«

»Wie?«, fragte ich. »Wieso?«

»Lasse«, flüsterte Joerns Mutter. »Ich ... Wie soll ich dir das erklären. Als du geboren wurdest, warst du sehr schwach. Zu schwach. Sie sagten, du bräuchtest viel Pflege. Rund um die Uhr. Ich hatte schon sechs Kinder zu Hause und euer Vater hatte uns verlassen. Im Krankenhaus haben sie mir gesagt, sie hätten jemanden, der sich besser um dich kümmern könnte, Lasse. Jemanden, der ein Kind suchte. Zur Adoption. Das war Flint Hagen. Der Große. Ich habe zugestimmt.«

»Aber wir sind doch gleich alt!«, rief Joern. »Was war mit mir?«

»Ihr wart zweieiige Zwillinge«, sagte seine Mutter. Meine Mutter. Unsere Mutter. »Ein starker und ein schwacher. Ein gesunder und ein kranker. Im Krankenhaus haben sie mir von den gleichen Wäldern und Seen erzählt, die du uns beschrieben hast. Aber alle dachten, das Paradies, in dem du leben würdest, läge weit, weit weg. *Zu* weit, als dass ihr beide euch zufällig begegnen könntet.«

»Willkommen zu Hause!«, sagte Damian und klopfte mir freundlich auf die Schulter. »Hast dir ja zwölf Jahre Zeit gelassen, Bruderherz, aber besser spät als nie.«

Vergiss nie all das Schöne

Nun würde ich wohl nie wieder auf den grünen Weiden beim Norderhof mit den Lämmern um die Wette laufen. Nie mehr würde ich dem Wispern der Bäume im Wald lauschen und nie mehr im Winter Schlittschuh laufen auf dem zugefrorenen Fluss.

Ich hatte nicht dorthin gehört, wo es so schön war. Die Schwarze Stadt war mein wahres Zuhause.

»Der Weiße Ritter ist also zurückgekehrt«, sagte Joern grimmig, als wir am Abend im Bett lagen. »Aber diesmal war niemand da, der auf der Feuerleiter stand und deinen Vater warnen konnte.«

»Er war nicht mein Vater«, sagte ich.

Joern tat so, als hätte er das nicht gehört. »Wir finden ihn«, sagte er entschlossen. »Wir finden den Weißen Ritter, Lasse, und dann geht es ihm an den Kragen.«

»Du redest schon genau wie die vier D«, flüsterte ich und drehte mich zur Wand. »Was willst du denn machen? Mit den Fäusten auf ihn losgehen und Onnar im Gefängnis ein bisschen Gesellschaft leisten?«

Die nächsten Tage waren furchtbar. Es kam mir vor, als wäre ich in ein Loch gefallen, das keinen Boden hatte. Ich fiel und fiel und fiel, tiefer und tiefer und tiefer, und ich kam nirgendwo an. Einmal sah ich Joerns Mutter allein am Küchenfenster stehen und weinen und ich wollte mit ihr weinen, aber ich konnte nicht. In mir waren keine Tränen mehr, nur noch der Kohlenstaub der Schwarzen Stadt.

Später fragte ich mich, warum sie geweint hatte.

Ich ging mit Joern zur Schule und ich weiß nicht einmal, was er den Lehrern sagte, wer ich wäre. Die Schule war anders als der Unterricht bei Herrn Marksen, es reichte aus, wenn man dasaß und schwieg. Und so saß ich da und schwieg und fiel und fiel und fiel.

Ich wusste, dass Joern recht hatte: Wir mussten der Spur des Weißen Ritters nachgehen, solange wir es noch konnten. Doch ich hatte keine Kraft dazu. Mir war alles egal. Ich hatte Joern nicht einmal von dem weißen Band unter dem Küchentisch erzählt. Selbst Joern, mein Freund, wurde mir fremd in diesen furchtbaren Tagen.

Ich dachte oft an jenen Abend, an dem wir mit Flint auf dem Kutschbock gesessen hatten, über uns die hin- und herschwingende Laterne, um uns die Nacht.

»Vergiss nie all das Schöne«, hatte Flint gesagt. »Das Feuer im Kamin. Das Schnurren der Katze. Die Musik und das goldene Licht des Norderhofs und das Wispern im Sommergras. Denk daran, wenn du irgendwann zu viel Böses und Hässliches sehen musst.«

Doch wenn ich jetzt an das goldene Licht des Norderhofs dachte, musste ich auch an das kalte Licht in den rußigen Straßen denken, und wenn ich an den Sommer im Norderwald dachte, dachte ich auch an den Winter in der Schwarzen Stadt. Denn irgendwann würde der Winter kommen und wir würden frieren, weil das Gas zum Heizen zu teuer war. Mein einziger Pullover würde Löcher bekommen und meine Mutter würde sie flicken, immer wieder, bis der Pullover mir selbst mit viel Ziehen und Zerren nicht mehr passte. Und schließlich wäre ich alt genug, um im Bergwerk zu arbeiten, und ich würde werden wie Joerns Brüder. Ich würde den Norderhof vergessen und all meine Träume und ich würde mit der Faust auf den Tisch schlagen, wenn ich etwas nicht begriff. Vielleicht wäre ich irgendwann sogar bereit dazu, eine Pistole auf jemanden zu richten, den ich hasste.

Am Sonntag besuchten wir Onnar, nur Joern und ich. Er sagte gar nichts. Er lächelte nur. Aber er sah schlecht aus. Die Prügelei mit Pöhlkes Leuten hatte ihre Spuren in seinem Gesicht hinterlassen.

Am Montagabend kam Holm bei uns vorbei und brachte Brot und Kaffee mit.

»Das sollst du nicht«, sagte Mama. Ich begann sie im Geiste Mama zu nennen. Es passierte einfach.

»Ich habe meine Arbeit noch«, sagte Holm.

Dann setzte er sich an den Tisch und stützte den Kopf in die Hände. »Sie entlassen jetzt viele«, sagte er düster. »Bis zum Ende der Woche werden es nur noch die Hälfte der Leute sein. Pöhlke feuert alle, die länger als zwei Tage gestreikt haben. Und er will die Fabrik schließen, um den Stein anderswo schleifen zu lassen. Im Ausland braucht er den Leuten nicht so viel zu bezahlen, sagt er.«

»Wer sagt das?«, fragte Damian. »Der junge Pöhlke, dem jetzt das Bergwerk gehört?«

Holm knurrte. »Der alte Pöhlke. Sein Sohn tut alles, was er entscheidet.«

»Ach was«, sagte Dennis und grinste. »Dein Pöhlke, der dafür sorgen wollte, dass alles besser würde! Da hat er dich ganz schön über den Tisch gezogen.«

Holm schwieg. Er sah aus, als hätte ihm jemand den Boden unter den Füßen weggerissen.

Ehe er ging, bückte er sich, um Flop zu streicheln, und fragte dabei so leise, dass nur Joern und ich es hören konnten: »Wie geht es Onnar?«

»Warst du nicht bei ihm?«, fragte Joern genauso leise.

Holm schüttelte den Kopf. »Es heißt, Pöhlkes Leute haben ihn wieder ins Gefängnis gebracht und ich war immer für Pöhlke. Ich könnte seinen Blick nicht ertragen.« Holm schluckte. »Ich weiß, Onnar würde lächeln und er würde mir verzeihen. Aber gerade das ...« Er brach ab.

»Onnar ist zäh«, sagte Joern. »Und außerdem können sie ihn nicht ewig einsperren. Er hat nichts getan. Die Kiste mit dem Nachtspat haben sie ihm untergejubelt. Am Donnerstag nach der Verhandlung ist er frei, mach dir keine Sorgen.«

Holms Gesicht wurde noch ernster als zuvor. »Pöhlke verbreitet im Bergwerk jetzt ein Gerücht«, sagte er. »Es heißt, der Große wäre genau an jenem Nachmittag gestorben, an dem Onnar nicht im Gefängnis war.«

»Das ist Unsinn!«, rief Joern. »Ist Onnar nicht mit *dir* zusammen weggegangen?«

»Ich habe ihn nur ein Stück begleitet«, sagte Holm. »Er wollte allein sein, um nachzudenken. Ich meine, natürlich war er es nicht. Onnar kann keine Fliege töten. Aber es ist schlecht vor einer Verhandlung, wenn so ein Gerücht umgeht.«

Er sah Joern lange an. »Du und ich«, sagte er, »wir wissen beide, dass Onnar am Donnerstag verlieren wird. Wenn nicht vorher etwas geschieht, das ihn rettet.«

Ich hasste mich dafür, doch ich dachte: Es ist wahr. Niemand weiß, wo Onnar an jenem Nachmittag gewesen ist. Wir waren im Krankenhaus und die vier D und Mama zu Hause. Aber Onnar, Onnar hatte allein sein wollen. Um nachzudenken.

Oder um etwas anderes zu tun.

Am Dienstag geschah etwas Seltsames. Wir gingen nach der Schule mit Flop spazieren, schweigend und jeder in seine Gedanken versunken. Die Häuser wirkten alle gleich, kalt und dreckig vom Kohlenstaub. Manchmal konnte man in den Hinterhöfen Wäsche trocknen sehen, aber eigentlich konnte man sich das Waschen wohl sparen, denn die Wäsche wurde sofort wieder grau. An diesem Tag gingen wir weiter als sonst, ohne es zu merken. Da hörte ich aus einem der Hinterhöfe ein Wiehern.

»Joern!«, sagte ich und blieb stehen. »Hör mal. Gibt es Pferde in der Schwarzen Stadt?«

»Früher gab es Ponys in den Stollen im Berg«, antwortete Joern. »Aber das ist hundert Jahre her.«

»Hör mal«, sagte ich. »Dieses Pferd hört sich nicht an, als wäre es hundert Jahre alt.«

Das Pferd wieherte noch einmal und Joern schüttelte verwundert den Kopf. Ich sah an dem Haus empor, zu dem der Hof gehörte. Die Fenster waren dunkel und gardinenlos. Die beiden Eingangstüren waren vernagelt.

»Hier wohnt niemand mehr«, sagte Joern. »Der ganze Block ist leer. Wer sollte hier ein Pferd unterstellen?«

Ich antwortete nicht. Denn als das Pferd zum dritten Mal wieherte, erkannte ich seine Stimme. Hastig bahnte ich mir einen Weg durch den Sperrmüll und die Fahrradskelette, die den Durchgang zum Hinterhof verstellten. Als ich um die Ecke bog, sah ich das Pferd.

Es war schwarz.

Ich hatte gewusst, dass es schwarz sein würde.

Mit drei Schritten war ich bei ihm, schlang meine Arme um seinen Hals und verbarg mein Gesicht in seiner zerzausten Mähne.

»Nordwind!«, flüsterte ich. »Nordwind, was tust du hier? Wer hat dich hergebracht?«

Dabei wusste ich nur zu gut, wer Nordwind hergebracht hatte. Der Weiße Ritter. Er hatte ihn mit einem einfachen Strick an einen verrosteten Wäscheständer gebunden und Nordwind schien die letzten Tage hauptsächlich damit verbracht zu haben, das Gras, das zwischen den Pflastersteinen wuchs, in einem schönen Kreis um den Wäscheständer herum abzurupfen. Jetzt schnaubte er mir seinen warmen Atem in den Nacken und es war, als wiche die Kälte der Schwarzen Stadt. Als wäre ich für Sekunden wieder auf dem Norderhof, wo die goldene Sonne schien.

»Wir nehmen ihn mit«, sagte ich.

Joern nickte. »Wir können ihn erst mal in unserem eigenen Hinterhof unterstellen«, sagte er. »Aber dann muss er bald zurück auf die Weiden des Norderhofs. Hier in der Schwarzen Stadt kann er nicht überleben.«

»Und wen kümmert es, ob ich hier überleben kann?«, rief ich ärgerlich. »Ob wir hier überleben können?«

»Lasse ...«, sagte Joern hilflos und streckte eine Hand nach mir aus.

Ich drehte mich weg, um Nordwinds weiche Nüstern zu streicheln. »Morgen«, flüsterte ich. »Morgen ist die Beerdigung. Jemand vom Norderhof wird dort sein. Dann geben wir dich zurück.«

»Warum gehst du nicht mit zurück?«, fragte Joern. »Frentje würde sich sicher freuen.«

Da schüttelte ich den Kopf. »Ich könnte den Norderhof nicht ertragen«, sagte ich, »nicht ohne Flint.«

In unserer Straße trafen wir Mama. »Lasse!«, rief sie. »Joern! Wieso sitzt ihr auf einem Pferd? Wohin wollt ihr?«

»Das ist das Pferd von Lasses Vater«, sagte Joern. »Wir haben es gefunden. Aber wohin willst *du*?«

Flop, der auf Joerns Arm saß, bellte und Nordwind beugte seinen langen Hals, um in Mamas Manteltaschen nach etwas Essbarem zu suchen. Alles, was er fand, war ein zerknülltes Papiertaschentuch und das fraß er. Mama lachte, aber ihr Gesicht sah gar nicht nach Lachen aus. Sie hatte ein Tuch um das braune Haar geschlungen gegen den kalten Wind und sie machte einen sehr entschlossenen Eindruck.

»Ich gehe zur Fabrik«, sagte Mama. »Ich werde Pöhlke bitten, mich wieder einzustellen. Und wenn er mir nur die Hälfte von meinem früheren Lohn bezahlt. Ich muss wieder arbeiten. Auf Damian und Dario kann man sich nicht verlassen. Und Holm kann uns nicht ewig durchfüttern.«

»Nein!«, rief Joern. »Das darfst du nicht tun.«

»Lasst mich vorbei«, sagte Mama. »Du weißt, dass ich es tun muss.«

»Dann begleiten wir dich«, erklärte ich.

Und so halfen wir Mama auf Nordwinds starken Rücken, und obwohl sie so ernst und entschlossen war, stellte sie sich an wie ein junges Mädchen.

»Hu!«, sagte sie. »Ist das hoch! Es wird einem direkt schwindelig dabei! Ich habe noch nie auf einem Pferd gesessen.«

»Dann halt dich mal gut fest«, sagte ich und ließ Nordwind losgaloppieren.

Zuerst hatte ich Angst, er würde vor den Autos scheuen, aber Nordwind war genauso tapfer wie stark. Er tat einfach so, als gäbe es die Autos nicht. Wir fegten die Straßen entlang wie eine Sturmböe und die Leute drehten die Köpfe und wunderten sich. Nordwinds schwarzes Fell war auf eine ganz andere Art schwarz als die Schwarze Stadt – es war schwarz wie die klaren Nächte, in denen man durch das große Fernrohr auf dem Norderhof die Sternbilder am Himmel betrachten konnte. Schwarz wie der Samt, mit dem man Schmuckschatullen auslegte. Schwarz wie die Tiefe der Träume.

»Jetzt soll uns der Weiße Ritter sehen!«, rief ich. »Und er soll zittern vor Angst! Wir haben Nordwind gefunden und wir werden auch das Geheimnis des Weißen Ritters herausfinden!«

»Ein paar Kjerks können sie uns auch gleich vorbeischicken!«, rief Joern und lachte.

»Und ein paar Pöhlkes!«, rief Mama.

Flop bellte wieder und zum ersten Mal seit unendlich langer Zeit fühlte ich mich wieder lebendig.

So preschten wir die Straße zur Fabrik hinauf. Das Trommeln von Nordwinds Hufen auf dem Asphalt übertönte das Hämmern aus den Stollen. Vor der Fabrik hielt ich ihn an.

»Geht ihr nur hinein«, sagte Joern und nahm die Zügel. »Ich warte mit Flop und Nordwind hier draußen. Denn wenn ich zuhören muss, wie du Pöhlke um etwas bittest, Mama, springe ich ihm an die Gurgel.«

Mama und ich gingen durch eine automatische Drehtür und dahinter einen Korridor entlang. In der Ferne röhrten große Maschinen wie wilde Tiere. Der Korridor selbst war leer und still.

»Es sieht genau aus wie im Gefängnis«, sagte ich.

Mama nickte. »Hier!«, flüsterte sie. »Hinter dieser Tür sitzt Pöhlkes Sekretärin. Dort kann man sich anmelden, wenn man mit ihm sprechen will. Meistens muss man lange warten …«

Ich legte den Finger an die Lippen. Hinter der Tür war eine leise Männerstimme zu hören. Dort saß nicht Pöhlkes Sekretärin. Es war Pöhlke selbst. Er schien zu telefonieren. Wir sahen uns an und dann legten wir beide gleichzeitig je ein Ohr an die Tür, um zu lauschen. Ich weiß nicht, ob wir ahnten, was wir hören würden. Wahrscheinlich nicht.

»…eiß nicht, was du willst«, sagte Pöhlke. »Du hast dein Geld bekommen. Du hast deinen Job behalten … was kümmern dich die anderen Arbeiter? Wie? Unsinn. Dem kann keiner helfen. Was? *Das* hätte ich dir sagen sollen?« Er lachte. »Das Gerücht gehörte nicht mal zum Plan. Keiner konnte ahnen, dass Onnar es uns so leicht machen würde. Nein. Hör zu. Wir werden nie mehr miteinander über diese Sache sprechen. Sie ist nie geschehen. Du hast nie einen Auftrag bekommen, du hattest nie Zugang zur Theatergarderobe, du warst niemals jemand anders. Und wenn herauskommt, dass du der Schütze gewesen bist, habe ich nichts damit zu tun. Hoff nicht darauf, dass ich deinen Kopf aus der Schlinge ziehe, wenn du dumm genug bist, die Wahrheit herumzuposaunen.«

Der Hörer fiel mit einem Klicken auf die Gabel und Schritte begannen im Raum auf und ab zu gehen, nervös. Mama zog mich mit sich fort, zurück, den Korridor entlang.

Als wir durch die automatische Drehtür ins Freie traten, atmeten wir beide tief durch.

»Was hat er gesagt?«, fragte Joern.

»Viel«, antwortete Mama.

»Zu viel«, sagte ich. »Aber wir werden es niemals beweisen können.«

»Und wir wissen nicht«, sagte Mama, »wer am anderen Ende der Leitung war.«

Eine Weile dachte ich, wir könnten es doch beweisen. Musste es nicht jedem einleuchten? Pöhlke hatte jemanden dafür bezahlt, dass er den Großen umbrachte. Er hatte gewusst, dass sein dummer, gehorsamer Sohn zurzeit als tüchtigster Arbeiter galt. Er hatte gewusst, dass er deshalb das Bergwerk erben würde. Es war so logisch, dass ich mich fragte, weshalb wir nicht gleich darauf gekommen waren.

Ich grübelte den ganzen Abend und Joern grübelte mit mir. Noch lange, nachdem alle anderen zu Bett gegangen waren, saßen wir am Küchentisch und verwarfen einen Plan nach dem anderen. Konnte man Pöhlke keine Falle stellen? Oder dem Weißen Ritter?

Aber es war viel, viel einfacher, den Spuren eines Kjerks zu folgen. Es war viel einfacher, einen Pfeil durch das Auge der Tontaube auf dem Taubenschlag vom Norderhof zu schießen. Alles war einfacher, als einem wie Pöhlke etwas zu beweisen.

Joern legte den goldenen Ring und drei blaue Federn auf den Tisch und sah mich an.

»Das ist alles, was wir haben«, sagte er.

»Und die Ringe«, meinte ich, »haben nicht mal etwas mit der ganzen Sache zu tun.«

»Wer weiß«, sagte Joern.

Armer Joern. Er glaubte immer noch, dass vor dem Tag der Verhandlung ein Wunder geschehen würde. Ein Wunder, das Onnar rettete. Doch vor der Verhandlung am Donnerstag kam der Mittwoch und ich wusste noch nicht, ob ich diesen Mittwoch überleben würde. Denn am Mittwoch um fünf Uhr war die Beerdigung von F. Hagen. Flint Windström. Dem Großen. Dem Mann, der nicht mein Vater gewesen war.

Und der vor über zwanzig Jahren auf einer Lichtung im Norderwald eine Person beerdigt hatte, die nicht meine Mutter gewesen war.

Aber wer dann?

28

Regen und Asche

Es regnete an jenem Mittwoch. Es regnete so sehr, dass der Kohlenstaub durch die Rinnsteine floss wie Tinte. Als hätte jemand meine versiegten Tränen wieder zum Leben erweckt und einen Weg gefunden, sie vom Himmel fallen zu lassen. Ich fütterte Nordwind im Hinterhof mit Kartoffelschalen und alten Karotten.

»Heute gehst du nach Hause«, flüsterte ich in sein Ohr. »Heute Abend wirst du wieder über die Weiden beim Norderhof laufen. Aber niemand, Nordwind, niemand wird dich reiten, auch wenn du nicht verstehst, warum.«

Ich griff nach dem Strick, um den Knoten zu lösen, mit dem er an einem alten Fahrradständer festgebunden war. Da legte Joern von hinten seine Hand auf meine Schulter.

»Lasse«, sagte Joern. »Ich habe nachgedacht. Wir nehmen ihn doch nicht mit. Noch nicht. Nordwind ist unsere einzige Verbindung zum Weißen Ritter. Vielleicht erkennt er ihn wieder. Flop bellt bei jedem, den er kennt, ob es nun ein Weißer Ritter ist oder nicht. Nordwind ist womöglich schlauer.«

»Ja«, sagte ich erleichtert. »Dann behalten wir ihn noch ein Weilchen.«

Ich bezweifelte, dass Nordwind uns helfen konnte, den Weißen Ritter zu finden. Aber ich war froh, dass ich ihn noch eine Zeit lang bei mir haben durfte. Es war, als hätte man ein Stück Vergangenheit im Hinterhof. Ein Stück vom Schönen zwischen all dem Hässlichen.

Auch der neue Friedhof der Schwarzen Stadt war hässlich. Ich hätte nicht dort liegen wollen als Toter, obwohl es einem dann wohl egal ist. Einige nasse Krähen saßen auf den Grabsteinen und selbst die Büsche schienen schwarz zu sein statt grün. Eine riesige Menschenmenge hatte sich am Eingangstor unter dunklen Regenschirmen versammelt. Alle Arbeiter, die gerade keine Schicht hatten, schienen gekommen zu sein.

»Ja, jetzt vermissen sie ihn, den Großen«, sagte Damian. »Jetzt, wo sie wissen, dass er immer noch besser war als die Pöhlkes, die alle entlassen.«

Wir teilten uns zu dritt einen Schirm: Joern und Mama und ich.

Schließlich öffnete sich die Menschenmenge zu einer Gasse und ich dachte, nun würden sie den Sarg vorbeitragen. Aber es war eine Urne. Ein Mann in einem dunklen Anzug und mit weißen Handschuhen trug sie und eigentlich sah sie auch aus wie eine Vase. Wie Frentjes Vase, in der sie uns so oft Blumen in die Gutshausküche gebracht hatte. Vielleicht hatte Frentje extra eine Urne ausgesucht, die dieser Vase ähnelte. Wie merkwürdig, dachte ich, dass Flint jetzt in eine Vase passte. Dass es nichts mehr von ihm gab als Asche. Ich würde ihn nie, nie wiedersehen.

Hinter dem Mann mit der Urne gingen ein paar gut angezogene Herren, die wohl zur Leitung der Fabrik gehörten, und die beiden Pöhlkes. Ich wollte mich auf den alten Pöhlke stürzen, ihm meine Fäuste in sein dickes rotes Gesicht rammen, ihm die Augen auskratzen, laut schreien, was ich wusste. Doch ehe ich überhaupt irgendetwas tun konnte, merkte ich, dass Joern mich festhielt.

Und so wartete ich, bis die Pöhlkes vorübergegangen waren. Hinter ihnen kam noch jemand. Zuerst erkannte ich ihn nicht, weil er einen weiten schwarzen Mantel trug. Es war Johann. Und sein Kopf war nicht gesenkt wie der der übrigen Männer in der Trauerprozession. Er blickte aufmerksam in die Menge. Joern hatte mich losgelassen und ich versteckte mich hinter Damians breitem Rücken.

Johann ging vorüber, ohne mich zu sehen.

»Warum hast du das getan?«, flüsterte Joern, als wir zusammen mit den anderen Arbeitern der Urne folgten. »Warum hast du dich vor Johann versteckt?«

»Hast du schon mal darüber nachgedacht«, flüsterte ich zurück, »dass *er* es sein könnte?«

»Der Weiße Ritter?« Joern schüttelte den Kopf. »Das geht nicht. Er ist ihm damals gefolgt, zusammen mit Flint.«

»Und was ist«, fragte ich, »wenn es mehrere Weiße Ritter gibt? Und wenn einer von ihnen mich jetzt sucht, um mich auch noch zu beseitigen?«

Wir blieben auf dem Friedhof, bis alle Reden gehalten und alle Kränze niedergelegt waren. Ich sah nicht, wie sie die Urne in die Erde hinabließen. Wir standen zu weit hinten. Holm kam vorbei und nickte nur. Man sah, wie er sich noch immer schämte, wegen Onnar und weil er sich so sehr in Pöhlke getäuscht hatte. Schließlich verließen die letzten Schirme den Friedhof und auch die vier D gingen.

»Komm«, sagte Joern.

»Komm«, sagte Mama.

»Nein«, sagte ich. »Ich kann noch nicht. Ich muss noch ein bisschen hierbleiben. Geht ihr nur.«

Da gingen sie und ließen mich allein und ich trat direkt ans Grab. Es hatte aufgehört zu regnen.

»Flint«, sagte ich und räusperte mich. »Hallo.« Danach fiel mir nichts mehr ein. Ich stand einfach da und starrte auf die Stelle, wo sie die Urne vergraben hatten. Nach einer Weile setzte ich mich auf einen Grabstein nebenan, was sicher verboten war. Ich sah mich um, denn irgendwie kam ich mir beobachtet vor. Aber es war niemand da. Nur die Krähen flogen krächzend zwischen den Bäumen hin und her. Vielleicht war Flint jetzt eine Krähe. Vielleicht war er es, der mich beobachtete. Natürlich glaubte ich nicht wirklich daran.

Schließlich kam die Dämmerung, der Regen ließ nach und ich saß noch immer auf dem Grabstein und wusste nicht, was ich tun sollte. Und dann, als es dunkel war, überkam mich eine plötzliche, nie gekannte Wut. Ich stürzte mich auf das Grab, zerrte die Kränze mit all ihren dummen

Spruchbändern fort und begann die nasse Erde mit meinen bloßen Fingern aufzugraben.

»Denkst du, du kannst dich einfach aus dem Staub machen?«, zischte ich. »Denkst du, du kannst mich einfach so alleinlassen mit all den Lügen? Denkst du das?«

Es dauerte nicht lange, bis meine Finger auf etwas Kaltes, Glattes stießen. Die Urne. Ich hob sie aus dem frischen Grab und wischte die Erde vom Deckel. Im Licht der Straßenlaternen, das nun vom Friedhofstor drang, sah es tatsächlich so aus, als hätte jemand nachträglich ein Schraubgewinde und einen Deckel auf einer Vase angebracht. Ich brauchte eine Weile, bis ich den Schraubverschluss geöffnet hatte, doch schließlich gelang es mir.

Vor mir im Laternenlicht lag Flints Asche, unberührt vom Regen der Schwarzen Stadt.

Ich griff hinein und ließ sie durch meine Finger rieseln. Sie erinnerte mich an die Asche in unserem Kamin, mit weißen Stückchen darin vom Papier, das wir zum Anzünden verwendeten.

Moment!, dachte ich. Ich grub tiefer und dann fand ich etwas Hartes. Zuerst erschrak ich, denn vielleicht war es ja ein Stück Knochen. Doch als ich das Ding hervorzog, fiel das Laternenlicht auf einen verbogenen Nagel. Genau so einen wie die Nägel, die sich in der Kaminasche fanden, wenn man alte Bretter verbrannte. Die Asche roch sogar wie Kaminasche.

Es *war* Kaminasche.

»Dies hier«, sagte ich langsam, »ist nicht Flint.«

In dem Augenblick, in dem ich das sagte, trat jemand vor mir aus dem Schatten einer hohen Hecke. Ich ließ vor Schreck den Nagel fallen und sah auf. Es war eine kleine Gestalt mit wildem Haar und sie führte ein Pferd am Zügel, dessen Fell im Laternenlicht rötlich glänzte.

»Natürlich ist es nicht Flint«, sagte Almut. »Wenn er wüsste, dass ich hier bin, hätte er sicher gesagt, ich sollte dich grüßen.«

Als Almut und ich später durch das Friedhofstor traten, saß dort jemand auf der Mauer, die Beine angezogen, die Hände in den Jackenärmeln vergraben. Es war Joern. Er und Flop hatten die ganze Zeit auf mich gewartet. Flop sprang als Erstes von der Mauer herunter und hüpfte an Almut hoch. Ostwind tänzelte nervös zur Seite.

Joern pflückte seinen Hund vom Boden und sah fragend von Almut zu mir und zurück.

»Joern«, sagte ich. »Flint ist nicht tot.«

Da fragte Joern vor lauter Verwirrung das Dümmste, was man fragen konnte: »Wie hast du dein Pferd durch das Loch in der Mauer bekommen, Almut?«

Almut grinste. »Ich habe es heiß gewaschen, da wurde es kleiner«, sagte sie. »Und nach der Mauer hab ich es wieder kalt gewaschen.« Sie boxte ihn in die Seite. Man konnte fast meinen, sie freute sich mehr, Joern zu sehen als mich. »Nein, du Dummkopf, ich bin natürlich die Straße entlanggeritten bis zum Tor und dann außen herum um den ganzen Norderwald. Es ist verdammt weit, Stunden und Stunden und Stunden. Aber ich dachte, einer muss doch kommen und euch alles erklären, damit ihr es versteht!« Sie schüttelte sich. »Dies ist die kälteste und schaurigste Stadt, die ich mir vorstellen kann. Können wir irgendwohin reiten, wo es wärmer ist?«

»Wir hätten eine überfüllte Küche zu bieten«, sagte Joern.

»Leider wohnt dort ein Haufen Brüder, die sich dauernd streiten«, fügte ich fröhlich hinzu. »Aber es gibt heiße Suppe und unsere Mutter wird sich freuen, dich kennenzulernen.«

»*Unsere* Mutter?«, fragte Almut.

»Ja«, antwortete ich, »ich denke, einer muss dir wohl alles erklären, damit du es verstehst.«

An diesem Abend standen zwei Pferde im Hinterhof und fraßen Gemüseabfälle. Drinnen zwischen den Dunstschwaden der Küche saß die ganze Familie, sie löffelten Suppe und lauschten Almuts Geschichte.

»Flint, der alte Dickkopf«, sagte sie. »Er hat beschlossen zu sterben, um zu leben. Er liebt große Worte genauso wie sein Sohn Lasse hier. Nein, sag jetzt nicht schon wieder, dass du nicht sein Sohn bist. Es würde ihm das Herz brechen, wenn er es hören könnte. Er hat dich gesucht, Lasse. Er wollte dich finden, ehe er stirbt, aber er hatte nicht viel Zeit. Sie sollten alle denken, der Weiße Ritter wäre zurückgekommen und hätte es diesmal geschafft.«

»Er will herausfinden, wer es war, nicht wahr?«, fragte

ich. »Nur der Weiße Ritter weiß, dass Flint nicht tot sein kann. Jetzt läuft er herum und ist halb verrückt vor Verwirrung und Angst. Und eines Tages wird er sich verraten und dann kann man ihn ins Gefängnis werfen, wo Onnar gerade sitzt, nur dass *er* für immer dort bleiben wird. Doch der Weiße Ritter ist nicht der Einzige, der ins Gefängnis gehört. Dorthin gehören auch Pöhlke und diejenigen, die denken, sie hätten die Fabrik und das Bergwerk geerbt. Sie haben den Weißen Ritter beauftragt, *damit* sie all das erben.«

»Ja«, sagte Almut. »Ich habe gehört, wie Flint mit Johann über dieses Bergwerk sprach. Darüber, dass er es nicht braucht. Er hat nämlich genug Geld. Er schiebt dauernd diese Unsummen über den Computer hin und her und irgendwie vermehrt sich das Geld dabei. Aber, Lasse, in einer Sache täuschst du dich: Er will nicht herausfinden, wer es war. Es ist ihm ganz egal. Er will nichts mehr mit allem zu tun haben. Ich sterbe, hat er zu Johann gesagt, jawohl, jetzt sterbe ich und dann gibt es ein für alle Mal keine Verbindung mehr zur Schwarzen Stadt. Ich hätte das Bergwerk schon vor Jahren verkaufen sollen. Johann hat nur geknurrt und gesagt, Flint hätte sich sowieso nie um das Bergwerk gekümmert.«

»Hat er gewusst, dass es so viele Unfälle gab?«, fragte Mama leise. »Und dass die Löhne seit Ewigkeiten nicht erhöht wurden? Hat er das alles gewusst?«

»Ich glaube nicht«, sagte Almut. »Zu Johann hat er gesagt, er hätte sich sehr wohl gekümmert. Und dann haben sie sich richtig gestritten. Schließlich, meinte Flint, wären die Löhne in seinem verdammten Bergwerk höher als in irgendeinem anderen Bergwerk. Er hätte sie jedes Jahr gesteigert und er würde dauernd von seinen Leuten hören, wie glücklich alle Arbeiter wären. Doch Johann hat bloß herumgeknurrt.«

»Johann hat recht«, murmelte Mama. »F… Herr Hagen hat nie irgendetwas kontrolliert. *Er* wollte seinen Fuß wohl nicht in die Stadt setzen. Er hat die Löhne vielleicht gesteigert, aber kein Cent von dem Geld ist dort angekommen, wo es hinsollte. Die hohen Herren haben sich daran goldene Zähne verdient.«

»Die Chefs und Unterchefs und Pöhlke … sie haben es einfach behalten?«, rief ich entrüstet und sprang auf. »Aber das müssen wir Flint doch sagen! Er muss herkommen und alles richtigstellen! Er muss die beiden Pöhlkes rauswerfen!«

»Und er ist der Einzige, der Onnar noch helfen kann«, murmelte Joern.

Ich holte tief Luft und blickte in die Runde. »Ich gehe zurück«, verkündete ich. »Gleich morgen früh, wenn es hell wird, gehe ich zurück über die Todesschlucht, über die Finsterbachbrücke, durch den Norderwald. Und ich hole Flint her.«

»Stell dir das mal nicht zu leicht vor«, sagte Almut. »Der alte Starrkopf lässt sich nicht einfach so zu etwas überreden.«

»Lasse ist sein Sohn«, sagte Joern. »Auf ihn wird er hören.«

»Flint ist …«, begann ich und wollte sagen: … nicht mein Vater. Doch stattdessen fragte ich: »Woher kommt es, dass die Urne so aussieht wie Frentjes Blumenvase?«

»Das kommt daher«, antwortete Almut, »dass es Frentjes Vase *ist*. Flint hat sie im Werkzeugschuppen ein bisschen umgestaltet.«

In dieser Nacht schlief Almut auf Onnars leerer Matratze im Wohnzimmer. Ich selbst lag wieder einmal lange wach und betrachtete Joerns schlafende Gestalt im Licht der niemals dunklen Nacht, das durch das winzige Fenster drang. Diesmal konnte ich nicht schlafen, weil ich so glücklich war. Jede einzelne Faser meines Körpers war glücklich.

Flint lebte! Es war ganz egal, ob er mein Vater war. Hauptsache, er lebte.

Und morgen, morgen schon würde sich alles ändern. Die ganze Welt. Für immer.

Der Ruf der Todesschlucht

Als ich Mama am nächsten Morgen zum Abschied umarmte, wischte sie sich mit ihrem Taschentuch über die Augen.

»Du brauchst doch nicht zu weinen!«, flüsterte ich. »Ich komme doch wieder! Schon heute. Rechtzeitig zur Verhandlung um eins sind wir zurück, Flint und ich.«

»Ja«, sagte Mama. »Nein. Es ist alles ein bisschen viel. Zuerst stirbt jemand und dann doch nicht. Als Nächstes entlassen sie alle Arbeiter und am Ende soll plötzlich alles gut werden. Ich weiß ja nicht, Lasse …«

Ich drückte sie noch einmal ganz fest, bevor wir Ostwind und Nordwind aus dem Hinterhof holten. Dann ritten wir aus der Schwarzen Stadt hinaus, Almut, Joern und ich. Über die Felder, zwischen den kränklichen Fichten hindurch zur Todesschlucht. Außen um den Wald herumzureiten hätte zu lange gedauert. Stunden und Stunden und Stunden, hatte Almut gesagt. So viel Zeit blieb uns nicht. Wir würden die Pferde später zurückbringen.

Vor der Brücke saßen wir ab. Wir traten an den Rand der Schlucht und Flop, der uns nachgerannt war, zog den Schwanz ein und winselte.

»Hab keine Angst«, flüsterte ich und bückte mich, um ihn zu streicheln. »Es ist nur ein dummer alter Bach.«

»Du hast doch selber Angst«, meinte Almut. »Du hattest immer Angst vor der Höhe. Nicht wahr?«

»Ach was!«, sagte ich ärgerlich. »Ich bin einmal über die Brücke gegangen, ich kann es auch zwei- oder dreimal tun. Es macht keinen Unterschied.«

Aber das war eine glatte Lüge. Wenn ich in die Todesschlucht hinabsah, wurde mir ganz schwindelig und die Tiefe schien mich zu rufen. Komm, komm!, lockte sie. Komm in meine Arme! Ich schluckte.

»Du bist sehr tapfer«, sagte Joern.

»Ach was«, sagte ich wieder. Und ich riss meinen Blick von der Todesschlucht, um meinen Freund anzusehen, der zugleich mein Bruder war.

»Joern«, begann ich leise. »Vor einer Weile hatte ich einen Traum und letzte Nacht habe ich ihn wieder geträumt. In meinem Traum war die Brücke groß und breit. Und alle konnten hinübergehen. Es gab keine Mauer, es gab keine getrennten Welten. Es gab nur eine.«

Joern nickte ernst. »So muss es sein«, sagte er.

»Genau so«, sagte Almut. »Und die Brücke braucht ein Geländer.«

»So wird es werden«, flüsterte ich. »Wartet nur. Wir werden die Welten verbinden. Wenn ich Flint unsere Geschichte erzählt habe, wird er begreifen, dass es richtig ist. Im nächsten Frühling wird Onnar mit Johann die Schafe zählen. Und Holm wird für Tom Grimassen schneiden. Und Mama wird mit Frentje in der Küche sitzen und Kaffee trinken und über Eintöpfe reden.«

Almut seufzte tief. »Wie schön!«, sage sie.

Joern sagte nichts. Er sah mich nur an und ich sah in seinen moosgrünen Augen, dass er sich fürchtete.

»Mach dir keine Sorgen«, sagte ich. »Um Viertel vor eins bin ich vor dem Gericht. Mit Flint. Er weiß sicher, wo das Gerichtsgebäude ist. Alle werden sich wundern und Onnar kommt frei. Selbst der Weiße Ritter wird auftauchen, ich spüre es.«

»Und wenn ihr nicht da seid?«, fragte Joern.

»Wenn wir nicht da sind?« Ich überlegte. »Dann ist etwas schiefgegangen. Dann musst du zur Finsterbachbrücke reiten, so schnell du kannst. Und du musst hinübergehen und uns vom Norderhof holen.«

»Ich kann nicht reiten«, sagte Joern.

»Das brauchst du auch nicht«, sagte ich. »Denn es wird nichts schiefgehen. Komm, Almut.«

Almut schüttelte den Kopf. »Ich komme nicht mit, Lasse«, erklärte sie. »Ich bleibe hier. Wenn Flint nicht hören will, der alte Dickkopf, dann richte ihm aus, Almut kommt nicht zurück, ehe er sich nicht in der Schwarzen Stadt blicken lässt und die Dinge regelt. Richte ihm aus, dass ich warten kann. Lange.«

Sie verschränkte die Arme und machte ein entschlossenes Gesicht.

»Und erinnere ihn daran, dass sein Pferd hier ist«, fügte sie hinzu. »Aber wahrscheinlich bin ich schon Grund genug für ihn, vernünftig zu sein. Frentje wird ihn umbringen, wenn er zulässt, dass ich nicht zurückkomme.«

Ich grinste. »Du bist verrückt. Ich wette, deine wilden Drohungen werden gar nicht nötig sein. Also bis heute Mittag um eins.«

Und damit ging ich über die Finsterbachbrücke, allein.

Erst als ich mitten auf der Brücke war, erinnerte ich mich, dass ich vor langer Zeit etwas anderes von dieser Brücke geträumt hatte. Ich hatte geträumt, wie der Kjerk mich angriff, aus der Luft heraus, und wie ich fiel.

Doch ich erreichte die andere Seite sicher und ohne Zwischenfall. Drüben drehte ich mich noch einmal um. Nie werde ich vergessen, wie Almut und Joern dort standen, mit den Pferden. Joern hatte Flop wieder auf den Arm genommen und streichelte mit einer Hand seine Ohren. Mit der anderen Hand winkte er mir.

Ich winkte zurück und kroch durch das Loch in der Mauer.

Mama saß den ganzen Vormittag am Küchentisch und sah ins Leere. Almut und Joern saßen lange bei ihr und schwiegen.

Dann fiel Joern etwas ein. Ganz plötzlich. Er griff in die Tasche, holte den goldenen Ring hervor und legte ihn vor Mama mitten auf den Tisch. Womöglich hatten sie ihn doch nicht mit der Kommode geerbt und jemand anders hatte ihn dahinter versteckt.

»Was ist das?«, fragte Almut.

»Das wüsste ich auch gern«, sagte Joern. »Kennst du den Ring, Mama?«

Mama presste die Lippen aufeinander, sodass sie zu schmalen Strichen wurden. Sie stand auf und trat ans Fenster, wandte Joern und Almut den Rücken zu.

»Woher hast du ihn?«, fragte sie. »Doch nicht schon wieder ›*gefunden*‹?«

»Du meinst, geklaut«, stellte Joern fest. »Nein. Ich habe noch nie etwas geklaut. Ich wette, du weißt das. Und ich wette, du weißt auch, was I & D bedeutet.«

»Vielleicht«, sagte Mama, ohne sich umzudrehen. Sie blickte noch immer hinaus auf die Schwarze Stadt. »Vielleicht wusste ich es einmal. Aber noch ist nicht die Zeit gekommen, sich daran zu erinnern.«

»Nein«, sagte Joern.

I & D

Wie wunderbar es war, wieder über den weichen Waldboden zu laufen! Wie wunderbar, die frische Luft zu atmen und das Lärmen der Vögel zu hören! Es kam mir vor, als hätte der Norderwald auf mich gewartet. Er begrüßte mich mit jedem Blatt, jedem Windstoß in seinen Zweigen.

Nirgendwo gab es Autos oder Ampeln oder Straßenlaternen, nirgendwo das Röhren von Motoren oder das Hämmern von Metall auf Stein.

Als ich den Norderhof betrat und die weißen Tauben vor dem blauen Himmel auffliegen sah und das Schnauben von Südwind aus dem Stall hörte, wurde mir beinahe schwummerig. Es war, als wäre ich Jahre fort gewesen, weit, weit fort, auf der anderen Seite der Erdkugel. In einer anderen Welt.

Tök kam mir über den Hof entgegen und wedelte mit dem Schwanz. Er lief noch vorsichtig, doch seine Wunde war beinahe verheilt. Ich kniete mich hin und vergrub meine Hände in seinem langen, strubbeligen Fell. Alles in mir wünschte sich, einfach dort sitzen zu bleiben, mitten auf dem Hof, und nie mehr wegzugehen. Zu vergessen, was ich in der Schwarzen Stadt erlebt hatte.

Aber mein Freund, mein Bruder, war dort und wartete auf mich.

Ein Schrei ließ mich herumfahren. Zuerst dachte ich, etwas wäre passiert, doch es war nur Frentje, die über den Hof auf mich zurannte, so schnell es ihre umfangreiche Figur erlaubte.

»Lasse!«, rief sie. »Lasse, du bist wieder da!«

Kurz darauf drückte sie mich an sich und ich atmete den Duft von gebratenen Zwiebeln und tausend Kräutern ein.

»Wo ist Almut?«, fragte Frentje. »Geht es ihr gut?«

»Du kennst ja Almut«, sagte ich. »Sie ist entschlossen, erst wiederzukommen, wenn ich Flint überzeugt habe.«

»Ja, aber von was denn?«, fragte Frentje.

»Davon, dass alles anders werden muss«, antwortete ich. »Wo ist er?«

»In seinem Turm«, sagte Frentje. »Wo sonst? Lasse! Lasse, warte!«

Ich hatte jetzt keine Zeit, Frentje irgendetwas zu erklären. Ich rannte über den Hof, stieß die Tür zum Gutshaus auf und raste die Treppen hoch. Die graue Katze, die mitten auf den Stufen schlief, konnte mir gerade noch ausweichen. Der musste man sowieso nichts erklären, die wusste ja immer alles vorher.

Im Turm gab es keine Lücke mehr in der Ordnung der Messersammlung. Flint hatte das Messer mit dem blauen Griff zurück an seinen Platz gehängt. Ich hielt mich nicht damit auf, zu klopfen. Ich stürzte einfach in sein Arbeitszimmer. Er saß am Computer, einem neuen Computer ohne

Einschussnarbe im Bildschirm. Und wie er erschrak, als die Tür aufflog! Vielleicht dachte er, der Weiße Ritter wäre doch noch einmal zurückgekommen.

»Flint!«, rief ich.

»Lasse«, sagte Flint. Ich sah, dass er mich gern in die Arme genommen hätte wie Frentje, doch er traute sich nicht. Das Letzte, was ich zu ihm gesagt hatte, war, dass er ein Lügner wäre. Und plötzlich fiel mir ein, dass ich ja immer noch nicht wusste, wer auf der Lichtung begraben lag.

»Ich habe dich gesucht«, sagte Flint. »Und ich habe Johann in die Schwarze Stadt geschickt, um dich ebenfalls zu suchen. Aber wir haben dich nicht gefunden.«

»Ich weiß«, sagte ich und lächelte. »Almut hat mich gefunden.«

Flint nickte. »Natürlich.«

»Sie kommt erst zurück, wenn du mitgehst«, sagte ich gleich, ehe ich vielleicht vergaß, es zu erwähnen.

»Wohin?«, fragte Flint. Er klang so verwirrt, dass er mir leidtat.

Da setzte ich mich auf die Ecke des Computertischs und sah meinen Vater an. »Hör zu«, sagte ich. »Hör gut zu.« Und dann erzählte ich ihm alles, von Anfang an. Davon, wie ich Joern zum ersten Mal begegnet war und wie wir die Brücke gebaut hatten und wie Frentje gesagt hatte, wir sollten ihm besser nicht verraten, woher Joern wirklich kam. Und davon, wie schlecht alles in der Schwarzen Stadt war und dass die Chefs des Bergwerks nie etwas von Flints Geld weitergegeben hatten. Und davon, wie Onnar alles hatte ändern wollen und dass sie ihm gesagt hatten, Flint wollte nicht mit ihm sprechen. Und Flint seufzte.

»Ja«, sagte er. »Ich habe ihnen gesagt, dass ich mit keinem sprechen will.«

Da dachte ich: Sicher hat er jetzt ein schlechtes Gewissen deswegen. Und ich erzählte von Pöhlke und seinem tüchtigen, dummen Sohn und von dem Telefonat, das wir belauscht hatten, und von Onnar, der im Gefängnis war, obwohl er gar nichts getan hatte.

»Heute um eins ist die Verhandlung«, sagte ich zum Schluss. »Um Viertel vor eins treffen wir uns mit Joern und seinen Brüdern vor dem Gericht in der Schwarzen Stadt.«

Flint sah mich an und schwieg.

»Und das ist noch nicht alles«, fuhr ich fort. »Wir müssen die Welten verbinden. Wir müssen die Mauer abreißen und eine Brücke bauen über den Finsterbach, eine richtige Brücke. Hier ist alles so schön und in der Schwarzen Stadt so schrecklich. Wir müssen den Menschen dort helfen.«

»Lasse«, sagte Flint langsam. »Ich habe hart dafür gearbeitet, dass es hier so ist, wie es ist. Du weißt jetzt, dass ich aus der Schwarzen Stadt komme. Du weißt, dass ich im Bergwerk gearbeitet habe, als ich so alt war wie Onnar. Du weißt, dass ich es war, der den Nachtspat entdeckt hat.«

»Ja«, sagte ich, »und?«

»Ich habe hindurchgesehen und alles war schön. Und ich wollte eine Welt schaffen, die nur schön ist. Eine Märchenwelt wie in den Büchern aus der Leihbücherei. Nun sagst du mir, ich soll sie zerstören?«

»Nein!«, rief ich. »Du sollst sie öffnen! Für die anderen!«

»Das kommt aufs Gleiche heraus«, sagte Flint. »Die Schwarze Stadt wird schöner werden, aber der Norderwald wird etwas von seiner Schönheit verlieren. Stell dir zwei Töpfe Farbe vor, Lasse. Einen mit weißer Farbe und einen mit schwarzer. Und wenn du sie zusammenkippst und schüttelst, wird nicht alles weiß – es wird grau.«

Er stand auf, trat ans Fenster und öffnete es weit. »Komm her, Lasse«, sagte er. »Sieh dir den Wald an. Stell dir vor, es wären überall darin Wege und Leute und Papierkörbe und jeder könnte auf den Hof kommen.«

»Eine Menge Kinder kämen!«, rief ich. »Wir würden Fußball spielen und hätten verdammt viel Spaß!«

»Du müsstest alles teilen«, sagte Flint. »Den Werkzeugschuppen und das goldene Licht und den Fluss, auf dem jeder herumpaddeln könnte. Und nachts wäre es nicht mehr sicher im Wald, weil man nicht weiß, wer dort auf einen wartet. Böse Leute gibt es überall. Wir müssten die Türen verschließen wie zur Zeit des Weißen Ritters. Nur dieses Mal für immer.«

Ich schluckte. »Okay«, sagte ich, »dann verschließen wir eben die dummen Türen.«

»Das willst du?«, fragte Flint.

Ich nickte. »Das will ich.«

Flint schwieg lange. Ich dachte, nun würde er sagen: Gehen wir. Ich ziehe nur schnell meinen Mantel an. Wir nehmen die Brücke, denn wir haben nicht mehr viel Zeit.

Doch als er endlich sprach, sagte er etwas anderes.

»*Ich* will es nicht, Lasse«, sagte er. »Ich habe mehr Hässliches und Böses gesehen, als du jemals sehen wirst. Und ich werde keine Brücken bauen. Ich werde nirgendwohin gehen, um jemanden aus dem Gefängnis zu holen, den ich nicht kenne. Ich will, dass du nie mehr in die Schwarze Stadt gehst. Nie, nie wieder. Ich habe die letzte Verbindung zur Schwarzen Stadt zerbrochen. Ich hätte es schon vor Jahren tun sollen. Lass sie mit dem Bergwerk machen, was sie wollen. Es geht mich nichts mehr an. Flint Hagen ist tot. Flint Windström lebt.«

Ich starrte ihn an. »Das meinst du nicht ernst!«

»Doch«, sagte Flint. »Und Almut holen wir auch zurück. Lass das nur meine Sorge sein.«

»Aber du *musst* mitgehen!«, schrie ich. »Du musst Onnar helfen! Joern und seine Mutter … ich meine: unsere Mutter … sie warten auf mich!«

»*Unsere* Mutter?«, fragte Flint.

»Ja!«, schrie ich. »Zufällig bin ich Joerns Bruder! Und zufällig gehöre ich deshalb genauso in die Schwarze Stadt wie hierher! Und zufällig gehe ich jetzt genau dahin zurück!«

Ich wollte mich an ihm vorbeidrängen, doch er hielt mich fest.

»Du gehst nirgendwohin.«

Ich wand mich in seinem Griff. Flint war stark, aber er wollte mir nicht wehtun und deshalb setzte er nicht seine ganze Kraft ein. Wir rangen miteinander, wie wir gerungen hatten, als ich noch klein gewesen war. Nur war es diesmal nicht zum Spaß. Schließlich landeten wir auf dem Boden und etwas kullerte aus meiner Hosentasche. Wir hielten beide inne und starrten es an.

Es war der Ring. Der goldene Ring, dessen Nachtspatstein jetzt fehlte. Flint hob ihn auf und ließ mich los. Etwas in seinem Gesicht veränderte sich, als er den Ring betrachtete.

»Woher hast du den?«, fragte er außer Atem.

»Aus dem Wilden Wasser«, antwortete ich, »dort, wo die Stromschnellen sind.«

»Ich hätte nie gedacht, dass er noch einmal auftaucht«, sagte er. »Damals, als ich ihn in den Fluss geworfen habe.«

»Es ist … ein Ehering, Flint.«

Er schüttelte den Kopf. »Nein. Es wäre einer geworden. Wenn es das Grab im Wald nicht gäbe. Auf dem Grabstein stehen die gleichen Buchstaben.«

»I & D«, ergänzte ich. »Zwei Namen.«

»Nein«, antwortete Flint. »Namen bedeuten nichts. Es heißt Ich und Du. Ganz einfach.« Er drehte den goldenen Ring zwischen den Fingern. »Manchmal frage ich mich«, fügte er leise hinzu, »welcher Teil von mir unter dem Stein begraben liegt. Ein Ich oder ein Du.«

»Flint«, flüsterte ich, »es kann nicht wirklich ein Teil von dir dort liegen. Sag mir *einmal* die Wahrheit!« Ich schluckte. »Hast du vor langer Zeit … jemanden …?«

Ich konnte das Wort »umgebracht« nicht aussprechen. Es war zu schrecklich. Aber Flint wusste, was ich meinte. Er stand auf und blickte zu mir herab. Ich wollte ebenfalls aufstehen, aber als er mich so ansah, bekam ich plötzlich Angst vor ihm.

»Nein«, sagte er endlich. Seine Stimme war schroff wie die Felsen in der Todesschlucht. Und dann drehte er sich um und durchquerte das kleine Arbeitszimmer mit zwei Schritten. Nachdem sich die Tür hinter ihm geschlossen hatte, hörte ich, wie draußen ein Schlüssel im Schloss herumgedreht wurde.

Da endlich fand ich die Kraft, aufzustehen. Ich rannte zur Tür und hämmerte dagegen. »Flint! Flint, was soll das? Wohin willst du?«

»Ich reiße die Finsterbachbrücke ein«, antwortete Flint. »Mit meinen eigenen Händen. Und wenn ich zurückkomme, sprechen wir nie wieder über die Schwarze Stadt oder über das Grab im Wald.«

Ein letztes Stück seines Herzens

Lange, lange stand ich mitten in Flints Arbeitszimmer und wusste nicht, was ich tun sollte. Die Zeiger der Wanduhr bewegten sich langsam, aber stetig weiter. Es war zehn Minuten nach zwölf. Um Viertel vor eins musste ich vor dem Gericht sein. Ich hatte es Joern versprochen. Noch konnte ich es schaffen, wenn ich mich beeilte. Wenn ich auf Westwind zur Mauer ritt. Doch ich war gefangen. Eingeschlossen in einem Turm. Wenn das nicht Stoff für ein Märchen war!

»Flint!«, schrie ich. »Du bist …« Doch mir fiel kein treffendes Wort ein. Ein Starrkopf, hatte Almut gesagt. Aber dieses Wort war viel zu harmlos.

Ich ging zurück zum Fenster und blickte hinunter. Und zum ersten Mal merkte ich, dass die Scheiben nicht aus buntem Glas bestanden. Sie bestanden aus Nachtspat. Dem Stein, der alles schön machte, wenn man hindurchsah. Sodass man sich nicht darum kümmern musste, das Hässliche zu ändern.

Mir war danach, die Scheiben zu zerschlagen. Da sah ich, dass unten auf dem Hof jemand stand und ich öffnete das Fenster. Flint hatte vergessen, es zu verriegeln.

»Frentje!«, schrie ich. »Er hat mich eingeschlossen! Hast du den Schlüssel zum Arbeitszimmer?«

Doch Frentje schüttelte den Kopf. Sie legte ihre Hände an den Mund und rief: »Nimm die Feuerleiter!«

Nimm die Feuerleiter. Frentje hatte gut reden. Ihre Tochter wäre wie ein Wiesel über diese Leiter nach unten geklettert. Aber Almut hatte auch keine Höhenangst.

Ich sah auf die Uhr. Zwanzig nach zwölf.

Die Feuerleiter war meine einzige Chance.

Um auf die Leiter zu kommen, musste ich aus dem Fenster steigen und mich umdrehen, und das alles in schwindelerregender Höhe. Unten wartete der harte Boden des Hofes auf mich.

In der Schwarzen Stadt wartete mein Freund.

Ich stieg aus dem Fenster, hielt mich am Fensterbrett fest und versuchte, nicht an die Höhe zu denken. Stattdessen dachte ich an Joern und an Mama und an Onnar. Ganz, ganz langsam drehte ich mich auf der winzigen metallenen Plattform um. Dann begann ich die Leiter hinunterzuklettern, Stufe um Stufe. Die Sonne war fort und ein kalter Wind wehte mir um die Ohren, beinahe so kalt wie der Wind in der Schwarzen Stadt.

Einmal sah ich nach oben. Am Himmel wurde es dunkel und ungemütlich. Dicke Wolken versammelten sich dort, als kämen auch sie, um zu sehen, was geschehen würde. Wenn sie es geschafft haben, den ganzen Himmel zu bedecken, dachte ich, dann ist die Zeit abgelaufen. Dann beginnt die Verhandlung. Ich würde zu spät kommen. Und ich hatte keine Ahnung, was ich tun sollte ohne Flint. Irgendetwas *musste* ich tun. Ich würde Joern nicht im Stich lassen.

Als ich unten im Hof ankam, klatschten hinter mir eine Menge Leute.

Ich drehte mich um und grinste. Dort standen sie alle: Frentje, Olaf und Johann mit Südwind und Westwind am Zügel und Herr Marksen mit seiner Frau, die das Baby Elly auf dem Arm hatte. Selbst Elly versuchte zu klatschen. Und ich sagte mir, dass sie ohne Lügen und ohne Zaun aufwachsen sollte, wenn auch vielleicht mit unromantischen Papierkörben im Wald und verschlossenen Türen. Es war besser so.

»Ich muss zur Mauer«, sagte ich. »Schnell.«

»Das wissen wir«, sagte Frentje. »Ich habe, äh, ein bisschen gelauscht, vorhin. Bin gerade rechtzeitig weggekommen, ehe Flint mir die Tür ins Gesicht knallen konnte. Er ist vorbeigestürzt, ohne mich zu sehen.« Sie lächelte ihr breites, gutmütiges Frentje-Lächeln. »Du hast recht, Lasse«, sagte sie. »Mit allem.«

»Aber ich weiß die Wahrheit immer noch nicht!«, rief ich. »Die Wahrheit über das Grab auf der Lichtung! Und darüber, was vor über zwanzig Jahren passiert ist!«

»Später«, antwortete Frentje, »jetzt ist keine Zeit mehr dafür. Es ist schon halb eins.«

»Los!«, sagte Johann. »Ich komme mit.«

Da kletterte ich auf Westwinds und Johann auf Südwinds Rücken und wir stoben davon in den Wald.

»Warum kommst du mit?«, rief ich Johann zu.

»Glaubst du«, rief Johann zurück, »du kannst den alten Dickkopf ganz allein davon abhalten, die Brücke abzureißen? Glaubst du, er lässt dich vorbei, wenn niemand dir hilft?«

Und da schämte ich mich sehr, dass ich gedacht hatte, Johann könnte der Weiße Ritter sein. Bald, bald würden wir herausfinden, wer es wirklich war. Ich hatte so ein Gefühl.

Es war schwieriger, die Brücke einzureißen, als Flint gedacht hatte. Die Fichtenstämme wogen zwar nicht viel, er brauchte sie nur ein wenig von sich fortzuschieben, bis sie den Kontakt mit dem Felsvorsprung auf dieser Seite verloren. Doch es war, als risse er mit der Brücke ein letztes Stück seines Herzens heraus. Ein Stück, das noch nicht mit Flint Hagen gestorben war.

Als der erste Fichtenstamm in der Tiefe verschwand, lehnte Flint sich an die Mauer und keuchte, als hätte er ein Haus bewegt.

Lasse hat recht, sagte eine Stimme in seinem Inneren. Und sie hatte auch recht, damals.

»Nein!«, schrie er. Das Wort hallte von den Wänden der Todesschlucht wider. Nein. Nein. Nein.

Flint schob den zweiten Stamm fort und sah zu, wie er in die Schlucht stürzte. Der Finsterbach nahm ihn mit und zerbrach ihn an seinen Felsen. Der Stamm krachte wie Knochen zwischen den Zähnen eines Ungeheuers. Eines Kjerks.

Es kam Flint vor, als kämpfte er selbst gegen ein Ungeheuer. Er kämpfte fünf Stämme lang.

Und dann, dann lag nur noch *ein* dünner Stamm über der Todesschlucht.

Als er sich bücken wollte, um den letzten Faden zu zerreißen, der den Norderwald mit der Schwarzen Stadt verband, hörte er Stimmen und Geschrei auf der anderen Seite des Finsterbachs. Er sah auf. Dort, zwischen den kränklichen Bäumen, preschten zwei Pferde heran.

Es waren Nordwind und Ostwind und auf Ostwind saß Almut. Aber hinter ihr saß noch jemand. Jemand, den Flint vor langer Zeit auf einer Lichtung begraben hatte.

Er trat hinter den Vorhang aus Efeuranken, der hier von der Mauer herabhing. Da hörte er das Getrappel von anderen Hufen, die sich auf dieser Seite durch den Norderwald näherten. Und Sekunden später kletterte neben ihm jemand durch das Loch in der Mauer.

Lasse.

Lauf, mein Nordwind, lauf

Hätte Flint gewusst, was eine halbe Stunde vorher geschehen war, hätte er vermutlich auch nicht mehr begriffen. Vielleicht aber doch.

Um Viertel nach zwölf stand Joern auf der Marmortreppe vor dem Gericht. Sie war breit und besaß ein geschwungenes Geländer. Oben rahmten Säulen das Portal. Alles war darauf ausgerichtet, bewundert und gefürchtet zu werden. Joern hasste das Gebäude gleich.

Und er hasste die Uhr zwischen den Säulen, deren Zeiger sich unerbittlich weiterbewegten. Zwanzig nach zwölf. Er wartete auf dem Absatz in der Mitte der Treppe. Die vier D waren schon hineingegangen, nur Mama wartete mit ihm. Sie hatte die Hemden ihrer Söhne so lange gebügelt, bis sie von selbst im Schrank hätten stehen können, und ihre Schuhe poliert, bis sie glänzten wie die Marmortreppe. Joern bezweifelte, dass ihnen das etwas helfen würde.

Viele Menschen hasteten an ihm vorbei, Leute in Anzügen, mit ernsten Gesichtern und schwarzen Mappen unter dem Arm. Mama und er drückten sich ans Geländer, um sie durchzulassen. Hier wurden wichtigere Dinge verhandelt als der Diebstahl von Edelsteinen. Alles an der Treppe, an dem Gebäude, an den Leuten sagte Joern, wie unbedeutend sie waren: er und Onnar und Mama und die vier D, und überhaupt solche Menschen wie sie.

Unten zwischen den Büschen neben dem Gerichtsgebäude stand Almut mit Nordwind und Ostwind und blickte ebenfalls nervös auf die Uhr. Er sah, wie sich die Leute wunderten. Denn sie hatten noch nie ein kleines rothaariges Mädchen mit zwei Pferden vor dem Gerichtsgebäude warten sehen.

Die Zeiger der Uhr waren inzwischen auf halb eins vorgerückt. Nirgendwo war eine Spur von Lasse oder Flint zu entdecken. Dafür kamen jetzt zwei Männer die breite Treppe herauf: ein alter und ein junger, auch diese beiden in tadellosen Anzügen.

»Hallo, Joern«, sagte Pöhlke senior. »Dein Bruder hätte auf mich hören sollen. Unter fünf Jahren kommt er nicht weg. Fünf Jahre hinter Gittern. So was Dummes! Zwei der Steine waren besonders schön geschliffen. Es wird die Verhandlung einfacher machen, dass wir ihre Übergabe auf Video festgehalten haben.«

»Die letzten beiden Steine stammen nicht aus der Kiste!«, zischte Joern. »Dafür habe ich einen Beweis.«

Er fühlte mit Daumen und Zeigefinger nach dem Ring in seiner Tasche. Aber war der Ring wirklich ein Beweis?

Pöhlke zuckte mit den Schultern. »Ich habe ein paar Zeugen dafür, wie dein Bruder die Kiste in den Keller geschafft hat.«

Er wies die Treppe hinunter. Joern erkannte die drei Männer gleich, obwohl er sie nur ein Mal gesehen hatte, inmitten der tiefen Dunkelheit eines stillgelegten Stollens. Natürlich. Pöhlke hatte sie bezahlt. Sie würden alles bezeugen, was er wollte. Der Ring würde Joern nichts nützen. Nicht einmal, wenn man ihm glaubte.

»Und wer von ihnen hatte den Auftrag, den Großen umzubringen?«, fragte er.

Doch da war Pöhlke schon weitergegangen, die Treppe hinauf.

Einige Regentropfen fielen auf die glatten Marmorstufen. Joern sah zum Himmel auf. Dunkle Wolken ballten sich dort zusammen wie Fäuste. Er spürte Mamas Hand auf seinem Arm.

»Wir sollten hineingehen«, sagte sie leise. »Es ist Viertel vor eins. Er kommt nicht.«

»Er kommt«, sagte Joern. »Ich weiß es.«

Von unten winkte Almut. Und jetzt war noch jemand dort angekommen: Holm. Sie schienen irgendetwas zu besprechen.

»Onnar ist auch noch nicht da«, sagte Joern. »Vielleicht gibt es irgendwo in der Stadt einen Stau, in dem sie alle feststecken, Flints Auto und der Wagen, der Onnar vom Gefängnis herbringt.«

»Nein«, sagte Mama. »Onnar ist längst drin. Bestimmt haben sie ihn durch einen anderen Eingang reingebracht.« Sie sah Joern an. »Ich will nicht, dass er denkt, wir hätten ihn im Stich gelassen. Komm. Holen wir Almut.«

Im diesem Moment begann es zu regnen. Joern ging die

Stufen mit einem Herzen hinunter, das Tonnen wog. Er wünschte sich, dass der Regen ihn von Kopf bis Fuß durchweichte: das gebügelte Hemd, die polierten Schuhe, alles. Er wünschte sich, dass der Regen ihn auflöste. Ihn mit sich fortspülte, den Finsterbach hinab, irgendwohin.

»Pöhlke hat gewonnen«, sagte er, als er am Fuß der Treppe ankam. »Die Schwarze Stadt hat gewonnen. Lasse hat uns vergessen.« Er konnte seine Enttäuschung nicht vor Almut verbergen.

»Vergessen? Red keinen Unsinn!«, erwiderte Almut. Ihre Augen loderten kampfeslustig. »Weißt du nicht mehr, was er gesagt hat? ›Wenn wir nicht da sind, dann ist etwas schiefgegangen.‹ Dann musst du zur Finsterbachbrücke reiten, so schnell du kannst, hinübergehen und sie vom Norderhof holen.«

»Da kommt jemand«, sagte Holm. »Vielleicht sind es Lasse und sein Vater.«

Ein grauer Wagen hielt mit quietschenden Reifen jenseits des Vorplatzes, der die Straße von der Treppe trennte. Zwei Männer sprangen heraus. Keiner von ihnen war Flint. Sie sahen auf die Uhr und öffneten eine der hinteren Türen. Ein junger Mann in Handschellen stieg heraus.

»Onnar!«, flüsterte Mama. »Sie sind tatsächlich spät dran. Jetzt sollten wir aber wirklich hineingehen.«

»Oh nein«, sagte Almut. »Das werden wir nicht. Wisst ihr, was wir jetzt tun? Wir reiten zur Finsterbachbrücke und holen Lasse! Und Onnar wird selbst mit Flint sprechen, ehe sie eine so durch und durch unsinnige Verhandlung abhalten.« Damit schwang sie sich auf Ostwind, half Mama hinauf und galoppierte quer über den Platz auf die Männer zu, die zu beiden Seiten von Onnar gingen. Die Männer sahen sie kommen und blieben verwundert stehen.

»Almut!«, rief Joern. »Was hast du …?«

Da fühlte er, wie ihn zwei starke Arme packten und hochhoben. Gleich darauf saß er auf Nordwinds samtschwarzem Rücken. Holm hockte bereits hinter ihm und Flop machte einen riesigen Satz und landete in Joerns Armen.

Joern drückte ihn mit einer Hand an sich, hielt sich mit der anderen an Holm fest und spürte den Regen im Gesicht, als Nordwind lospreschte. Er folgte Almuts Pferd über den Platz, wo die beiden Männer jetzt auseinanderstoben, weil sie nicht niedergetrampelt werden wollten. Nur Onnar blieb stehen und sah den Pferden ruhig entgegen. Almut lenkte Ostwind haarscharf an ihm vorbei. Dann waren sie mit Nordwind neben Onnar. Holm beugte sich noch einmal hinunter – Joern begriff und half mit der freien Hand, Onnar hochzuziehen, der seine Arme ja nicht benutzen konnte. Auf diese Weise schafften sie es, ihn vor Holm auf Nordwind zu hieven, und Flop jaulte vor Verwunderung.

»So, und nun lauf!«, flüsterte Holm. »Lauf, mein Nordwind, lauf!«

Und Nordwind lief. Nein: Er flog. Ein schwarzer Pfeil in der Schwarzen Stadt. Worte für Lasses Sammlung.

Hinter ihnen setzte sich der Gefängniswagen wieder in Bewegung, um ihnen zu folgen. Jemand hatte ein Blaulicht darauf angebracht. Aber der Wagen konnte die Abkürzungen durch die Höfe nicht nehmen, die die Pferde einschlugen. Almut galoppierte mit wehenden roten Haaren voran und Joern sah, wie sehr sie die ganze Sache genoss. Es war ihr Plan gewesen, dachte Joern, nicht der von Holm.

»Ihr seid ja verrückt!«, rief Onnar. »Wo wollt ihr hin? Sie werden uns einholen und alles wird noch schlimmer werden!«

»Mach dir keine Sorgen!«, rief Holm. »Du kannst nichts dafür! Wir haben dich entführt!« Er lachte und Joern lachte auch und schließlich lachten sie zu dritt.

Holm jagte Nordwind aus der Stadt hinaus, Almut nach, quer über die Felder. Und danach einen gewissen Pfad zwischen kränklichen Fichten entlang. Einmal drehte Joern sich um und sah, dass das Auto mit dem Blaulicht weit hinter ihnen zurückgeblieben war. Es war nicht dafür gemacht, sich quer über Felder zu bewegen. Das waren nur Pferde wie Nordwind, dachte Joern. Ein Glück, dass er einen so guten Reiter hatte. Und plötzlich durchzuckte es ihn, als hätte ihn einer von Lasses Pfeilen getroffen. *Holm konnte reiten.* Natürlich, er hatte vom Zirkus erzählt, wo seine Eltern gearbeitet hatten, und von den Ponys. Und vom Feuerspucken mit Spiritus. *Das Feuer des Kjerks hatte nach Spiritus gerochen.*

Holm hatte Schauspieler werden wollen. Holm hatte als Einziger noch Arbeit im Bergwerk. Holm hatte Onnar an dem Tag besucht, an dem Joern später die blaue Flaumfeder auf Onnars Ärmel gefunden hatte. Holm hatte zu ihm gesagt, er solle sich vorsehen. Nicht nur in der Schwarzen Stadt.

Es gab alles Sinn.

Hier sitze ich, dachte Joern, auf Flints Pferd, und vor mir sitzt der Weiße Ritter. Und er ist nicht abgrundtief böse und verkommen. Nein, dachte Joern, der Weiße Ritter war nur unglücklich, genau so, wie Lasse es einmal gesagt hatte. Er hatte geglaubt, er müsste den Großen umbringen, damit alles gut würde. Pöhlke hatte ihn davon überzeugt. Und nun, wo er wusste, dass Pöhlke ihn belogen hatte, versuchte er Onnar zu retten.

Onnar, seinen einzigen Freund.

Das alles schoss Joern in einer einzigen Sekunde durch den Kopf und am Ende dachte er: Aber wo ist Lasse, *mein* einziger Freund?

Und dann sah er ihn.

Er stand auf der anderen Seite des Finsterbachs. Doch es gab keine Brücke mehr. Nur noch ein einziger dünner Baumstamm führte über die Todesschlucht.

Es war eine Brücke am Finsterbach

Lasse!«, schrie Joern.

Ostwind und Nordwind kamen mit bebenden Flanken am anderen Ufer der Schlucht zu stehen, und gerade als ich durch die Mauer kroch, sprangen fünf Leute von ihren Rücken: Mama und Almut und Joern und Holm – und Onnar. In der Ferne näherte sich die Sirene eines Polzeiautos. Mir war sofort klar, dass sie Onnar befreit hatten, ehe jemand ihn wegen irgendetwas verurteilen konnte, das er nicht getan hatte.

Es war genau wie in den Büchern.

»Joern!«, rief ich. »Flint hat sich geweigert mitzugehen! Er ist hergekommen, um die Brücke einzureißen, und ich dachte, er ist hier, aber …«

»Ich *bin* hier«, sagte Flint. Er trat hinter einer überhängenden Efeuranke hervor wie hinter einem grünen Wandteppich und ich erschrak so sehr, dass ich beinahe am Rande der Schlucht das Gleichgewicht verloren hätte. Doch Flint legte die Arme um mich und hielt mich fest.

»Bleib hier, Lasse«, sagte er. Und ich dachte: Wo sollte ich denn hingehen? Unsere Brücke war nicht mehr da. Nur noch ein letzter dünner Baumstamm spannte sich über die tiefe Schlucht wie das Seil eines Seiltänzers.

Die Wolken hatten inzwischen den ganzen Himmel überzogen und der Regen prasselte in dicken Tropfen auf den Finsterbach hinab. Es hätte ein schöner Regen sein können, ein Sommerregen, in dem man nackt durch den Hof rennt und sich mit Schlamm bespritzt und lacht. Aber nichts war schön und nichts war lustig. Mein Vater wollte nicht, dass ich jemals wieder über den Finsterbach ging.

»Flint!«, rief da jemand von drüben. Es war Mama. Wieso nannte sie ihn beim Vornamen? Ich sah zu Flint auf und sein Gesicht war nass vom Regen. Fast kam es mir vor, als wäre es auch nass von etwas anderem. Alles Mögliche kämpfte auf diesem Gesicht miteinander, Wut und Freude und Scham und verletzter Stolz. Joern griff in seine Tasche und hielt etwas hoch. Es war der goldene Ring.

»Erinnerst du dich?«, rief Mama.

»Ob ich mich erinnere?«, rief Flint durch den Regen zurück. »Fünfundzwanzig Jahre habe ich damit verbracht, mich zu erinnern. Jeden verdammten Tag habe ich mich erinnert! Ich habe versucht die Erinnerungen zu begraben, auf einer Lichtung, an einem Fluss. In einem leeren Sarg. Aber ich konnte es nicht! Oh nein, ich konnte es nicht! Ich hätte weit, weit weggehen sollen, aber ich wollte weiter ein Auge auf die Schwarze Stadt haben, weil du dort warst. Was für ein Fehler.«

Mama schwieg.

Das Polizeiauto hielt jetzt auf der anderen Seite und die

Männer sprangen heraus. Aber als sie Flint sahen, der doch eigentlich tot war, blieben sie stehen und starrten ihn ungläubig an. Eine zweite Sirene kam über die Felder heran.

»Fünfundzwanzig Jahre habe ich mich daran erinnert, wie du mich verlassen hast, kurz bevor wir heiraten wollten!«, schrie Flint. »Ich habe mich erinnert und aus der Ferne zugesehen, wie du jemand anderen geheiratet hast! Als ich hörte, dass er dich nach sechs Kindern hat sitzen lassen, wollte ich schadenfroh sein, aber es gelang mir nicht. Verflucht, ich habe ein Paradies gebaut, nur für dich, und du wolltest es nicht mit mir teilen!«

»Doch«, sagte Mama. »Aber du hast gesagt, ich müsse versprechen, nie wieder in die Schwarze Stadt zu gehen. All meine Freunde dort nie wiederzusehen. Das konnte *ich* nicht.«

»Ha, du wolltest meine Mutter genauso einsperren wie mich!«, schrie ich. »Weißt du was? Ich hasse dich! Oh ja, ich hasse dich!«

»Deine Mutter?«, fragte Flint. »*Das* ist deine Mutter?«

Ich nickte und er schwieg lange. Alle schwiegen. Nur das Geräusch des Regens war zu hören und ab und zu ein Hecheln von Flop oder das Schnauben der Pferde.

»Damals, vor fünfundzwanzig Jahren«, sagte Flint schließlich, »hätte ich gern einen Sohn gehabt. Einen eigenen.«

»Du hast einen Sohn«, antwortete Mama. »Er wollte mit dir reden, viele Male. Aber du wolltest mit niemandem reden. Mit niemandem aus der Schwarzen Stadt. Sein Name ist Onnar.«

Da ließ Flint mich vor lauter Überraschung los und ich wusste, dass das die einzige Chance war. So wie die Feuerleiter meine einzige Chance gewesen war. Ich würde es schaffen. Ich musste Flint zeigen, dass man die Welten verbinden konnte, die schöne und die hässliche. Dass es nicht zu spät war. Ich musste es ihnen allen zeigen.

»Seht her!«, schrie ich, so laut ich konnte. »Es gehört alles zusammen – die Schwarze Stadt und der Norderwald! Und es ist ganz leicht, hinüberzugehen!«

»Neeeeeeeeein!«, schrien Flint und Mama gleichzeitig.

Aber es war zu spät. Ich stand schon auf dem einen letzten Baumstamm und breitete die Arme aus, wie ich es bei Seiltänzern in Filmen gesehen hatte. Dann balancierte ich über den Stamm, Schritt um Schritt. Ich durfte nur nicht nach unten sehen, nicht in die Todesschlucht. Ich sah Joern an.

Er lächelte mir entgegen. Seine Lippen formten Worte. Du kannst es, las ich.

In diesem Moment fegte ein Windstoß noch mehr Regen heran, fegte ihn mir ins Gesicht und ich verlor das Gleichgewicht. Ich ruderte mit beiden Armen, versuchte mich zu fangen und schaffte es nicht. Es war, als hörte ich die Flügelschläge des Kjerks aus meinem Traum in der Luft. Und ich stürzte.

Mama schrie.

Meine Hände suchten in der Luft nach einem Halt – im Fallen bekam ich den Baumstamm zu fassen und klammerte mich daran fest. Meine Arme fühlten sich an, als müssten sie ausreißen. Ja, da hing ich nun – mit beiden Händen an einem Fichtenstamm, über dem brodelnden Finsterbach, mitten in Wind und Regen.

»Lasse!«, rief Joern. »Halt dich fest! Ich komme!«

Joern hatte keine Angst vor der Höhe. Er war der Einzige, der es wagte, über den glatten dünnen Stamm zu mir in die Mitte der Schlucht zu balancieren. Ich sah, wie er hastig Schuhe und Strümpfe abstreifte, und dann kam er durch Wind und Regen auf mich zu, das Haar zerzaust, das Hemd an seinen Körper geklebt. Als ich dachte, ich könnte mich keine Sekunde länger festhalten, war er bei mir. Er setzte sich rittlings auf den Stamm und zog mich hoch und einen Moment kämpften wir beide mit unserem Gleichgewicht. Schließlich schaffte ich es, einen Fuß über den Stamm zu bekommen.

Der dürre Baum bog sich jetzt bedenklich. Doch er hielt. Ich saß wieder oben und bewegte mich im Sitzen zurück zu der Seite, von der ich gekommen war. Zur verkehrten Seite. Aber es war egal. Hauptsache, ich bekam festen Boden unter die Füße.

Kurze Zeit später streckte Flint mir seine Hand entgegen und zog mich auf den Felsvorsprung: in seine Arme. Ich drehte mich um und dort saß Joern noch immer in der Mitte des Baumstammes, der einst Teil einer Brücke gewesen war.

Auch er begann jetzt, ganz langsam rückwärtszurobben, zurück zu Mama, Onnar und Holm. Der Regen war noch stärker geworden. Man sah fast gar nichts mehr. Donner grollte über den Himmel und der Wind wuchs sich zu einem Sturm aus, genau wie in der Nacht, als die Linde geknickt worden war.

Und dann rutschte Joern ab. Ich weiß nicht, wie es geschah. Ich weiß nicht, ob es geschehen wäre, wenn er vorwärtsgerobbt wäre. Ich glaube, er dachte, Flint wollte nicht, dass er auf unsere Seite kam. Er griff nach dem Stamm, versuchte sich festzuhalten wie ich vorher – aber der Stamm war jetzt zu durchweicht und das Stück Rinde, an dem Joern sich festkrallte, rutschte mit ihm zusammen in die Tiefe.

Ja, in die Tiefe.

Die Tiefe der Todesschlucht.

Er fiel ohne einen Laut. Nur Flop jaulte, als hätte jemand ihm ein Messer in die Flanke gerammt.

Ich sah durch einen Schleier aus Regen, wie die Felsenzähne der Schlucht Joern in Empfang nahmen. Und die Strudel des Finsterbachs rissen weit unten eine kleine reglose Gestalt mit sich fort.

Später suchten sie lange nach seinem Körper, mit einem Hubschrauber vom Krankenhaus. Sie haben ihn nie gefunden. Mein Traum ist wahr geworden. Nur war nicht ich es, der fiel. Wir wollten die Welten verbinden, Joern und ich, und wir haben sie verbunden.

Aber er wird es nie erfahren.

Bis zu Ende

Ich hatte einen Freund, ich, Lasse Windström.

Ich hatte einen Freund, der ging mit mir durch dick und dünn, durch Nacht und Tag, durch Feuer und Wasser.

Aber nun liegt er mitten im Wald unter der Erde und er liegt noch nicht einmal wirklich dort, denn in dieser Familie ist es wohl Tradition, leere Gräber zuzuschütten. Zuerst dachte ich jahrelang, meine Mutter wäre tot, dann dachte ich, mein Vater wäre tot, und nun, nun weiß ich, dass mein Freund tot ist. Mein Freund und Bruder.

Sein Grab befindet sich auf der Lichtung, auf der früher die Linde stand. Die weißen Lilien darauf leuchten in der Sonne beinahe silbern. Olaf hat die Lilien gestern gepflanzt und heute früh sind sie aufgeblüht.

Es ist jetzt alles anders auf dem Norderhof. Oder: Es ist dabei, anders zu werden. Flint hat eine Menge Dinge eingesehen. Er hat dafür gesorgt, dass sie Onnar freigelassen haben, und dafür, dass im Bergwerk und in der Fabrik alles sicherer gemacht wird. Und er hat alle Leute wieder eingestellt, die Pöhlke entlassen hatte. Irgendwann, sagt Flint, wird er das Bergwerk ganz schließen, denn er kann das Wort Nachtspat nicht mehr hören. Aber zunächst muss er sich überlegen, wo man all die Leute beschäftigen kann, damit sie weiterhin ihr Geld verdienen.

Pöhlke ist auf mysteriöse Weise verschwunden, samt seinem Sohn. Die meisten der früheren Chefs und Unterchefs des Bergwerks übrigens auch. Und Holm. Zusammen mit Nordwind.

Über die Sache mit Nordwind war Flint natürlich traurig. Bei den anderen wollte er sich jedoch nicht die Mühe machen, sie suchen zu lassen. Er hat wichtigere Dinge zu tun.

Er arbeitet von Sonnenaufgang bis Sonnenuntergang. Ich glaube, weil er nicht zu viel über das nachdenken will, was geschehen ist. Er baut mit Johann und Olaf eine gute, stabile Brücke über den Finsterbach. Sie haben auch ein großes Stück aus der alten Mauer herausgesprengt, damit man ein Tor darin einlassen kann. Bald ist der Wald für alle da. Und sie werden kommen. Die Schwarze Stadt wird zu uns hereinkommen, so wie Joern es einmal gesagt hat. Doch es ist gut so.

Mama ist oft hier auf dem Norderhof, und tatsächlich unterhält sie sich mit Frentje über Eintöpfe. Demnächst wird sie ganz herziehen. Flint hat gesagt, das Gutshaus ist groß genug für alle. Zum Glück hatten die vier D keine Lust mitzukommen.

Als ich in den Wald gegangen bin, um all dies aufzuschreiben, saßen Mama und Flint in der Sonne vor dem Haus. Flint hatte endlich eine Pause gemacht vom Brückenbauen und einen Tisch aufgestellt. Dort tranken die beiden zusammen Tee. Sie benehmen sich immer sehr höflich, so wie entfernt Verwandte, von denen der eine lange in Amerika gelebt hat. Obwohl ich glaube, insgeheim sind sie immer noch ineinander verliebt. Man muss abwarten, was geschieht. Nichts eilt.

Flop, der jetzt bei uns wohnt, ist sehr ruhig geworden. Aber eines Tages wird er wieder durch den Wald rennen und seine Ohren flattern lassen. Eines Tages wird Joern nur noch eine ferne Erinnerung für ihn sein. Nur ich, ich werde ihn nie vergessen. Seit er in die Todesschlucht gefallen ist, sind fünf Tage vergangen. Zu viele, um noch auf ein Wunder zu hoffen.

Ich rede viel mit Onnar. Und manchmal schweige ich mit Onnar. Dann sitzen wir auf der Bank neben der Schafkoppel und denken an Joern, unseren Bruder. Es wird wohl nie wieder jemand so einen mutigen Bruder haben.

Aber je –

Endlich komme ich dazu, das Ende meiner Geschichte zu schreiben. Denn als ich das vor zwei Tagen tun wollte, tippte mir jemand auf die Schulter und unterbrach mich mitten im Satz.

»Almut?«, fragte ich und drehte mich um.

Doch es war nicht Almut, die hinter mir auf der Lichtung stand.

Es war jemand in sehr zerfetzten Kleidern mit einer Menge Schrammen im Gesicht. Jemand, der ein samtschwarzes Pferd am Zügel hielt. Jemand mit braunem Haar und moosgrünen Augen.

Joern.

Zuerst dachte ich, es wäre Joerns Geist.

»Warum sitzt du mitten im Wald und schreibst?«, fragte er verwundert. »Warum wachsen dort weiße Lilien und warum liegt zwischen den Lilien ein Stein? Ich würde sagen, er sieht aus wie ein Grabstein. Wer ist denn gestorben?«

Doch ich konnte nicht antworten. Ich starrte ihn einfach nur an, mit offenem Mund.

»Lasse?«, fragte Joern. »Bist du stumm geworden?«

»Na... nein«, brachte ich schließlich hervor. »Wieso ... Woher ... Du bist doch tot!«

»Glaube nicht«, sagte Joern und setzte sich neben mich ins Gras.

Ich streckte ganz vorsichtig meine Hand aus und berührte seinen Arm. Er fühlte sich nicht an wie ein Geist.

»Au!«, sagte Joern und krempelte seinen zerschlissenen

Ärmel hoch. Ein dicker blauer Fleck war darunter zu sehen.

»Ach, da ist noch einer«, meinte Joern. »Sie sind überall. Genau wie damals nach der Demonstration und dann nach der Prügelei mit Pöhlkes Leuten. Ich glaube, ich bin verdammt dazu, mein Leben lang von oben bis unten voller blauer Flecke zu sein. Der verdammte Finsterbach hat mich ziemlich weit mitgenommen und er hat mich zerschlagen wie eine Wäscheschleuder voller Kieselsteine. Hör mal, Lasse, ist es in Ordnung, dass ich hier bin?«

»Ja, natürlich ist es in Ordnung!«, rief ich. »Es ist jetzt alles anders! Onnar läuft irgendwo mit Johann herum und Mama trinkt Tee mit Flint – aber wieso haben sie dich vom Hubschrauber aus nicht gesehen? Wieso hat dich keiner von unseren Leuten gefunden?«

Joern zuckte mit den Schultern. »Vielleicht haben sie nicht weit genug flussabwärts gesucht. Oder sie haben nicht schnell genug damit angefangen. Nur einer, der ist sofort losgeritten, als ich gefallen bin.«

Nordwind schnaubte zustimmend und senkte seinen Kopf, um ein Grasbüschel abzurupfen.

»Eine ganze Weile konnte ich nicht denken«, sagte Joern. »Da war nur Wasser um mich und Oben und Unten waren schwer auseinanderzuhalten. Es war wie bei den Stromschnellen damals, nur viel, viel schlimmer. Irgendwann, nach einer Ewigkeit, floss der Fluss langsamer und dann packte mich jemand und zog mich heraus. Das war der Weiße Ritter. Der Kjerk. Holm. Er war geduldig neben mir hergeritten, ohne zu wissen, ob ich überhaupt noch lebte. So lange, bis es ihm gelang, eine Stelle am Ufer zu finden, wo er ans Wasser herankam, weit, weit westlich vom Norderwald.

Er sagte nicht viel und stellte keine Fragen. Ihm war klar, dass ich alles wusste. Er machte ein Feuer und trocknete meine Kleider. Dann briet er ein paar Fische. Er pflegte mich, bis es mir wieder besser ging. Aber mein Knöchel tat so weh, dass ich nicht laufen konnte, und der Weiße Ritter sagte, ich bräuchte einen Arzt, nur könnte er mich zu keinem bringen, weil er Angst hätte, dass sie ihn suchten. Und schließlich beschloss er, mir stattdessen das Reiten beizubringen. Es hat mäßig gut funktioniert. Aber schließlich hat Nordwind mich hierher gebracht. Es war ein weiter Weg. Da draußen gibt es nicht nur schwarze Städte, weißt du. Es gibt auch eine Menge wilde Wälder außer dem Norderwald, die man später mal erforschen sollte.« Er seufzte. »Nur vorerst nicht. Vorerst kann ich bloß humpeln. Doktor Bartens kommt doch sicher irgendwann mal wieder vorbei auf dem Norderhof?«

»Wir könnten auch zu einem Arzt in der Stadt gehen«, sagte ich. »Bald sogar auf dem kürzesten Weg. Es wird wieder eine Brücke geben über den Finsterbach.«

»Das ist schön«, sagte Joern und seufzte tief. »Und ich wäre dafür, dass wir den Bach dann umbenennen. Die Schlucht übrigens auch.«

Ich überlegte. »Wie wäre es mit Schattenklamm?«, schlug ich vor. »Und Dunkelwasser?«

Joern lachte. »Vergiss es.«

»Und der Weiße Ritter?«, fragte ich nach einer Weile. »Wohin ist er gegangen?«

»Wer weiß?«, sagte Joern. »Ich habe ihn nicht gefragt. Vielleicht streift er einsam durch die Wälder und spricht mit keinem und befreit die Leute von irgendwelchen Ungeheuern, die es zur Abwechslung wirklich gibt. Und ohne ihr Blut zu fordern? Vielleicht begegnen wir ihm eines Tages, wenn wir erwachsen sind.«

Genau in diesem Moment raschelte es hinter uns im Gebüsch und wir fuhren herum.

Doch es war nur Almut, die zwischen den Ästen hervorkroch. Ihre roten Haare waren zerzaust wie immer und heute hatten sich Holzspäne vom Brückenbau darin verfangen.

»Na?«, fragte sie. »Habt ihr schon wieder gedacht, ich wäre jemand anders?«

Wir nickten beide.

Almut seufzte. Dann musterte sie Joern von oben bis unten und ein strahlendes Lächeln breitete sich über ihr wildes sommersprossiges Gesicht.

»Nur vorweg, damit du nicht erschrickst«, sagte Joern schnell. »Ich bin nicht tot.«

»Natürlich nicht«, sagte Almut.

Und weil in dem Grab auf der Lichtung niemand lag, der sie brauchte, pflückten wir die weißen Lilien alle ab. Wir würden sie in Frentjes große Vase stellen, die keine Urne mehr war. Und wir lachten zusammen, genau wie früher, und redeten über ein neues Abenteuer, das man erleben könnte. Dann wanderten wir gemeinsam von der Lichtung fort, zwischen die Bäume hinein, wo durch die Lücken im grünen Geäst die Sonne aufs Moos schien. Flop rannte uns mit wehenden Ohren nach und Almut führte Nordwind am Zügel, der Joern mit seinem kaputten Knöchel trug.

Und alles, alles war gut.

Endlich.